國家圖書館藏清人詩文集稿本叢書

第一輯

三

陳紅彦　主編

北京大學出版社
PEKING UNIVERSITY PRESS

鴻雪集

舒翰撰。三種，共四册。

舒翰，生平資料稀見，查《清人詩文集總目提要》《清人別集總目》等均未收録其人其作。據初集附件信箋、序跋及其詩作，舒翰爲蒲州正黄旗人，姓他塔拉氏，乾隆中舉人，由主事内升至中允，外簡知府，因案降補直隸州知州，選四川天全州知州。

《鴻雪集》初集，嘉慶間稿本，不分卷，存兩册。首册卷末有記一篇，詳敘舒翰自嘉慶十九年五月自京城啓程赴任天全州知州及嘉慶二十三年卸任返京的日期行程。陳松齡咸豐八年（一八五八）撰《天全州志・秩官》記載舒翰於嘉慶十九年任天全州知州，與此吻合。另有跋文兩篇，首篇作於嘉慶二十年，次篇題《續題儀階司馬鴻雪詩鈔集後》，兩篇均署名「蜀東後學吕清翰」，並粘有「吕清翰印」「鐵江」兩方鈐印簽。吕跋述及舒翰生平、政事、才學、文章、人品等，極贊其知遇之恩及性情之篤，並爲此集擬名「鴻雪」，更於續跋末賦七律四章。又有嘉慶二十年舒翰自跋一篇，署名「秋梧主人老吏舒翰」，並鈐「舒翰」「儀階」兩印。三篇跋文疑爲後人鈔録於此。第二册卷首有嘉慶庚辰（二十五年，一八二〇）自序一篇。另有附件一件，爲舒翰玄外孫延增寫給恩副總裁信箋，述及舒翰及其長孫雙橋的簡要生平。據信箋可知，舒翰詩稿及其長孫雙橋著作原稿均由其後人延增保存，延增可能將舒翰詩集呈送給了其「恩副總裁」。

此集爲舒翰手稿，有朱筆圈點，偶有校改批註之語，可見著者寫就閲過，有詩題爲「拙作數行，非敢言詩，但爲閑窗撥悶耳，故嘗自行圈點，以快我目」，可爲佐證。詩體爲七言古近體。詩作時間大致與卷末記中所敘行程時間吻合，即起於嘉慶癸酉年（一八一三）因案進京，自京城赴任，途徑山西、西安、四川，到達全州府，所以詩作基本作於途中及任內，主要有紀遊、感懷、詠物、唱和交遊之作，其中與門生鐵江吕清翰唱和贈答之作尤多，可見二人交往之深、之久。集後吕跋云：「司馬以性情之篤，發爲嘯歌，凡一字一句皆本其實而道之，不必拘拘摹擬兩漢六朝、規倣四唐五季，而自作機杼，三百篇之餘韵也。」（《續題儀階司馬鴻雪詩鈔集後》）雖不乏溢美之詞，但亦可窺見舒翰詩歌之大概。

《鴻雪集》二集，一卷一册，詩集稿本，卷首有吕清翰跋：「蓋予與刺史之交久矣……因其初集方竣，二集將書。刺史雄於詩者也，無瘦寒枯澀病，知其來自玉堂也。無雷同膚蜕病，知其各成一家也。從此再讀二集，其引人入勝者，更不知爲何如也。」可見此集爲二集，承續初集而來。

另有《鴻雪集》一册，爲朱絲欄稿本，有墨筆圈點，卷首有「墨林八十老吏」跋，即舒翰八十歲時自跋。詩稿中有《聞長孫雙橋詩話有感》，雙橋爲舒翰長孫，初集附件信箋云「雙橋名福，某諸生，曾著有《極樂世界傳奇》」，初、二集詩稿中亦有數首詩作提及長孫雙橋，故可確知該詩稿作者亦爲舒翰，其中有舒翰卸任歸家後的詩作，或爲不同時期手稿。

查國圖館藏，除此三種詩稿外，未見舒翰其他作品，亦未見其詩稿其他版本。

（徐慧）

雪鴻集
95106

58441
文280
鴻雪集 二卷
(清)舒翰撰 清嘉慶抄本
一函存二冊
書号97046

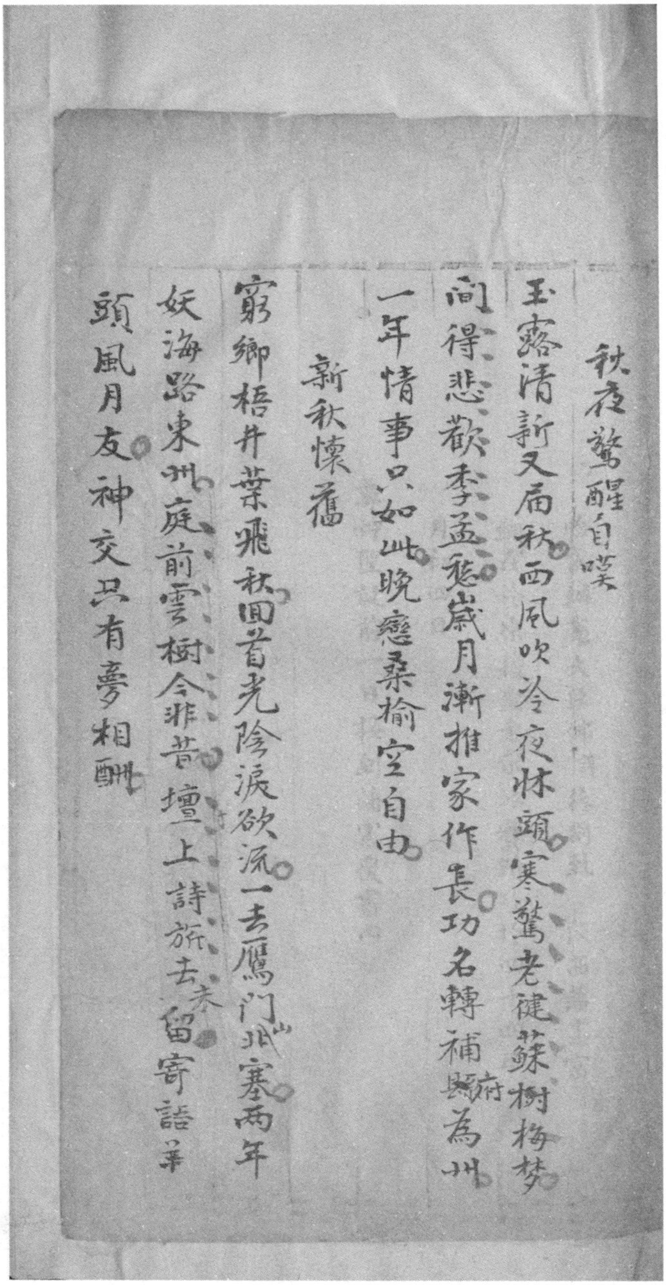

秋夜驚醒自嘆

玉露清新又屆秋西風吹冷夜林頭寒驚老健蘇樹梅梦
間得悲歡季孟態歲月漸推家作長功名轉補府爲州
一年情事只如此晚戀桑榆空自由

新秋懷舊

窮鄉梧井葉飛秋回首光陰淚欲流一去雁門山北塞兩年
妖海路東州庭前雲樹今非昔壇上詩旂去春留寄語華
頭風月友神交只有夢相酬

梦過家園二首

歸鴉自識日來村奈我年殘遠故園但賴宦遊熟遠道
轉勞涼夜走詩魂孤雲旅雁天邊畫疎柳斜風月下
門也抵還家多一會床前壓遍枕邊痕
那容留戀在家鄉好梦偏醒惹恨長庭樹何來山上
見花枝轉向鏡中藏縱然雅讓池塘會到底歡多骨
肉場自問莫非還是梦孤燈依枕自搖牀

有感而作

朱门通好屢殚冠争奈衙分范犿寒四面雲山青草
野西肩風月白頭官自慚點昧黄金指誰與交披錦
繡肝此後尚從（徙）高處望夕陽紅照滿江瀾

祭武庙是日微雨

荒城東望古禪林蟾仰見伏魔帝俯臨堂上鼓鐘燈
外（震）振案頭香火雨中涞山龕暫憇風雲會軒冕安（閑）綮
刀馬心祭（酒）令朝同萬里舉林都爲驅邪斟

嘲婦人赤足並用土語

改土鄉風太可憐，屋(土語)頭徤婦出门偏。自来熟不羅爲襪，誰
復寒勞底用氈。削竹鋒霜鐵王筍，捲秧水月漲金蓮。
解嘲一把(土語)連成笑，多少西来赤足仙。

俸滿引見來京

自来游藝是長安，人海原因地獨寬。臺閣文章豈止
李，周家旺氣早知韓。曾誇富貴能開眼，敢忘忠貞不
有肝。我是西園舊桃李，春來应漸去風寒。

秋夜獨坐

白露驚寒已半秋殘風零雨閑林頭邊雲讓月憑人
醉池館聽泉帶枕流將老年華霜在草漸長燈火
漏添籌阿誰得共西窗話減却詩家一刻愁

在署懷歸寄友

林杖履悠悠福是真尚教書劍老邊臣青衫肯我原為
貴白首求人也太貧粉壁留題詩草稿庭槐耐長葉
裏新生平得意紅纓馬誰伴吟鞭去作鄰

同官犯賭

律例生踈胆氣強可憐無事不慌唐浮擕席上千
杯白高䚓詐腰向萬貫黃辣手生涯非我輩欺心鬼
計破公堂只緣忘是衣冠客不肯持觴有酒觴
奕賭枚猜斷興快

送京使還鄉

五千里遠抵空堂幾与長談復束裝情話還疑餘
在口慈心徒逼斷無腸清風雅雨成三友銀灌金彭另
一方趁早軽車家去好傳言面目我如常

秋七月京使去後餘思

千峰萬壑轉京華，棣萼聯輝（此是京中家門上扁字）自看家。此去巫雲開曉月（曉月是廬濟橋碑文），得逢塞雁落田沙（適先使人進京）。溪頭日影遲遲水，林外村喧處處鴉。不有傳言來往客（設），幾勞兒夢走天涯。

秋晚登山望前使回川

歸雲已送過寒谿，又向翠微望眼迷。回雁想衡三晉月，來人忘意五更雞。石橋不鄙東流水，雲棧原通北

上梯日向牧童勤顧問前途遇有紫騮嘶

感時

天府功名旺氣盈從來沃野遍人爭出頭光易珠圓潤
雖眼翎多翠顕榮我是他鄉鎸級客誰云世宦有宗
盟庸材百里孤飛雁蘆暗沙明不有聲

秋晚閒步堂側望遠望有感

公堂秋後亦凄涼倚遍曲欄望自傷窗外鋤無芳草
綠池邊伏（躍）有錦鱗黃鳥知斜日飛旋樹億讓歸雲分

宵窗獨我徘徊誰與語遲遲緩步繞迴廊

賀呂鐵江判缺到班之喜

西窗吟咏足三餘求志今難尚隱居席上品題珍是玉
胸裏賢養腹多書仙傳儒雅宜蓮幕侯蔭恩榮
戴後車不日紫綸催奉詔登雲步月去匡廬

春後來省道上作

不到華陽兩有年驅馳顧問雨星前眼無四望春殘
樹月有三分非上天爽氣西來山入袖輕輿平走地行

船得歸詠就風雲會錯比出家幾日仙

新開亭院步鉄江來韻四首

地近公堂勤掃除開荒相度未着鋤為花作屋先鋤

草有水通池者向漁四面雲山叢作畫數篆椽風日架

藏書經營不日成幽處詩謝三鄉力助余

亭開夜宴月初弦肯多紅紗樹掛籠齒續泉聲碌竹外參

差花影畫簾中蝶狀人醉芙蓉夢粉壁光寒玉鏡融

此雷無須搔背痒驅蚊早備睡裘松

杖頭賸有買花錢點綴潘衙會吏仙彩筆借傳蘭室
秀清心學照水亭圓山川鉄硯令鋤老風雨金莖畫有
緣倘得玉堂人醉月香厨遞酒水流便
閒愁老悶似春潮無雷眉將秃筆描畫棟西樑都一（重）
區肯堂肯構待雙橋（長孫別號）光華门第須豪傑冷落
山衙太寂寥只但留方寸愛權為絃管武城謌
題桂樹旁美人畫（華近山林来好鳥）
無端綵筆繪圖真活現悲秋草化身雲鬓衣裳烟

雨舊風吹面目粉花新無心拜月空倚攀桂出手折枝
欲贈人次第高懸題葉名不妨兩作玉書鄰

自夏徂秋傳聞京使雖來省會尚未回署

聞到錦官信已知緣何歸未尚無期空囊藏有抵金紙泉
飽醉枇杷無猬颯
回流言浸字碑春暖花繁蝶入夢天寒雁度字來遲如何
以往賢勞力過誇功虧一簣誰

九日將軍廟登高

山列獨高自有名將軍廟宇更嚴明一堂鐘鼓牛山震九

日風花馬道清阜帽有簪冠自正白衣無雨洒桃輕呼來
狂醉烟霞外收拾茱萸掛杖行

壽日戲宴

又届重陽老賤辰離鄉萬里宴佳賓開籠放鴿無杭客擊
鼓傳花有戲人心醉宜多良夜夢眼歡屢見好年春當
掃但願我同輩明歲都來把酒斟

秋夜聞雁

涼夜孤眠睡不成一天鳴雁又飛聲風霜八月關門塞

星雨三秋巫峽程豈爲得人徒問字只緣能卜好通情
滿懷都是明春話且爲寒窗嘱愛鄉

題瓶中白菊花

一枝紛艷素秋光深惹巷得来上小堂且惹白衣邀醉月
只憐三徑傲寒霜争顔惟笑分紅紫守口何須話短長作
伴學同高士卧垂簾閒放玉瓶香

題新小書屋

隱淪人每喜藏諸隙地鳩工六尺餘借有苔磚陶侃運

得來茅草管寧鋤湘簾雨揆真指畫螺墨池清淺以書
自落款題無姓氏老人親筆澹香廬

接得兒女輩詩話信字

接到平安問起居家雞六紙拆須臾兒憑毫楮花生
墨我借珀瑯鏡看書惟愛令來詩代簡空勞昨又夢
多餘且容玩味人都去七字酬和細告諸

勉小妾持齋二首

一念虔誠信卜靈龕前及早血心銘勞來直北六千里

賢學居東三五星萬慮愁腸臓夢寐滿堂香靄訊羶腥
勸卿已繡長齋佛合誦觀音般若經
金爐從未斷香烟妻子心齋共有年不幸離堂琴瑟寂
乃來知命小星賢先生稱冒高人妄道學拘隨守市仙
同此一龕循舊例彌陀各數念珠圓

眼花

天年公道漫（又何）爭強白首難逃目漸盲撩眼秋波花已落
斷腸春雨淚多情依稀靉靆浮雲薄憑仗氷輪小月清惱他

阿買人非友挽却詩書讀不成

鶴峰古先生非凡塵中人也積苦於八十二年之中補官於四百餘里之外一身落拓兩鬢蕭條然而精神矍鑠步履康健每有考稽不致數典而忘其祖偶事詼諧寧或書空而流於怪僕與之交逾一載欲歸去歸去日三冬雞聲茅店琴劍依依人跡板橋星霜落落凡屬門墻定眾情淒立雪自慚老吏能不意動折枝爰賦短章用揚盛德或者蘋蹤莫定希後會之有期焉

葉知心望吟壇之續誦詠雅祝春風杖屨林下逍遥麟
趾雲礽膝前嬉戲強我輩之碌碌簿書營營送往者多
矣
魯儒誰避會文壇錦里先生將去官爲愛伸腰羞作
吏欲誇有處約同餐行裝只有詩書在別席難無苜
蓿盤席（堂）上一杯辭旨酒彭宣想見後堂寒
乙卯冬至日
陰陽六月各分輪冬至消寒將又春喜占科名真甲

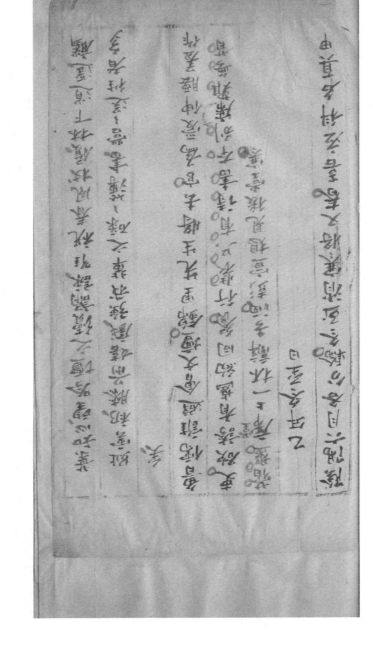

子空還歲月舊星辰南來梅信誰通早北上鴻聲我
望新寄語悲歡知己客此邦竟過兩年頻

題三堂盆花

又見陽春到後堂綠深紅淺閣周章羅裙忽却茶花
妒翰墨薰合蘭草香偏是禅房通有徑何須保無荀令坐
連牀陪前況有惱煞官梅老占斷寒窗雪裡狂

公出入山即事

邊野旌旗出為公乘閒凭眺眼來東高山老末白頭

雪平水流無皺面風萬頃生涯同日綠一天春色晚霞
紅此來事欲察毫末那待燃犀午夜中

府尊來州

永嘉任久出山城皂蓋朱旛太守榮川合邉隅瞻山
隊雲從村落看涑耕漫誇五馬曾庭列未許扁舟有
翰名來是龔黄非僕射兒童且遠代歡迎

上元夜

星橋火樹久從風徹夜稠門禁為公石徑錦輪無轍跡

緹衣竹馬育兒童莫恙差報遺簪翠自不人傳墜
烏紅儉朴依然民氣古年華争勝五州豈

十六日觀舞燈

今宵十載一天晴連夜燈花慶太平北寺由人貪醉
月南樓特我鎮春城星毬旋許光風舞絃管歌殊紅
雪情獨惱一番堪哂霎滿街竹馬被獅鸞

鉄江呂先生於新正完日尚未到館詩以問之

星移物換好春初折柳枝丶綠有餘風雨名山留孔梦

鶯花二月空匳廬函詩代簡宜先達墻屋修新待友
書常向江東船遞處緣何遺不見雙魚

太平塢道上

一經鑴級趂西川卬壑填胸結老緣山嶺腹有腸容夢
想裙腰無帶仗詩連二京風雨雲歸路三峽星河馬渡
船更愛山草花多去病山深採上藥囊肩

清凉寺即事

夾路盤山曲向東綠深紅淺馬蹄通竹陰漸冷尋花徑

松下難逢牧笛童，寧待禪扉敲月上，而來弦誦出風
中。幸開別院先生詁（此處有學舍）也，算偷閒半日工。

偶有所感 二首

如斗荒城未許離，看山吟遍卧牛詩。三年琴鶴人猶
舊，一夜風霜老禧（善）遜（疲）。倦蝶貪花舒嬾翅，空林強鳥宿
高枝。此間甘苦都嘗偏，學作岳頭何所思。
何嘗思肯棄如遺，得有簪纓送老時。無病不妨身總
瘦，非才何苦運憐遲。花間雨露澆（浣）昏眠（眼），筆下風雲展

壽眉不是期頤貪作宦書香報國許便宜

自春徂夏始得便羽使赴京

東流風浪不魚驚屈指陰晴訂客程桃李好春花誤放

山河長夏馬優行輕囊肩上悲歡鏡雄壯腰間長短兵我淚

已滴公即去望雲人在鳳凰城

晚睡澹香書屋

安妥蝶牀坦腹東放衙高枕（臥）澹香中半簾花影三更月一

枕詩魂五夜風遠（眼見）戀池塘芳草綠轉（心）貪禪夢竹窗紅阿誰

法鼓敲初罷鸞散童雲化入空

戒厨役

清晓堂回愧素餐（尚容越分使人難）寧慈腸斷鍊聲殫馨香從不杯中酒膾炙何當公然席上盤（一日千錢）老吏延年宜藥苦詩人悦性是寒酸無如俗子山厨菜（不用元修）不問元修信手端

季夏聽蟬

困人天氣夏猶長齊女悲歌晚更忙幻化欲從蝶梦去飛鳴還向柳陰藏夕陽得意誰誇口冷露啼飢我斷腸尚

謂高枝樓可戀聲聲叫出早秋凉

閏六月十五日丑刻立秋

凉月今宵閏箇圓更添白露將来先禾登潤土罕千古葉落温風只一天切囑流螢勻腐草趁催跦柳叫寒蟬幽閒獨有槐黃需舉子忙多半月連

題舊巢燕子

誰家故土肯空拋況及春宜燕入巢不為有主人殊留舊好何須社日定親新交多情顧盼頻留戀巧語呢喃會解嘲年

去年来何所囑，閉門只管夜輕敲。

無題

七十老人何所愁，山衙窮不債勾留。無多歲月同風冷，有限烟雲計月抽。洛水波驚張翰馬，函關氣走李聃牛。何年鶴亦似揚州去，十萬青錢任客謀。

催茶課

滿城風雨未重陽，茶課催頻撫字堂。茗粥價逼西萬里，花簽令下北三鄉。已經稅斂薄依舊，肯任監追老在

行借問幹員誰得是終須旅膃募行商

閏中新秋月色是夜微有薄雲

晚妝樓上是高臺吹面西風雲霧（微）開記得清秋辭月去

誰（口）知明月（不）送秋來畫簾光冷垂紅淚翠袖花殘掃綠

苔寒色惱人憔悴甚離筵今夜又影誰（相）陪

鶴峰古先生印淳輓詞

當年會晤鬢毛蒼方正賢明主講堂喬木自來桃李

笑生祠誰許姓名香可憐口有舌耕歲殊令錢無杖荷囊

天際修文星一落流言驚我淚沾裳

刻起身行五十五

養雲堂

誰創幽閒五色廊近山雲每作行藏不貪入夢僧分半且

頻臨池墨染香愛惜恩膏豈日費句留雨露備年荒

養全潤物鋪排力看得從龍出畫堂

望鉄江呂先生詩教

四望雲山遍馬蹄吟鞭誰指話詩題水中天碎石投

暗海上琴工夢破迷館俸雖嘗憐我賤才名肯為

譽人低致如僧野無衣鉢誰踐吟窗舊雨泥

逐鸚

能言取賤是通論鸚鵡緣何習罵人素昧皈依歸紫竹宜

憐毛羽度〻青春生無錦繡學詩口惹作顛狂繫鎖身縱

我學如籠放鴿莫投東野惡言頻

咏竹

移就階前草已鋤猗〻影補月來疎臨窗懶上三竿明

傍水羞傳一葉書喜為大夫廬結近謙難君子痊猶虛

淇園露冷汝休去，有報平安踏雪驢。

把蘭

雅淡空羣歲月長，移來新艷（馨香）入高堂。一簾國色晚妝影，幾縷詩痕客（空）谷香。豈為金閨濃綺夢，只因鶴杖話芝房。於今仙吏歸何處，名記清風細雨塲。蘭泉先生今之房師也

題桂

風飄桂子結塵緣，栽入山衙不少年。每為寒侵香漸老，轉因晚見恨猶憐。芳魂悶足十年地，志士光分八月天。不是

折枝情有福依然城市一林泉

賞菊

到處争誇菊耐寒得来各種鬬蘭干清香不放〔散〕風塵

雨使〔傲氣〕色能空〔高〕詩酒壇翠蝶憑貪花滿縣白衣還識柳藏

官擎林青眼踈籬外要算陶家第一看

紅梅

梅喜胭脂被俗傷氷肌怕不換心腸當年潘縣稱兄輩近

日林家作妾娘也上金釵挿兩髩濆可憐玉手理紅妝天心翻

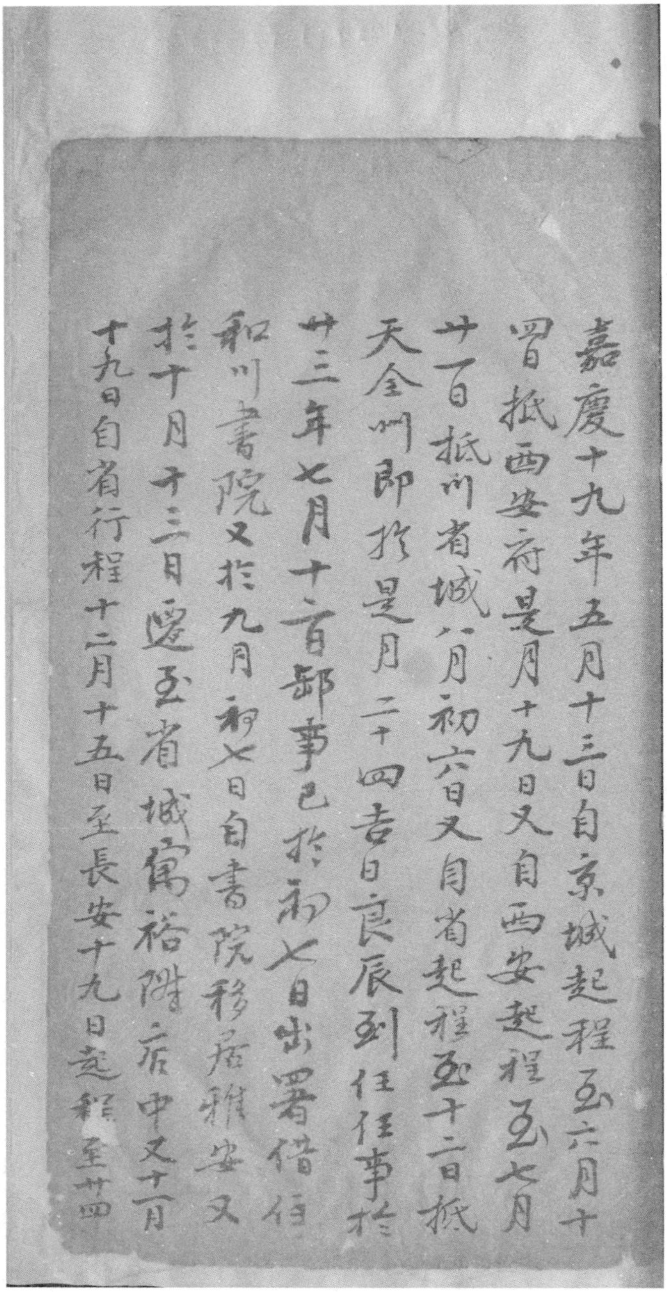

嘉慶十九年五月十三日自京城起程至六月十
四日抵西安府是月十九日又自西安起程至七月
廿一日抵川省城八月初六日又自省起程至十二日抵
天全州即於是月二十四吉日良辰到任任事於
廿三年七月十二日卸事已於初七日出署借住
和川書院又於九月初七日自書院移居雅安又
於十月十三日還至省城寓裕階之店中又十月
十九日自省行程十二月十五日至長安十九日起程至廿四

年正月十七日到京住舊宅堂子胡同東院

跋

粵稽龔黃事業本經濟為詞華燕許文章以性情為流露歟

掌譚書恒寄情於楊柳而雪敲詩問字寓意於月露風雲能吏

也文吏也學問而政事同源仕而優學而優肆外而宏中一轍如儀階

司馬髫年遊泮水早修釋奠之文弱冠登賢書懋著孝廉之譽其

時也即以經義治事講學於環橋直含槐陰列官於南庠風流瀟

灑飄飄如瓊樹一枝大雅春容藹藹若崑山片玉因而才華所著榮擢

迢遷籌度支於農部以會計而出納而奏宏勳播典領之通才以經

國朝民而張偉續嗣廼擁書虎觀氷銜監石室之藏東筆蘭
臺彤陛撤金蓮之燭且也採庶子之秋實春華覲宸光於洗馬
侍東宮之瓊傑芝苑騰麗藻於離龍洵儒林所仰望足為後
學之津梁或者纖輔文衡高懸藻鏡有不膠庠共慶奎壁重輝者
哉而乃以鶴級左遷篮仕外任一麾出守五馬巡春姑射山前曾布甘
棠之蔭孤狐道左獨留襦袴之歌何煩破柱蒲未試而先威罔待
投書難相傳其自拔凡此勳猷之盈沛悉徵學問之優長而數十年中
之間歌一咏描寫山林數千里外之殖的長篇品題物象司馬皆秘亦

示人余亦不能固請今日者緩轡西馳聽錦城絲管持衡而屬施
巖邑絃歌盖欲追司馬之宏詞薰香摘豔效揚雄之巨手握槧懷
鉛且欲以川嶽之鍾靈啓人才之薈萃並欲以校書天祿者於此地掄精
選銳於是以父母斯民者於此時酌雅稟經授我一編爲居三復奇思錦
眇笛奏寒門豈藻鮮華盤鬱寶鬘名固書貴字易一而未能學
以日增目過三兩必剖於到底欲多骨肉塌一語知司馬性情之篤於
多少功名有後人一語知司馬心地之厚於五載生涯一鉤舟一語知
司馬之急流勇退外此指不勝屈矣不盡收而司馬似不欲以斯集

炫奇也並其名而無之余不欲司馬之吝教也贈以名而有考題曰
鴻雪永翦鳳尾今夫詩也者持志爲宗必本敦厚溫柔以立訓緣
情爲體當合歡娛愁苦以同工司馬少年詩志壯歲求名由部曹而
遷翰苑以内史而膺授宰官經濟之施何莫非文章之著於斯集也
可見一斑於斯集也可想全璧余文遜王豈懷無彩筆既未能雄飛
霄漢際喜廷於冠裳又不甘鴟伏衙廬免啼號於凍餓汲汲彈鋏寥寥捉
刀幸下陳蕃之榻入幕爲賓益承節度之歡長貧不慮因忘固陋
謬次篇章香山婉約老杜精強寔非管窺者所能表調亦非蠡測

者所可揄揚譽諸侯鼎浥春露而思答如彼時鳥戴朝曦而振響薔薇花好欲盥手以開函翡翠林虛幾含毫而吮墨北面維殷孺子敢云可教南針在望大人何所不容吁雪泥鴻爪已往之紀述何窮蓬梗萍踪將來之聚會有數爰資蛙鼓預訂鷗盟

嘉慶二十年菊月上浣

蜀東後學呂清瀚

續題儀階司馬鴻雪詩鈔集後

元文覆醬瓿語燒薪古人絕大文字苟不遇其人尚付之一吷而況瀛之雕蟲刻篆遇司馬之垂青敢不學齊女之自媒山雞之無鏡乎蓋者樗櫟之材方側身於大匠而已山之曲復見賞於知音因念古來元勳碩德與文士往來若莫如裴晉公之於白樂天千古傳為美談然其仕同朝居同地交好易親故也若瀛與司馬科名前後無三十餘年道路暌違隔五千餘里適叨陪史席入幕為賓司馬不以泛泛客禮相周旋豈非司馬之下士憐才耶布衣帛之言不衣

而暖春風之被着體生溫其庾子山所謂鰲戴三山深知其重者矣
吁燕來馬骨薛養雛鳴司馬以國士遇我〻其以國士報之司馬偏
有鴻雪詩鈔獨已不揣荒謬略綴數語於後而覺有言不盡意者
蓋作詩如交友也倘良友相見終日一味作寒暄套語而不能聽一
肺腑之談此等泛交如何可售耐司馬以性情之篤發爲嘯歌凡一
字一句皆本其寔而道之不必拘〻摹擬兩漢六朝規倣四唐五季而
自作機杼三百篇之餘韻也猫頭畫角豈楚國之眞龍蛙綠皺紅
只魯人之賢鳴服君杰作知冀野之群空愧我盲說〻類癡兒之

夢語四章七律繼述傾葵萬水千山長期倒屣

奕葉旂常紀 ム聖恩簪纓濟濟繼諸昆翰林聲價聞來久

太常風流今尚在能以和平滋雨露知留福澤與兒孫星軺到

處春光滿忘卻朱旛皂蓋尊

詞壇健將壽而康龍馬精神熾且昌墨瀋飄飄三折筆文心

曲曲九迴腸談來官況情多厚說到家常話更長我侍硯

旁求吏語慣從吟咏聽鏗鏘

勉我功名勸讀書恐教俗吏廢居諸余選期將至司馬以勉我正途折腰五斗

期將至趨首三台願望虛況有高堂頻悵望何兼薄祿重欷噓
亦知黃卷青燈好愧我家無隔宿儲
此日陪吻入幕賓受恩深處無如春講堂授俸皆君賜館穀
酬庸念我貧（自馬蒼作和川書院主講高堂之俸故願以稍當）三十年來追往事五十里外接
芳塵長安異日重遊者驅馬佞門一問津

蜀東後學呂清瀚

呂鐵江先生佳作最多余只記有二三故併録之

自跋

餘生歲月旅宦春秋幸月白風清叨叨天恩於西蜀繼郊寒島

瘦作地主於東陽五馬棠陰空睡槐安之夢三磚花影轉胎潘

令之香有限風雲無多雨露濟困誰復發棠之請急流不

無買舟之思於是感懷今夕回首當年月殿徒登蟾蜍之悔其錯愛

詞門遠到風霜應憐杞備嘗而乃欲一知半解爭聲價於東

曹美月嘲風徒笑傲於西窗而已。第以年雖白髮志切青雲

與其以醉月消閒何若以誦詩授政稟經酌雅孟學士之長才

白雪陽春王員外之絶唱且也司馬題留橋上雪夾泥香歐陽
點作春官桃李城滿故余自赴任以來問俗採風博聞廣見
漢嘉古郡樓有四經蘷府孫墩賦傳三禮於是如姓字芬芳
官假文章而名著品題翰墨筆干氣象以彰感因而情以生
感恨未得見夢筆之花香歆學偷態不能免搜腸之澁
字向放衙於蓮幕飲墨知羞絃龍鼓瑟之春風鳴琴在抱
雖曰鄉音無伴感泠落乎鶯鳴然而庭訓猶存憶叨陪
乎鯉對勉從政簡餘閒學為家絃技事泥中不有小鬟之

戲窗前猶須老嫗之聽其搔首也詩癖一斑其枯髭也莖惜
數斷蓋以詩書到底繫蒼生學道何嘗離詩論生雖已晚
得南指於三唐擴出之鴛鴦別樣命可維新傳西方竺雅
題來之山水皆詩俗免一行作吏閒偷半日浮生豈敢沽名
爰資游性
嘉慶乙亥年桂月上浣
秋梧主人老吏舒翰跋

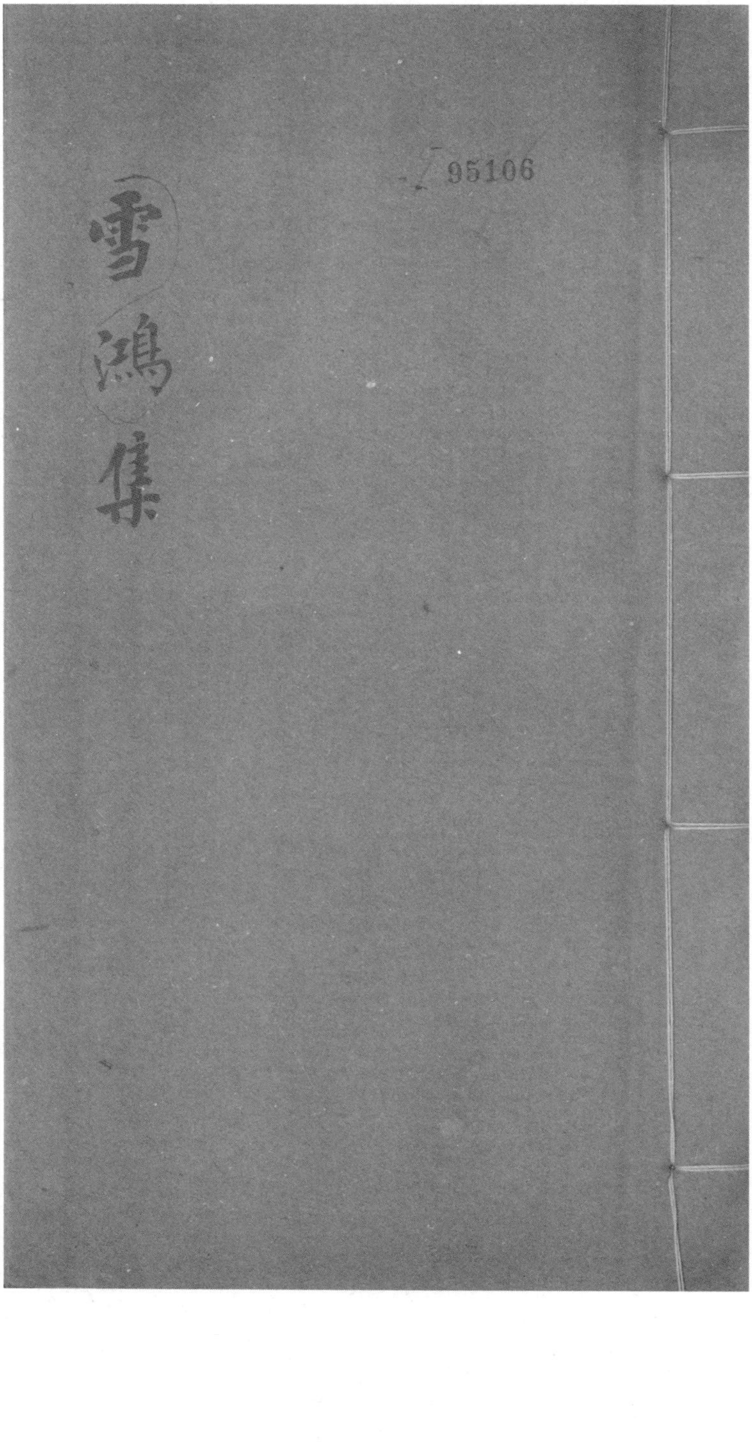
雪鴻集
95106

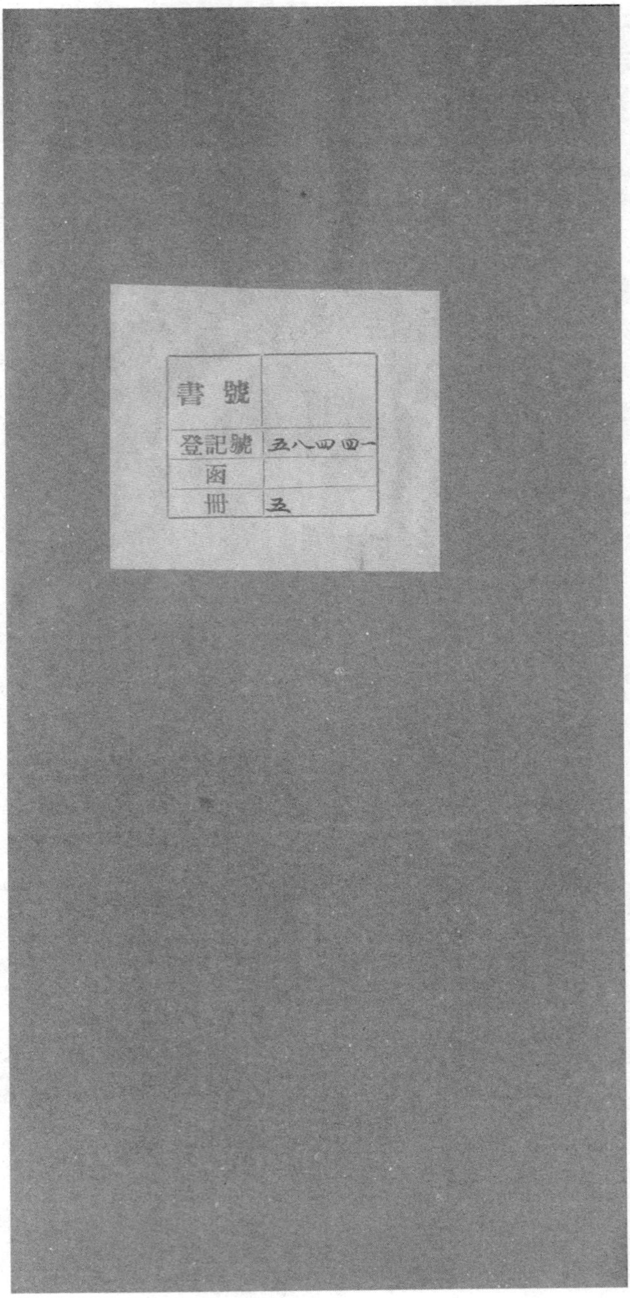
書號
登記號 五八四四一
函
冊 五

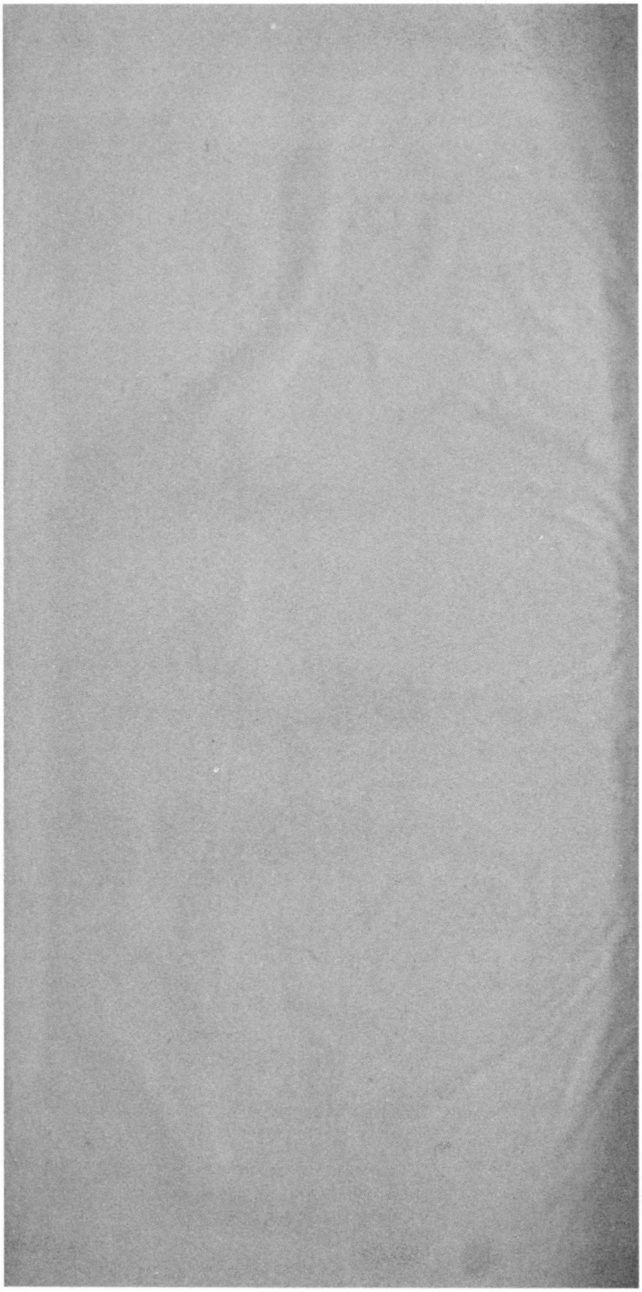

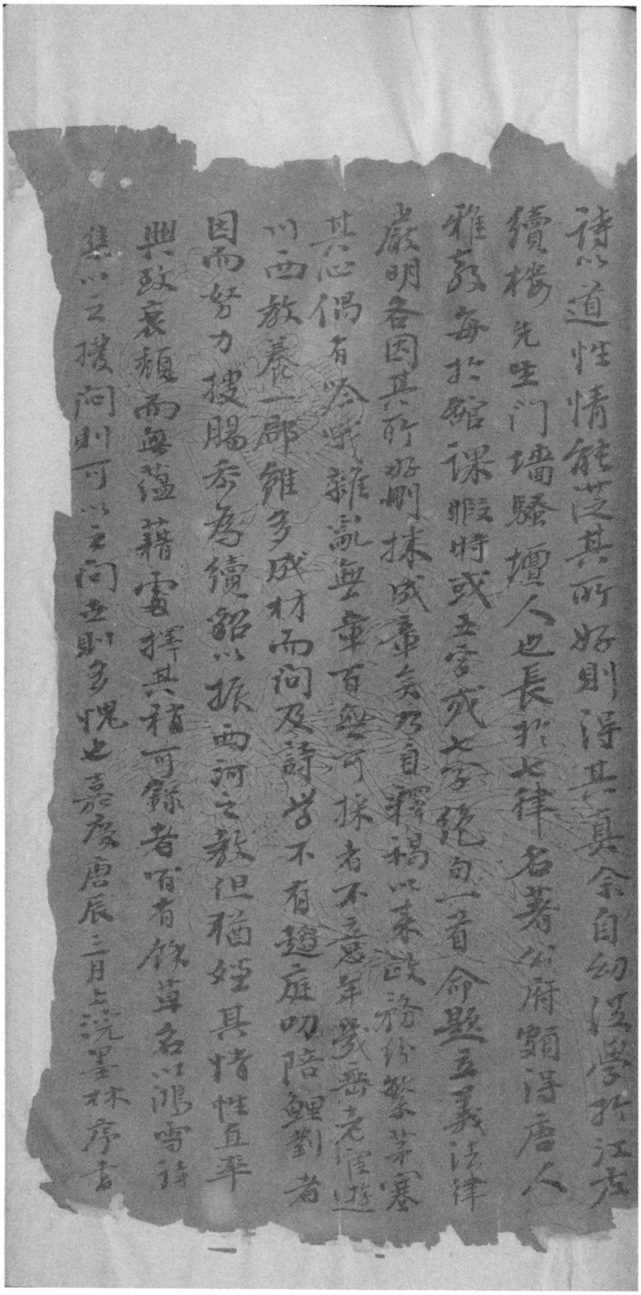

詩以道性情，能從其所好，則得其真。余自幼從學於江左
續樓先生門墻，騷壇人也，長於七律，名著於府，頗得唐人
雅致。每於館課暇時，或五字或七字絕句一首，命題立義，法律
嚴明，各因其所好，删抹成章矣。乃自釋褐以來，政務紛繁，茅塞
其心，偶有吟哦，雜亂無章，百無可採者。不意年幾無老宦遊
以西教養一郡，雖多成材，而問及詩學，不有趨庭叨陪鯉對者。
因而努力接賜，為續韶以振西河之教。但猶姪具情性直率，
興致衰頹，而無蘊藉雍容。擇其稍可錄者百有餘首，名以鴻雪詩
集，以之授河則可，以之問世則多愧也。嘉慶庚辰三月上浣墨林序書

酉年冬月因案来京引　見後調補山西四首

宦海風波杞故来急流勇退復徘徊不才真怕
天顏鑒無病何須地主催收拾杖頭錢有賸束裝
鏡面老偏灰可憐白首簪纓舊一任風霜送我回

爲許還鄉有笑顏芝蘭將發暫門闌功名有分何
妨晚歲月無多好是閒但喜身輕腰不折何愁年老
步維艱待容策馬膏車後縱有驅馳可往還

次三引　見日作

列宿光芒眼外懸，分曹待漏欲朝天。雲飛烏鵲千

門曉，日繞龍樓萬象全。乍起爐煙開羽扇，城行

鵷鷺繞花磚。天顏咫尺誠惶恐，奏候宣麻出殿前。

補缺後出京

誰道重來宦運通，行行雨雨更風風。東隅失補桑榆

日，西晉迺歸紫塞鴻。四海一身人見老，卅年五品命

知窮。揚鞭強笑辭兒女，指諭生涯不在東。

行路遇友

聞出陽關棧道難 輪蹄鐵每曷催残梦 驚吽月
村雞唱食遍 過當壚漂母餐 為訪漁樵談過 點偏逢
杖履識来官 問儂行篋詩多否 值得青雲梯一攀

山西道上

去國征駒走已遲 山来綫纆又何思 知情花鳥誰為
主 得（意）風雲我有詩 心血十年餘白髮 口碑一路説黃旗
（余黃旗人也）且来假館熟人話 到底悲歡是久離

其二

邊亭重過憶前因，記得分杯獻子民。茅店痕遺別淚灑，柳枝情遞過山春。衣冠還是活前客，雨露將來有後人。眼外流連憑日暮，征駒款段度關津。

過黃河

黃流滾滾似無邊，回顧長安隔目前。萬里飄蓬初渡客，三年遲滯又開船。危檣不覺風移動，輕艦何須水淺牽。幸遇慈航登彼岸，他年識定送家還。

西安道上

遠到長安大郡來高低谿眼任徘徊雲連飄渺峯巒
秀地聚光華城市財此去補修名野傳當前好記古
堂台宦游不藏讀書色生面從今喜易開

窮途自嘆

秋情馳驛動前途零落行裝担日租雲雨崇朝遅走
馬腥氊滿道難行厨典衣曉怯金風冷沽酒愁捐玉
珮無囊澀於今何所望沿途托鉢不宜吾

入劍門

灞橋汎漳馬消魂南棧咽喉入劍門四壁峻嶒天作對
一山鋒鍔谷留痕驚心當道蹲多虎慘日殘碑壓老
黿行步遲遲何處宿夕陽翹首望烟村

梓潼道上

高歌唱晚路行寬就日瞻雲石蹬盤韋抗鑿山千佛出
文公走馬萬民歡松橋影徹雲衢綠桂殿香流曲水丹白
到芙蓉溪過後子雲亭北倚闌干

晩過武侯墓

黃沙鋪北稼如雲魏首峰巒像定軍下馬問津盤
石路孥杯貝祝奠星墳編師殫破琴絃胆倘國捧
翫羽扇勳愧我書生無得句楓林鳥噪已呼羣

秋七月下旬初到天全州

多功渡已列蜿旋人徑高底次第迎一片礎敲谷應寂
兩行風散鳥飛鳴眼高愧見城如斗胆小初來口若覺
行路但聞烟火震迺恩橋北報門名

抵衙接印

幾歷山城何處家，受恩深又到官衙。千秋白嶽當堂一

鏡，一印紅標畫壁花。心爲傷勞思怯再，官因漸老望

無奢。捲簾白首鳥紗客，檢點三鄉納税茶。

出示家丁

宇水巴山險路長，雲從恰住雨雲鄉。鳥容擇木鳴飛去，

蠅勿貪腥鬧聚堂。明鏡磨非瘦後照，先車鑒有覆

先傷。此來自惜年華短，肯把福田老自荒。

山自青〻水自長叨恩印綬報天良霞盃洗盡昨雲
雨照胆傳無小鏡囊縱有青袍風在袖無如白髮雪
加霜殷勤勉作平安吏肯為他人作嫁裳

奉和鉄江呂先生来韻二首

蓋從攘臂下車来又赴〻槐無夢果哉霜髮雖稀簪
情掉衰衣得補繡誰栽冷官稍邁人無故公案勤
勞我不喜見攜琴蘭幕友知音試借和詩陪
家風次第蔭勲猷我輩功名就宦游方面不宜寒骨瘦

福田還待好心修滿朝朱紫書為貴報國文章筆以酬
幸得他山攻玉力天全肯自負神庥

考文童

為奉台恩考許先生童厤序坐堂前滿城桃李紅三月
映日雲霞紫一天（是日天多霞雲）山河（水）風開科甲第文章光射斗牛
邊他年顧我歸鄉後翰墨名知朝考年

考武童

文教休明試武童男兒到此見英雄一鞭馬上青雲路百

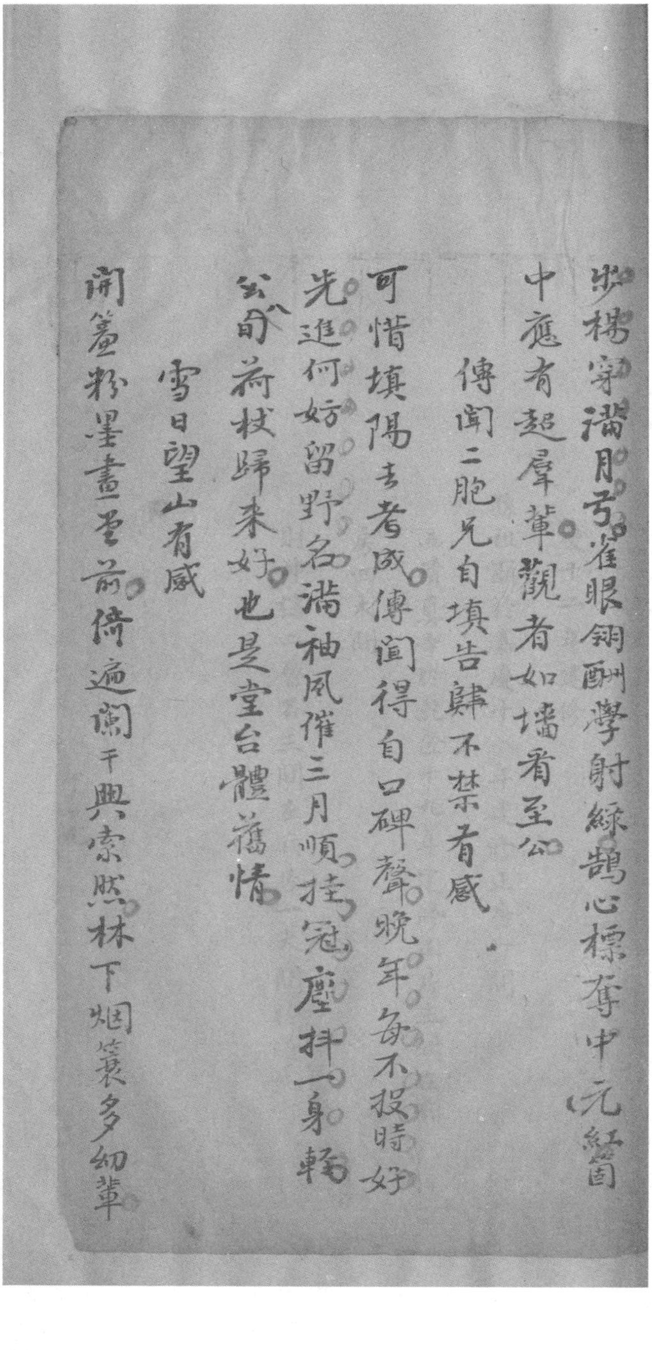

步楊穿滿月弓雀眼翎酬學射綠鵠心標奪中元紅箇
中應者超羣輩觀者如墻看至公
傳聞二胞兄自填告歸不禁有感
可惜填陽去者成傳聞得自口碑聲晚年每不投時好
先進何妨留野名滿袖風催三月順挂冠塵抖一身輕
公前荷杖歸來好也是堂台體舊情
雪日望山有感
開奩粉墨畫堂前倚遍闌干興索然林下烟簑多幼輩

山頭霜髮畫髙年白眉尚說無遺野青眼只留為看天
那有梅花南嶺上數枝壓冷笑驢顛

規奴

忽卻巖城晚鼓撾月光烱户當窗紗草堂偷宴充商客
雲髻催妝假女娃囊裡零星空手索眼前撩亂絲
雲華可憐涞夜歸來晚犬吠敲门時顧家

门公告退

那有華筵久不離吾生情性舊人知十年兩好情留

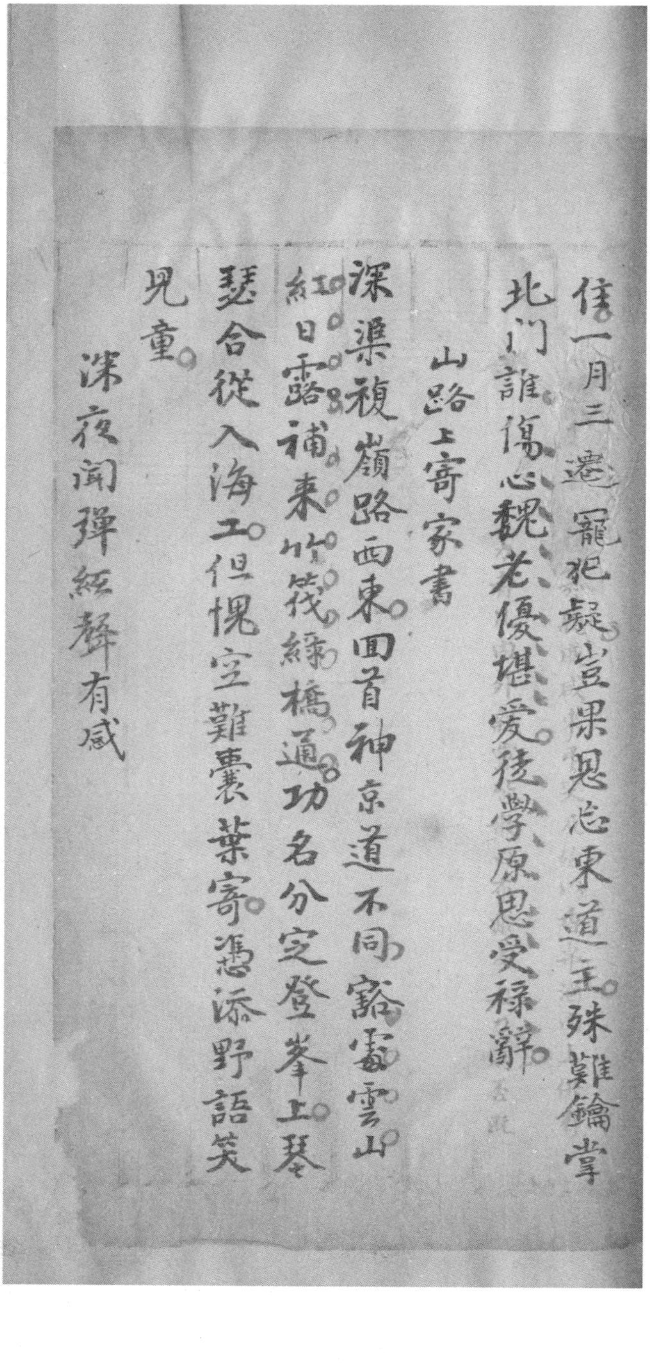

佳一月三遷罷犯疑豈果思忠東道主殊難鑰掌北門誰傷心魏老優堪愛徒學原恩受祿辭

山路上寄家書

深渠複嶺路西東回首神京道不同豁霧雲山紅日露補來竹筏綠橋通功名分定登峯上琴瑟合從入海工但愧空難囊葉寄憑添野語笑兒童

深夜聞彈經聲有感

誰家畫閣奏新聲散落幽窗月正明倚枕垂簾空
萬籟調絃布指耐三更宮商也是緣挑字紅雪偏無
復和情尚望高山流水調教人難類與臥吹評

喜得家書

昨夜燈開不剪花今朝飛雁落山御故人顯達情書少
小字安平好信奢鄭重啓函金在手分明解識眼穿
紗隔窗再向來人問幾許傳言抵到家

下筆春蠶食葉聲

窗明几淨欲何為，下筆龍蛇飛舞時。學劍化能通草聖，喂蠶響悟寫烏絲。看將飽潤經綸腹，聽若神臨翰墨池。一幅春雲誰作字，桑間孃笑不通詩。

閒與幕友看戲

心到公餘暫放寬，武城絃誦已吹彈。明來吳蜀歌同誦，語雜齊東笑亦(自)歡。袍笏一堂空富貴，鬚眉千古(假)不年殘。且(但)為破夢同君話，偷得工夫醉倚闌。

公出轎中作

依舊肩輿去復來，琉璃鏡徹小山隈。官心勞為民生碎，人力強從地道該。青箬叢中雜健婦，綠兜草裡睡嬰孩。下車教養誰籌畫，恨未執鞭自御來迴。

解組後因妻亡東京追憶往事不禁生感兼吊二兄

鵬許高飛萬里程，那知殘病負更名。舒翁二字係二兄改賜 焦桐絃斷西窗月，亡妻在代州病故 孤雁雄飛北塞城。自代還柩來京 眷口十年孫抱子，差肩二老弟亡兄。此來縱有青袍在，歸自淒涼杖履行。

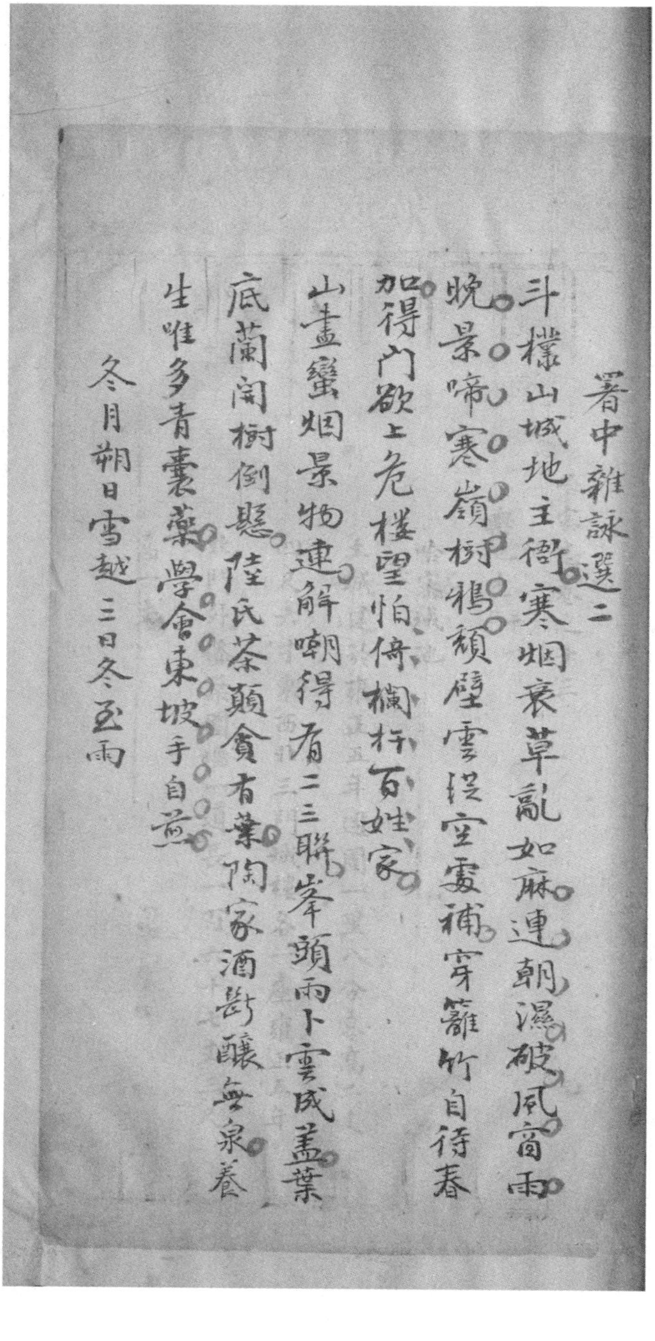
署中雜詠選二
斗樸山城地主衙寒烟衰草亂如麻連朝濕破風窗雨
晚景啼寒嶺樹鴉頹壁雲從空處補穿籬竹自待春
加得門欲上危樓望怕倚欄杆百姓家
山盡蠻烟景物連解嘲得有二三聯峯頭雨下雲成蓋葉
底蘭開樹倒懸陸氏茶顛貪有葉陶家酒斷釀無泉養
生惟多青囊藥學會東坡手自煎
冬月朔日雪越三日冬至雨

居報陽生四日來兆豈雪早向春催天花舞欲香風度土
潤先細雨開西嶺捲雲山瘦夜南枝待月影肥梅元冥
戒令迎春客放化瓔漿洗綠苔

臘月八日係二子生辰

豈兒戲綵降生時記得開筵酒滿卮白首光陰偏作
客清貧節日只吟詩雞豚察禁官廚素升斗空難巧
婦炊回想家國誰在座詩魂今夜入京師

送鐵江呂先生入都

桑蓬生應客天涯到處情深可是家弦月半簾鈎

蝶夢錦城滿樹作桃花零封館俸囊收有強勒啣

環酒勸斟馬上請看誰墮淚年來忍不到山衙

懷呂先生仍用前韻

陽春白雪唱山涯何如池塘夢在家坐話燈窗席已暖歸

謀斗酒日重華（年内臘月去至二月初四）江東雲樹滋榮早渭北宮墻冷

落奮（呂先生現掌學教）許我吟鞭歸日贈長風走馬望來衙

迎春二首

六九回陽春可憐迎恩橋（此橋在東門外）引望東邊牽連秧馬多
千畝綰染耕牛打轂皂蓋遮寒防舊雨紅爐放煖散新
烟循規拜就芙蓉座待看鶯梭柳欲眠
喜見春來轉入城寒光打破一牛聲香道爆竹烟鋪地綠
颭風簷月蔭柵青眼放開星火曙綠窗晴報鵲鴣鳴歸
衙簽發春官令學畫規農太守情

除夕二首

臘盡春來又一年啣杯守歲轉淒然燈花剪碎釵頭玉酒

債還支税口錢運喜從新還有夕後算得壽數盡歸前寸金難
買今宵刻爐火松添不了烟
家風除夕祝兒觴臘酒今何淡不香人事最嫌都滿頭年
華果信會愁腸詩魂强放開今夜醉眼偏迷到故鄉倚
得神來肴子女簪花珮玉幾行行
新正元夜朝賀
光陰荏苒又重新那是昨年卅日晨投刺門無朝散馬登
車轍改宦遊輪蜆旋眼外衣冠避花鳥筵前錦繡春白

首升階熟舞依然衮冕樂天人

送京使還鄉

此首係查出宜刪

只千里遠抵空堂有限長談復束裝間話還疑餘在口寡
情轉愧慈悲腸寒雲白雪山衔畫生地元參蜀囊舊
路輕車家到早傳言面目我如常

署中有桂樹四株某前任削去一株幸根尚在

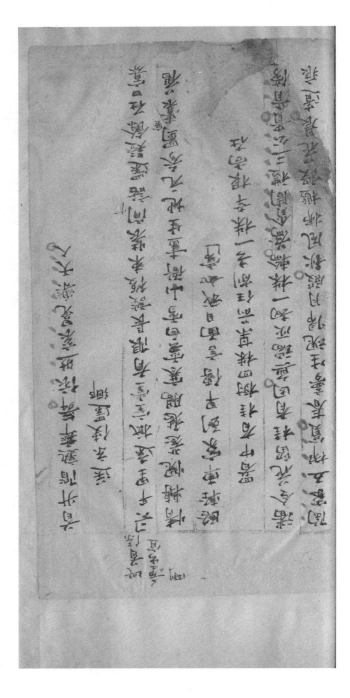

潘令花留桂有因無端灰刼一株輪爲貪周禮三公貴傍
陶家五柳貧春夢生魂歸月殿秋風拂檻誤花晨遺痕

墻下猶誰待空遇憐香舊主人

以不能詩答友

騷壇旂壘鬪詞華老吏殊如飲墨家挺管掃枯禿筆
梦濤箋寫蔗拈髭花詩書況已留兒債山水何須待
我誇不是今非莒父宰西河從未作生涯

連日濃陰望晴

可憐稚雨過奢華陰及鄰封眼罩紗豹霧逞狂偷出
境妖氛私放不窩家堂簾欲捲三春城市宜還五色霞

况許風姨旗已樹滿山石燕忘飛斜

移竹

美月吟風自有春而何棄擲幻芳塵縱然肥遯無（非）君子
可惜安貧少德鄰三卷禪經紅誤誦一斑湘淚綠迷津於今
權作拔茅計移種梅窗伴主人

奉謁穆坪公幹六首

入山端的為誰行冒險獨勞匹馬程路似人心平不了官
從谷口過都生詩痕梅嶺題留樹酒債風帘渴到城

堪笑川西蠻野甚，爭看雲裡一簪纓。

一帶裙腰日影斜，竹籬茅舍有人家。青黃田也經冬菜，紅白
茶才幾樹花。款段馬嘶坪下路，飛揚鞭指樹啼鴉。轉來的
是僧蘭若，待與高人講法華。

門敲月下鴈來深，知有僧家睡未沉。更禁弓刀懸祇樹
偏聞鐘鼓亂松音。曲通花徑長風掃，冷度禪扉淡月臨。
坐待東方窗既白，一山寒逗遠天陰。

茅店初來得睡難，陰陰天氣出門看。解鞍馬惜清官瘦，問
酒瓶餘白水乾。且自閉門燃火熱，無如倚枕破窗寒。呼童揭

帳篷窺雪一夜峰頭大雪漫

公竣天開出小関田疇春信綠迴環泉流隱隱雲峰咽影

搖搖興轎還歸路如來偏覺遐去家尚遠且偷閒暫同簿

暮寒鴉集為了詩情趁在山

清晨返旆早歸衙行道猶餘泥未渺跨馬一鞭旋舊路沿

街五綵結新花（是月十五日立春）孤燈伴影昨宵夢滿月迎春此日家

惟惜民夫勞送我回頭山徑午雲遮

奉委代府考試

監試名曾冐晉陽（昔在山西話作內監試）川来敢復代龔黃當行弓馬青年慣合式文章白首荒花裡招魂尋筆夢塲前放胆看穿楊宮墻外望三千官（客）聽選春城桃李香

寄雅安徐大兄

弓刀小隊入春城為聽絃歌緩啓行詩教過庭趨鯉對（現尊大人在堂）琴操陽水盼蜆旋接鄰素切珪璋望下問偏竹（来）馬逕幸際春風桃李宴還推牛耳執吾兄（雅安是首縣）

讀秋樸沈先生集錦詩抄

麥光染翰字蠅頭，集腋功成翠羽裘。心細律從工部版，眼高品在謝家樓。約來剪燭花千落，重與談文酒一浮。此後懷君書懶讀，收藏詩縷莫人偷。

獨卧雅府花廳有感

綠暗紅深過雨天，雕欄畫柱不開筵。風前雲過金鶯唱，月下朋来玉笋聯。看竹不妨題鳳鳥，尋花無自問漁舩。主人不在閒林榻，借與清狂伴柳眠。

府試閱卷日作

百年養士聖恩頻銜玠頭銜尚及身只爲宮詹出翰院
乃更品位作儒臣崢嶸富貴無年老多少功名有後人
肯自甘心辭筆硯文章青眼不留神

代府試後即迎接學台入院

六一先生老試臣文章選有似清真冠童人待風前
詠桃李花城開雨後春泮水遊來稱弟子孫山歸去亦門
人星軺不日高堂上普照無瘦鏡一輪

妾作提調

廟院槐黄誰復催蜺旌小隊今許重田丼堂仍有鵷行
座奉檄權登虎旅臺潛樹鶯花隨雨去一山雲霧帶
雷來今朝筍不行廚備辛苦星霜徹不開

試畢候謁文廊早起即事

屋上飛禽聒惱人臨窗報起欲抽身寒氊煖還留戀
瘦骨春慵強欠伸鐘鼓令毋驚蝶夢香烟傳待唱雞
晨為乘平旦清明氣出點前堂席上珍

嘲秋樵納妾

千金賣劍買娥眉仙雲雨巫山睡要遲村野候無尨耐吠
河東驚散吼多獅君藏楊柳吹簫句我送河洲鼓瑟詩
昨夜香閨道德喜幾更彈罷故人詞

送別秋樵沈先生

知交投分自情深說到衷腸語入林老辣惱人因白眼
寒酸盟我誓丹心窗西詩話燈挑短硯北花箋淚寫陰
請看今宵堂上酒舉杯端的為誰斟

清明日在考院憶諸友遊春

直到道河流有畫舫杏花紅處渡狂顛秋邊打破巫山夢
蛺蝶飛拾白紙錢玉樹風吹翻新翡翠銀沙雨洗舊平
川移情處處好誰見試院烹茶手[襲]學自煎

雨日公出事竣後停車行廚雨少止歸

坡陁泥路且盤旋事畢行廚遠見烟白作丁阮茶煎雪紅
嘗蔔散米充蓮為平石激波瀾水住待鴉飛霧雨天況
有些犀山路照鞭絲馬足走雲前

送靜山鄭觀察北上兼敘舊好

聞在枝宜（地名）劉辦年（征白蓮教匪）濡毫舞槊路人傳郎官星識
藤花月（道台係吏部司員出身）孔翠翎飄汗馬天（後在軍營賞戴花翎）滿座春風揮
羽扇橫秋老氣掃雲煙於今北上朝元日題柱何嘗都姓田

奉委赴瀘定橋修橋四首

那是城池鑿（築）飭勤瀘橋委理渡千軍（適有軍務）應從水問漁
灣岸不料山行馬駕雲得手功名無我輩勞心風雨有
斯文濟人也是前程事尚候三冬舊例分
去州信宿散雲初山上殘泥未濺福野景遇晴都上眼

人情多識即看書況經四載輶標路得寓千秋羽扇廬寓武侯廟
拜祝為修橋上索天工人巧又知吾余
瀘定原從大渡過人烟中斷奈寬何自來仙侶浮杯渡誰作
長橋卧水波環落竹龍飛入海竹龍長五十餘丈先用人力駕於橋上繫鎖畢放入歸海索啣鐵獸
道懸河於今重整師能太創橋巡檢名縱有斜風板備多
提臣名岳升隆創建意深詳五月閔津草不行滚滚波瀾山澗石巖
巖鎖鑰守鐵橋梁環如落板千人阻險是行空九索長栽曾時到
枕楠杆親顧問土兵守作一邊防

赴穆坪宿頭水過水（地名）仰見山前有似瀑布者喜以誌之

穆坪山徑只彎烟瞥見廻瀾下自連端水谿通千派合急流夷湧一溝旋織雲風落珠簾掛過雨龍噴玉洞涎生面蜀開看入畫何須乘輿去聽禪

奉文遄歸

馳赴鑪城（橋）去復來驛程肩換輿人擡化林東下清溪路雲樹南灣里堠臺縮地恨無真訣得飛仙梯（有階）輿遁風催可憐汗馬無名了憑仗移文送我回

晴日來衢喜得路平

峨路蹊向道不同漸來亂雪漸向道叢林過雨深深綠斜日御山溪溪紅好似人從仙境外依稀家在畫圖中歸思險後知平易天連何愁路有窮

自嘆

駑馬何猶戀棧槽生涯無著首空搔寒酸得福分終薄旅苦成名享不牢尚道春來花一縣猶希雲破月閒遣綿州賣卜人如遇顏信先生借箸高

次心齋先生來韻

峻嶺披榛覓路行，歸來回溯說分明。石頭幻出遊人影，雲翼飛留過眼情。古木灰心沙自臥，遠山白首雪孤明。天然一幅炎涼畫，說與高人評不平。

再過雅府有感

亂路間間又雅州，徘徊重上四經樓（東坡讀書處）。山堂靜掃風林影，曲徑痕迷草色幽。何日春泥巢紫燕，誰家流雨赴輕鷗。可憐處處閒眠榻，碎月零雲作店投。

宿泥頭店中

孤村落日近山寒逆旅人稀睡更難不寐泉流聲在枕
起看盞洗水空盤一彈長鋏出行苦五斗殘腰折坐酸惱
煞泥頭埋白首呼童秉燭理歸鞍

宿清溪縣即事

走馬清溪蹄漸遲可憐倦僕更啼飢山房空落兗茅店
城市嚴寒斷酒旗瓦破冥哭蘆風捲日（其地多晚風）枕聽洗月水流池
主人怕我無情話藜杖敲门懇賦詩（藜杖可正風）

題頭過水小庙短壁上（補前遺）

頭道水寒懶脫簪洋〻盈耳亂松音齋前無事眠宜早
檻外臨流夜況深百里雷鳴敲法鼓千山響應避仙琴鬧
簷水鑿醒塵梦得（月下）句題留粉壁心

道聞布穀聲有感

四月清和雨欲長山田莫緩勸農忙牛經春草肥餘力女罷
織梭閒倚墻八口生涯須稼穡一年辛苦備災荒此来不是
南安道（叫斷）聲〻布穀腸

時有勸余加捐者寫此以曉之

眼見青雲起鳳池無端孽障不人知飛花雨濕風前夜殘月秋寒夜上遲況我不才明聖世還誰爭賽老年時官卑也是酬恩日棄借深林穩一枝

京使未署

家園折柳滿吾廬近況詳知口告余一國未留原恩眾半船尚緩子雲書官雖塵俸零還市身在功名薄積儲斟酌田園得有力杖頭錢暫付歸歟

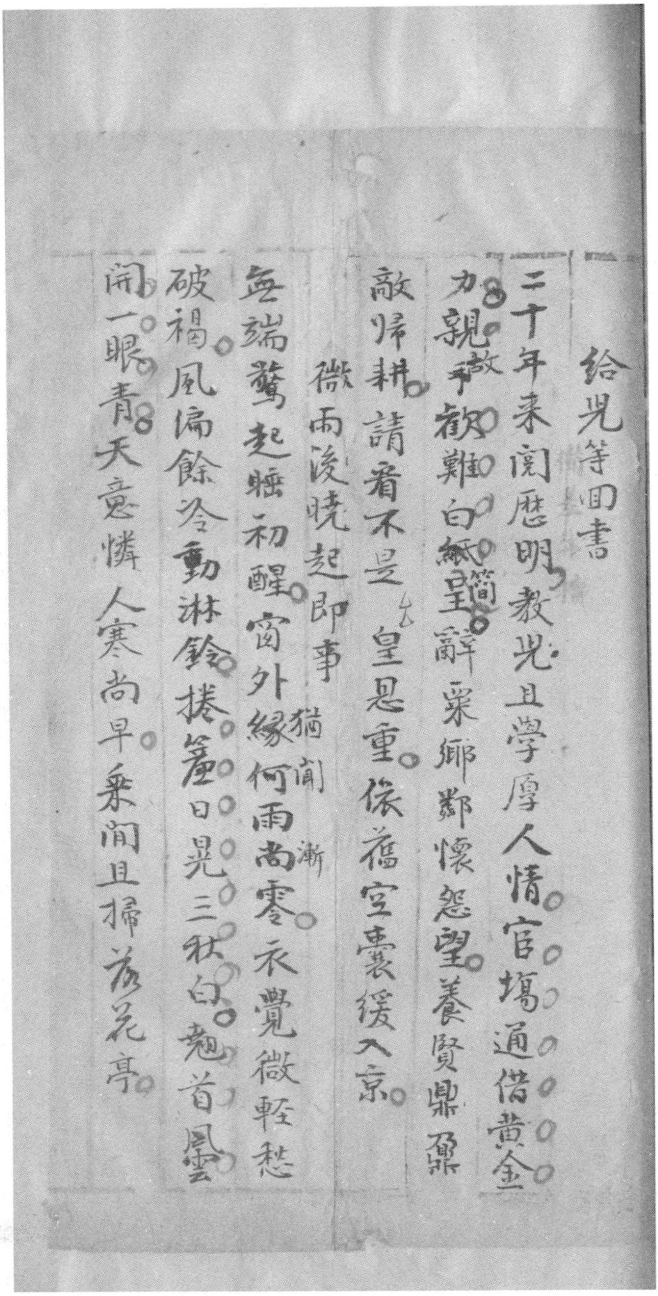
給兒等回書
二十年來閱歷明教兒且學厚人情官塲通借黃金
力親手歡難白紙呈辭采鄉鄰懷怨望養賢鼎鼐
敢歸耕請看不是 皇恩重依舊空囊緩入京
微雨後曉起即事
無端驚起睡初醒窗外緣何雨尚零衣覺微輕愁
破褐風偏餘冷動淋鈴捲簾日晃三秋白翹首風雲
閒一眼青天意憐人寒尚早乘閒且掃落花亭

答京使

漫道青山是盡頭，行年甲子宦猶遊。過時顏色說誰見，向晚殘陽逗自留。歲月淒涼牀上夢，功名零落雨中秋。歸家不為常來客，五載生涯一葉舟。

志感

利名外宦足叨恩，僕從成家用太繁。珠翠凝香還對鏡，對銀囊過飽尚雲吞。那知潘令千花縣，不及陶家五柳門。寄語後人出仕者，好帶金訣害苦兒孫。

驅蚊

飛虫可惡字從文烟火偏難紙帳熏豈有藏風窗外草只
貪積水眼前雲至今喜不燈花報油古嫌如雷夜聞更恨
不從麈尾訓偷閒囑入肉三分

哭二先兄 此是聞信之初

傷心無怕話成真收淚扶節事問因有信休官還擺手
無端說病即亡身昨宵蝴蝶勞雲夢隔夜衣冠作古人
三十年來慳一面沿途執紼是誰親

又哭

老人八十已身危況寓浮家病不醫漫道日斜庚子後

無如歲在巳辰時天香高夲同折月楚相冥偏自入祠滴

酒空山野奠相逢還有幾年遲

嘆民間苦雨

海子妖雲雅郡西水田雨漲苦春犁通渠〔渠〕鷗雛階前鴨

頹壁鄰攘櫛上雞兩部蛙鳴青草啼數家筏亂綠楊堤

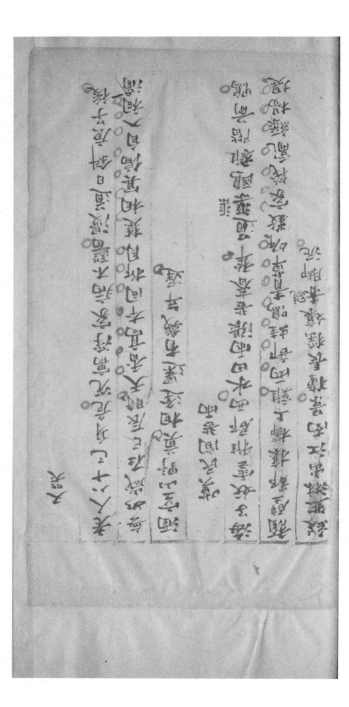

縱些淋出江南景獲長猺孃〔跣〕赤腳泥

課晴

收拾山雲地主忙陰〻一極倍成傷鮫人不有西川淚估客豈通南貨船況是民天須稻養阿容淫雨害苗良課晴急祀蔡（葵）心熱燒出香烟禱〻上蒼

雨後晓行東野看稻

阿誰今歲説年豐橋〻通思野望通鳩婦洗新籬院雨鼠姑吹散稻田風人來蹝喙香泥外眼在雲開晓日中一廠青葱高下綠千紅萬紫色空〻

感暑中燕巢不棲有懷亡妻

呢喃巧語舊成腔，玳瑁梁棲海燕雙。爭奈細君寒北塞（亡長病歿杭州）

邇來老友話西窗。箱中命服藏餘麝，鏡裏眉痕皺勝厖。

安得飛還千日後，吹簫似鳳渡川江。

秋後自勉

秋來戒詠斷腸詩，閒士工夫此日宜。公道白鬚逃

鶴髮晚年青背戀，蛾眉加餐蓮飯強於肉歆飧

燈花睹有恭惟惱，扶節遲脚步趋蹌（不改少年時）

七夕夜吟

閒階獨立自徘徊。良夜今偏晴不開。那是星移牛怕妒。直愁橋斷鵲難堆。癡情千古三郎誤。迷眼雙流一淚灰。惟謝天公憐我寡。懸河頓化白雲隈。

家人有勸我不必讀書者題此以叱之

海山無事學琴真。朝市原容大隱人。政令簡餘拙藏日。刑名清冒仕優臣。眼青窗日批南史。心赤書燈讀魯論。慚愧僕從常撫掌。笑儂癡慧在官貧。

閒吟

漫道方城地不寬蜂衙巢我樂年殘廚先水育藏識丹沙井庭白果花開七字欄杉逼青山歸入畫買閒白日忘為官武城豈獨絃歌便也學琴堂且在彈

祭厲壇

殿閣重修遍始皇可憐公廨獨荒涼兩間木架危高嶺五尺龕勻屈小堂風統一圖神在座月穿四壁鬼偷光傷心窮ら州官共三炷香溫毀丸房

恩副總裁台鑒 吳玉年世兄領到
欽賜賑銀拾圓拜領之餘你深、
感泐 增之外高祖舒公翰係滿洲正黃旗人姓他塔拉氏
乾隆中舉人（科分已忘）由主事內陞至中允外簡知府因案降補
直隸州知州選四川天全州知州 集中有和長孫健橋諸
什健橋名福[illegible]曾著有極樂世界傳奇係二黃腔辭旨頗
美隆福寺書估曾鐫版行世大概不難購求也 增存有原稿
因久作飾將原序遺失未敢上

呈此請

冬祺秉鳴

謝悃

前秘書延增詳肅 新病未瘉字本不恭祈恕恕戚

雪鴻集

續跋

夫海内言詩者幾於家曹劉而人顏謝矣踵竟陵之習者瘦寒枯澁旣無當大雅沿七子之風者又雷同膚蛻所見一凡而高明之家至欲別標新幟厭初唐而右宋元黨蘇黄而獲皮陸皆非予與蓮峰刺史言詩之意也詩之意刺史言之刺史之意予于刺史知之詩而知刺史之意矣凡所下一批

無不斟酌用意蓋予與刺史之交久矣披
既不諱其所短我又何敢掩其所長凡所
閱歷情性俱已詳言之矣茲因其初集方
竣二集將書予又從而長言之咏嘆之覺
曹劉顔謝竟陵七子亦不過各就所遇而
為詩耳刺史雄於詩者也無瘦寒枯澁病
知其来自玉堂也無雷同膚蛻病知其各
成一家也從此再讀二集其引人入勝者

更不知爲何如也。

鐵江呂清瀚跋

秋日閒窗自咏四首

文章好向細心栽，閒日年華莫我催。碎雨零風秋冷夜，殘編蠹間老荒才。書香身後家爲業，詩草燈前字每灰。得句驚人改不出，飯依愧自草堂來。

其二

年少功名得意春，等閒吟咏笑無因。自看草聖通神劍，愛學琴入海人。伲几偏逢勞案牘，趨庭尤恨背官親。惱歸攜酒歡餘歲，許我偷閒把釣綸。

其三

想是生平未了緣松風竹雨入蠻烟為愁雲鬢傷殘雪
肯把山腰折老年梅嶺上須驢背穩雲山採有鹿茸鮮
得閒不礙茅廬住冒作重衔火食仙

其四

文墨濃濃磨老人浮雲撥盡出清新縱官洗馬年如
古肯教羚羊硯染塵湘竹管通江夜夢雲箋畫愛薛
家春等閒信手行書字昊月嘲風佐酒頻

寄長子良四首

風塵杖履遠還鄉。冷官三秋話去長。梆署缺城雲作
壁。山衙多鳥網支堂。無錢釀酒香春甕。有筆題詩
飽葉囊。故里將來歸去看。軒車白首舊書箱。
官游重許客天涯。回笑昨年問業差。聖主不寬
公罪。例老年合任降階。衙洗心燭夜焚香草。磨
硯晴窗試墨花。山水漸知真性好。受恩深處暫爲
家。

且辦十年未了緣，五陵裘馬讓青春。衣冠仍是當年舊，旂鼓何須此日新。重理民財悲歛展，留星運濟家貧。將來不待君平卜，屈指功名有後人。

可憐吾國幾居諸，掙作雲山騎虎圖。地遠空勞長去夢，官窮生怕亂來書。鹽茶豈許貧增稅，廣俸饒將債補餘。籍在東都家萬里，多金畏不列吾廬。

自壽四首

雲深採有鹿啣芝，內養何煩藥問醫。山水清閒真歲

月風霜歷練老鬚眉名傳海內雖無己壽有人間又媚
誰唯問筵前袍笏客精神減否舊年時
笛鼓堂前又作何人生行樂喜高歌歷經雨露雲天
慣消受風光日月多滿座衣冠尊白髮幾家笙管
拜紅羅招來席上曼卿客戲罷開籠開放鸞
三年游宦久分離此夜悲歡兩繫思官閣豈無羊酒
献畫屏都是搢紳詩槐陰庭院絃歌處菊影籬邊
笑語時往事依稀還在抱者番感慨不人知

百年留有主恩身想是輪迴稍換人有面復皺山色老
無鬚不重雲初新二難有子懷陳寔三語通禅羨許詢
好日心齋僧作會聽敲鐘鼓說前因

閱長孫雙橋來詩數首不禁感懷

人海藏身恥聖朝鴻文綺國姓名標高談得自錢王
塔好句驚猶鄭板橋但惜謀無藏酒斗可憐飲只潤
詩瓢免成彩筆工窮日應有憐才枉駕邀
接來函韵啓封知自作悲歌自寫詩欲把心花澆淚眼

強從腕力熨愁眉三年星運豈終暗萬里音書可又
奇回首家園何故事一鞭走馬恨歸遲
骨肉薄情散不全牢籠籌畫累高年宦遊遠已銷
輪鐵老命還須換俸錢仄巷鳥飛將數子儲粮鶴養
未餘田蕭墻偏不安居樂誰又歸從盍毋還
槐安富貴夢中歡驚醒烟樓一撞難有尾得採窮日
耐無腰不折老年殘人情自向貿時薄士品還宜俗外
看爭奈此心說不出教兒且付酒杯端

二十年來官運平窩兒且細體親情朱門勢結千金
力冰案寒成一水名錢為囊空肥入僕粟能囷指餉交
兵搜來廉俸傳歸雁寄與家人散重輕

又寄長子良二首

家風仁讓久流傳乖氣何來結禍緣香夢有魂迷
雁陣春蠶遺繭斷蟬聯尚誇蔬筍栽培茂空望芝
蘭次第鮮萬里聲聞驚下淚江東父老見何年

記得驛亭借箸時眼前子女未分離何年薄有紅顏命

昔日傳無鼓瑟詩，況賦摽梅期已晚（女弟嫁）。可憐无鳳落須（現未續絃）
遲。兒年不惑勞於我，料理姻婚恃阿誰。

秋雨夜聯綿

又經秋雨送詩題，每夜寒聲下自西。一枕倚窗驚蝶
夢，滿城疑月落啼雞。天將暗（寒向）聚風（雲作）盡，地欲零收池水
齊。獨對南山懸樂只，来朝雞下稻田泥。

讀雨村李老先生詩話有感

何年解組下書帷，獨愧詩無鉢與衣。洗硯究皴螺墨

滯閑編校羨蠹魚肥，東陽臺御標文榜，西蜀詞壇樹
戰旂，令過錦州車下御，望傳一字不空歸。
傳聞歸化武都雲，風雨空江出古墳，徒望童山高絳帳，應
留秀水秘批文，簡編醫氣空空病，梦寐神來得〻欣忭，
向雞林尋墨跡，雨村詩話不人焚。

白髮嘆

老至何嘗許不知，蒼然愁對鏡中時，三分氣吐青雲
晚，一縷痕無連白雪爭，豈僅難描潘岳鬢，何能爭

勝馬良着前生遺恨輪廻早留有霜縧不我遲

送近仁掌判余先生

恭人自古説溫〻不碍寒交寓柳村三載肝腸書卷味一方雨露筆尖恩風清蓮幕傳前輩雲壓山房斷後门自是先生真好静無簾人散月無痕

課晴

嶺南嶺北黄千畝香稲叔逢日不來膏澤不曾爲地吝湛恩肯轉欲天災夏憂心誰滅回風火放胆獨登上雨臺

但憩築容塢圃畢為霖為霖五龍栽

落花兩首

無端秋冷到園亭，殘葉嫣紅漸涕零。不是生無香國本，可憐飛伴楚江萍。斷腸屐齒絶芳徑，拈手詩魂葬玉瓶。寄語狂風相見恨，檻前還繫護花鈴。

千古榮華頃刻間，況云薄命是紅顏。殘痕輸有風前脆，落影拚為月底閒。可惜香泥辭杖履，不甘染指擣髻鬟。但能得遇憐香手，埋近林泉當入山。

落葉

一葉開端落漸悲無情寒露又凋傷未經孃伴金鉤採那有詩痕玉指香戀戀風前偏且反蕭蕭月下隕而黄倘来石掃山僧帚收煑東坡茶潤腸

秋海棠

美人遺愛入秋吟媚紫嬌紅另有心生性不傷霜後傲芳情偏向禁夢中深三分舞態柔腸斷一縷愁香冷淚侵尚待倚欄春睡足回眸撩亂相如琴

秋日重開桃花

那是霜痕是露痕，尚誇桃菜占桃根。不甘此日溪邊夢，先占明春洞裡元。得待月不煩銀燭照，開簾難遇錦袍恩。園名改寫玄都字，唯恐劉郎又扣門。

題菊花

剩粉殘紅罷畫衰，恩輪隱逸出山籬。一簾春雨花無我，三徑秋霜傲遜誰。不愛濃香親惹睡，惟憐佳色變多奇。請看籬外留人處，賞罷卿杯酒罷詩。

鄉友保公諱慶官游蜀省寄字来問賤號及年庚詩二首答之

幾日朋来任武都，同鄉數遍欲知吾。花分蘭蕙香兹合，水接楼臺月豈孤。山海琴中傳絕調，草塘夢裡會通儒。卜期再晤荊州面[莫]，且把蓮峯當有無。

宦游桑梓遇多情，談及當年合素生。骨肉各方忘姓字，詩書到處喜逢迎。李元難[雖]併坐同姓，管鮑交深任異名。君若問儂真甲子，十年重聽鹿鳴聲。

公出聞有[誦]讀詩聲

公政清閒每外巡，西河絃誦耳邊頻。拳枝求友鳴鶯鳥，出水
鮭琴感有墨鱗。文字知心詩悅性，科名爲吏教宜身。等閒知會
卅風月，収拾牛山一抱春。

感懷用程韻

生涯半世墨磨螺，不好啣杯面日酡。名列鴛班叨雨露，官藏鳥道避
風波。琴壺邀月經人少，蓮幕談詩徧日多。収有山川酬鐵硯，移
情何待覓烟蓑。

自寫履歷有感

紅箋細字錄行藏，那爲臨窗賭眼強。一卅風光歸蛺蝶，廿年宦海限羔羊。衮衣不減狐裘歲，兩鬓難逃紫塞霜。後但容陶十載，浮名也似狀元郎。

編查保甲

誰言講令只花旌，小隊潛行百里鄉。到處是山雲駕馬，無家不院犬如狼。人多萍寄空三代，我且權衡籠一方。耕讀分門安汝止，老林胆敢窩賓藏。

籬院

通幽曲徑有疏籬，心地玲瓏可入詩。隔斷紅塵還在望，迷離白眼不無疑。織成錦繡百花毯，畫就方圓一局棋。更到夜深明月下，補廊竹影碎風篩。

撥悶

公堂本也太森嚴，鎮日無朋話筆尖。東壁有書長作枕，南山獻酒只開簾。小園不是無桃李，老吏還當在翰詹。自向幽窗興故事，詩牌信手卸花拈。

金鳳山道上

又渡東流十八灘職司秋省豈遊觀眼前爲喜餘三易
身後惟愁耕九難柿葉紅藏六月暖蘆花白惹一村寒
尚言雞黍山家味還忍飢食加我餐

店中失曉

那是浮家放客遅枕流驚梦醒多疑身偏慵惱雞寒
唱僕又勞推馬瘦疲昨夜忘看詩滿壁主人（今朝）莫嶠路
多岐崎嶇儘有輪蹄鐵待日三竿報我知

香芋架

山野家風一色齊。香芋有不種春畦。驅牛高會耕山嶺
激水橫常用雨泥。粒米栽培紅豆蔻。竹欄懸掛碧玻瓈
風霜歷盡含苞實。休著兒童偷上梯

月臺山路

為近番禺事代籌。月臺山路使人愁。自來生獨五丁力
誰復敢從鄧艾謀。雨水奔騰擁石口。烟雲迷漫暈人頭
蕩平統是皇王道。何必羣黎作馬牛

題靈閣店中雲山畫圖

偪塊層巍端壁前山中還欲結山緣鋪排一紙擣衣石
閒發三朝賣酒錢但喜雲多僧不住可憐墻少墨空研於今
偏愛題留句憑（畫上）仗詩名冒野仙

宿福田寺

殘秋仙境若初春竹雨松濤浣緇塵得路不懸迷水岸
入門知是樂山鄰一牀鰥味禪僧假四壁香烟雲夢真
不道曉鐘催去客過山還是在家人

過大岡山

行路崎嶇止大岡，一層人累一層忙。斷歡探馬逼高望，鷩起歸鴉散夕陽。敵酒無三聲過手，壓盤有九斷迴腸。
放衙幾日勞尤甚，怕已出山又上堂。

午睡初醒雨後

鷩起雞聲日已斜，白公睡閣參初加。峰頭碧綠簾新畫，籬窒孔元黃菊漲華。短夢未醒三徑雨，夕陽餘暖一窗紗。佯呼輕參酌來酒，待看殘雲逗晚霞。

喜小妾

伊家山右不無名伴我多年太有情問歲還須稱後
輩字人偏愛侍先生梅花嶺上禁風冷蘭葉窗頭碍（少）
月明更（惟）有一番可意處燈前學慣誦詩聲

夢中判斷花案

桃李堂前二月春懷人有女不無因鶯（黃）聲懶語花羞日
蝶翅驚慌雨打春一抹争妍當面粉三分罪贖買花
銀漫云睡裡渾閒事醒後還瞋是子民此二句醒後補忘語

題澹香廬蘭花

幾經灌溉笑開顔，移入書齋意自閒。花味親人清一縷，窗紗透月緑三間。品高不礙根生土，盆養何愁遯入山。盡日垂簾惟我伴，偷香些處鬬雙鬟。

山衙

官遊從未與山離，老坐重衙白眼時。嗽石原愁多硬氣，餐雲不免搆仙思。親朋踈為身如隱，精力慵由事到遲。惟有高人真樂處，清風明月我先知。

中秋月夜有感二首

客邸光陰倍可憐，每逢良夜不成眠。心齋香草爐三上，
眼轉冰輪鏡一圓。綉閣針挑孤枕淚，銀樣人醉舞衣鮮。
那知樓上白頭老，貪看宮花為少年。

此節經過六十年，家常歡較官游全。為嘗炊餅無鄉味，
尚說開筵有酒錢。節日偏多來債主，情腸難（斷）忍是秋天。
那知今夜團圞月，圓到雲深不見圓。

丙年九月九日登大岡山作

牛山也可作龍山，歲歲囊萸過此間。霜髮自來簪瑁

玉雲頭從不散仙鬟依然馬上催租令即是籬邊醉
酒顏千載重陽同月日登高不像古人還（保不落冠）

祭祖日作

漫愁追遠五雲遮愧斷香烟歲月奢不是敵生無
後輩爭能與祭待歸家羡墻識可格千古骨肉親
堪會一御三日若償如在顛磬香傳遍野（塞）天涯

偶成

白髮如霜又幾年山繩牀還是舊寒氈心花紅不肥融

雪眠眔青還冷耐天秪有家書堪作伴偏多詩夢不成眠緣何薄俸頻留戀怯少車鈴萬里錢

公出途中有感

已繳簡書奉使槎鞭緣馬足又離衙本来富貴非吾有何必風霜向世嗟平野綠鋪鸚鵡地滿山紅放杜鵑花眼前樂得詩盈匧且到江村話煮茶

中秋日出遊在村作

斷腸詩懶又完篇遊到花村另一天瘴雨人稀紅葉外雲

屏山抱綠河前絶勝皆城中鬧渴望良宵月上圓且問鄉
鄰今夜俗焚香骨肉幾家全

勸長孫纘絃二首

可惜琴窗掛斷絃遥聞矢願計從權爲悲湘瑟風迷
岸不忍秋蘆雪着巔（遺有一女）一抱瓶花寒雨夜半殘籬菊
傲霜天問兒果值龍蛇歲中饋紛拏學磬泉
書中原有美人存舉案賢多禮義門游泮已聞曾點
瑟棄家何鼓老莊盆高人許邁口無妾名士楊雄耶

有孫。汝況懷才師李杜。誰藏斗酒送盈尊。

分州另設書院奉太尊命名乾元

五星東井屬分州。三樂朋來望遠投。館俸偏招捐地主。
書聲已邈過山頭。但緣賢牧牒文及。敢問生童考課不。
御體命名尊太守。先生別只束脩留。

答長孫雙橋

荆卿感慨似無端。聞道遭逢也作難。天太困人家不
有。母偏薄命子重寒。致憐豪氣銷磨甚。肯信英才

落寞完。故國鳳毛宜自愛。何年豈濡見飛翰。

步鐵江呂先生來韻

強仕年華後地寬。芳名還已入雙單。鼎烹賢將離家食。祖餞杯親醉月官。為候(覔)鳴鶯傳好韻。何(願)勞鞭馬自盤桓。待來旂鼓迎親過。浸(許)見倚門望二難。(先生行二)

題署中窗前桂花

月中桂子落天香。何日名花蔭倚廊。秋淺不知時已到。根深能待老猶芳。蕊薰雨後酣詩夢。拂座風

來豔酒嘗臭味如蘭親舊愛何須答教乞吴剛

初秋閒步

荏苒光陰又一時出门得慧好秋思斜陽踈柳鳴蟬翼細水空山叶畫着橋下綠蓑宜把釣林中紅葉欠題詩此来啓我出塵想且向雲深住有誰

題紅梅花

塗朱翻樸舞春風豔説新梅絳雪融老幹苔皴天水碧晚妝酒醉漢宫紅倚欄怕有樓吹笛作杏看疑地近

我。為避冰霜投好。清香依舊蕙蘭同。

除夕感懷

春頭臘尾隔晨昏。明日明年歲老人。畫燭初經花剪短。桃符幾換色逼新。忘歸待月于良史。將盡惜年戴叔倫。官署更深催漏鼓。銀甖酌懶醉沾唇。

梦中作

文墨周旋欲啓予。感懷遂使過門車。為傳綠綺幽人韻。憑仗花箋細字書。喬木高山來好鳥。晴川春水渡魚。三章總是興比賦。入手工夫得睡初。

早春卧牛山雲雨

龍以雲靈牛卧山。朝嵐夕靄任迴環。瀟。湘。烟雨。溪。村。畫。妖。嬌。薰。蒸。螺。墨。鬟。菽豆春濃新綠。壞。雪花茶潤足紅顏。只因嶺腹田成隴。天雨何須十日閒。

清明日出遊至書院不禁有感

清明放假柳橋西。烟雨瀟湘入畫迷。村酒未挑帘攏眼。草花已染馬香蹄。閒。雲。散。懶。貪。紅。日。野。燕。飛

鷲墜紫泥自是無人稱管領淪川書院額空題
埋沒陳王甲子年五星輪果不周旋牛山高有龍山秀
石硯磨須鐵硯穿滿樹鶯鳴求好友一峯雲蓋遏歌
絃從今添設西河帳打破天荒有後賢

祭先農壇日作

先勞率眾出春城循例迎神為勸耕献瓠肉分刀
未割治聾酒散鼓初鳴一鞭牛首（惹）三農苦雙手犁
推一望平雨露隨車真入願馨香再祝有西成

三月三日題於書院壁上

三ゝ天氣值清新半日閒來話有因禊事宜修曾
點浴韶光肯負永和春羽觴南館杯流水蠻牋東
堂墨試人自愧名居童冠上貪看庭訓有書紳

柳色深藏蘇小家

長林何處是香塵柳色深ゝ自有春愛惜光陰將
駐馬流連煙景為懷人臨風羣舞青腰瘦點雨分描翠
黛勻故巷白堤來太守蘇家小ゝ著名真

春日雨後曉行二首

眼外高低百畝田，知經昨夜雨新鮮。珠光碎閃風翻露，樹影間流水磨天。到處鬟烟飛宿鳥，數家結伴渡浮船。忝來地主酬恩早，惟怕耕桑日上眠。

奉差走馬已崇朝，詩興敲推路忘遙。綠壤信傳春雨腳，白痕帶展畫裙腰。君恩微報鞠躬瘁，臣力何知瘦骨嬌。任看崎嶇人作仗，雞鳴催過竹繩橋。

州人盤獻櫻桃

那得鶯啣出寢園。紅櫻村敵早吾門。愁無飽食王維熱。愛有勻圓杜老痕。尚訝玉盤空是色。得逢杏酪已開罇。席前且作含桃宴。崖蜜新嘗快醉魂

初夏絳雪亭留句

苔封曲徑幾經旬。留作年芳小院春。草木無心爭歲月。山川有壽畫老風塵。栽培已舊甘棠愛。點檢將來醉尉嗔。惟有嘱添亭北竹。宜詩宜酒自宜人

登絳雪亭有感

閒日重來柳綠西。高臺遠與四山齊。捲簾待月昨年夜
放眼登樓此日梯。慈朗烟雲傳畫稿。禁門風雨入詩題。
年華彈指今非昔。吟望徘徊白首低。

勸農詩併序

六十年來。光陰如昨。七千里外。官路昭然。僕學愧康成。文
羞謝朓。得功名於弱冠。早奔走於官塲。洗馬之班。曾備員
於楓陛。雕蟲之技。畧効力於詞林。嗣以出宰晋邦。懸分縈
乎燕許。今以來官蜀國。難比美乎龔黄。回憶金馬玉田堂

居身天上，此日銅章墨綬，謫我人間，讀聖賢書而不親民瘼
大負初心，作州縣吏而不痛窮黎，有忝厥職。前以偶求雨
而得霖霂之沾，適逢其會；今以課農而忘驅馳之苦，則
有司存。因憶我書生一介，無二畝半可耕之田，用勉我瘠土羣
黎，如五六十不寒之地，勤彼耕鑿，免爾飢寒。吁，紅塵滚滚，
簿書鞅掌者勞逸頓殊；弃子勤勤，犁雨鋤雲者安危
各易。爰强搜枯腸，學押韻脚，七言合律，四首成章，質

諸高明、幸勿見哂

到處生民食是天勸農憑仗有司賢訟庭不擾田家力
經野先銷户吏權囷有粮餘防歉歲隴無土曠是豐年於
今已遂陰晴望愧省耕鋤老未全
四月清和麥漸抽翻犁播種復青疇三農解識強於
原任胡公留有課農圖
我六縣扠成比在秋漫道並耕無地主請看入畫有朋儔
山亭山脚山腰處遍倚闌干數牧牛
憐見農忙泥水中揷秧健婦並爭功分明一抹苔青畔

拔補千行碧綠叢浹背汗流雲照日敧肩笠落雨來風天然畫
繪出江南景惜少笛吹野牧童
敢效當年五馬榮勞心恐負衆蒼生山田半墾游民力國
課全憑樂歲清老吏閒中多故事勞人忙後忘浮名且來
倚杖約朋話說與州人享太平

過逢雪亭有感

星運從無晝不移官車五載滯於斯鄉城到處都宜我
亭榭何年對換誰不有棟樑支廈屋空添匾額網蛛絲

於今仍刻蓮峰字愧對南山樂只詩

卜歸

記得東來已問津六年水陸走青春歸帆風便強馳馬
飄路車輕響電輪行李尚無書本重交情況畫女兒
親間嘗屈指長安去補歷過鄉關亦笑人

書志

冷署誰來掃榻迎爲怛公案寡交情家風窮我無
奢好宦徑勞人斷妄行潘子縣中花故艷謝公樓上

月猶横。琴堂獨喜無多政。閒看飛雲散亂争。

苦陰

陰〻無奈聽雞鳴。盡日迷離展累睛。開卷蝇頭都綠字。出門白馬不紅纓。因嫌吹日眠無犬。自愛傳書報有鸚。到底川西天意厚。雲停待雨不須行。

題堂前景物

分來官署住山巔。心遠何愁地是偏。春色紫薇栖翠鳥。秋香丹桂散花天。叢林竹作兒孫茂。老幹荊調姊妹緣惟笑門公無見識，海棠栽亂一池邊。

秋日便行即事

杖履逍遥可自由，及時行樂却逢秋。晴抽禾水沙鷗散，寒入花枝蛺蝶愁。石徑絶塵非熱地，山田薄税是中州。憑高覽遍蕭條景，説與詩人换酒籌。

寄余老先生詩併叙序

素欽雅教，自愧老荒，雖過謁程門，未敢遽請吴（奈）歌從下里，終須雪潤陽春。强顔續貂，嘉慚見獵。七言成律，一字得師，呈政高明，笑覽是荷。

為話城都問卜天，典型在望駐吟鞭。通儒厭慕藏書裡，仙吏停車滿戶前。對手琴棋三友古，關心風月一詩專。歸來未敢磚拋去，恨不平池夢惠連。

繪真圖有感

一經妙筆畫圖留，掛壁終年作臥遊。過眼鶯花春滿樹，可心雲洞鶴飛樓。但憐白首長霜鬓，惟愛紅顏醉酒籌。更笑老成如前輩容，化生依樣兩蒼頭。

題盆景石

何處光明石鏡痕。来投惜玉養雲川。川流久潤蒼苔緑。
品重雕容舊瓦盆。且待衣冠值得拜。何須雨露復叨恩。
席珍添筒瓏璁愛。不愧常年毋卷根有存。

聽訟時有感而作

案情邊塞不無多。樂只琴堂愧我何。聞道山城民氣古。
看来小路野風頽。鼠牙慣要舌唇利。獸面難逃掌嘴摩。
惱待刑求成信讞。得情終悔失人和。

偶搜破書篋得有舊紅緑字紙幾半副喜甚

功名信自墨磨来，點檢囊中眼笑開。有筆已還江梦債，
無文不入火飛灰。蠹孃腥食蝇頭血，石竹怕寒烧鼠尾煤。
得濤箋憐送我，洛陽紙貴老無財。

山色斷還青

天作高山老不荒，重来青養一秋陽。素雲衣帶
東西織，宿草牛羊下上忙。經雪白頭光愈潤，連天
青眼望偏長。居然潑墨新圖畫，不信開簾會斷腸。

銅頭塌小店作

銅頭旅館又行休。暢我幽情坐小樓。有酒不妨留客醉。無詩總是惹人羞。青山窗捲簾來畫。綠水牀驚棹帶流。此處今宵應入夢。白雲飛定請會仙遊。

寅春，燈夜二日，又緣公幹，重過銅頭小館，仰見竹壁上有前拙作一章，後多和者，雖題有芳名，未一謀面，不禁觸目興懷，狂思復作，陽春白雪，羨渠又手之三。旅館青燈，愧我搜腸之再。即緣見獵，終笑續貂耳，

可惜名場五色雲。接看紙上未隨羣。光生牆面便宜我

酸。及詩肩聳讓君自不罰依金谷酒誰重細論草堂文

曲終依舊人無見縱有芳名是遠聞

絃歌重唱美仁鄉誰料磚拋玉不償酒縱沽來獨醉月

詩仍貼去再糊墻筆花不慣雞村夢箋草徒留螺墨香

雜誦迴環空獎飾蒹葭秋水又何方

寅春九月公出、塲過永興止宿客館而其主人頗重斯文

諄懇有題咏之句、錄以贈為槳不禁憶及長孫曾有舊

作、因自咏一章、並寫於紙以作伊芥墻之備而已

誰言麗水有金生曲折盈科二九争（地名十八道水）且待問津分地利先来沽酒賀源興（店名）杯盤彈鋏思鱸鱠裙布當壚善鼎烹憐我囊空錢不有草雞黍主人情

長孫溇橋句

湖海豪情老未除逢場慷慨自投壺埋身未荷劉家插滌器偏逢蜀郡壚茅店不勝題咄咄村雞正好和烏烏此来擬入長安市漫詡悲歌碎唾壺

自省田任道上

馬上書空路上春吟魂懶未與相親昨宵夢誤樓三醉今曉詩愁眼一輪有綠儘為菽豆占無黃不上菜花新輪蹄空熱他山石輸與邛州賣卜人

送鉄江呂先生赴京候選

月逼風送不人留囊裹飽行裝欲官游本是青錢經選客何難萬里覓封侯孤燈夜雨愁添夢匹馬夕陽怕又桃為山停板車且（轅）借問征衣縫是老親不

回首鄉城兩不親憑誰走馬薦知人致來風雨難分袂偏逢（遇）霜雪（雲雷）欲回（轉）輪歲月豈無重見好性情雅有舊知真從今虛左長相待絕不遺人請喜新

到底文章報國香漫愁四海一空囊詩書到處逢迎易
名利逼人際遇強此去長安多故舊從來和好是同鄉況
稱驢驄名賢裔怕不飛颺到正堂

人到知心慮更長徒從去後代思量朱門僕喜衣冠耀絳
雪亭無詩酒狂燭冷窗西巫峽雨風殘硯北墨花香當年
多少談天趣白露於今水一方

昔年隨任寓長安公子才思驚座看衣鉢家傳豈入幕
官親卯結即彈冠附從山路青雲上踏慣京華白馬歡
倘過敝廬勞[illegible]

幾經宦海閱人稠生怕無材有更憂詩骨自來憐我瘦
酒腸以後望君抽花雖春發偏殘雨風到秋高莫上樓為
是雞羣鳴鶴者梳翎常合自回頭

山厨

當壚改应婦人調每食偏愁腹半枵肉味不知三月
饌菜根容盡一山挑田家自古飽肥香稻州里於今飽
辣椒彈鋏但求魚有賣大川何處畫眉橋

四月少雨處謁龍王廟行香二日得雨

尚說三朝少見晴無端也受縱陽驚商羊豈犯傷足

痛。蝻蝎還須入甕盛。自愧德無嵩刺史。誰来報到束先生。辦香且禱龍靈位。一串珠圓一念誠。

蘇旱何嘗另設壇。延龍水廟鼓鐘安。經時霓動三鄉怨。隔夜雲行一陣歡。心事為從香上白。天恩豈負血中丹。恪神信有能非我。長養仁慈謝雨官。

祈雨日得雨喜即叩謝

東来風續雨雲鋪。縱不傾盆定不無。甘露隨車酬顒望。淨瓶滴馬潤焦蘇。爭看杏塢紅飛樹。待畫桑田綠繞

圖真是一番恩渥處謝他龍女扣門呼

夏日閒窗自話

老来身比少時勤詩酒猖狂不有羣自把靈犀機學佛已將塗抹筆為墳窗前慣聽人言鳥雨後貪看馬快雲盡日消閒忙是我一房一座日欣欣

偶與家人等花廳小飲

小酌亭中坐一遭家常瀟灑換青袍拚来酒量人皆李談到花癡我是陶誰共鳥歌吹竹有管自

無蠶食筆如夾刀呼童阿買約來飲詩免書空白首搔

贈高公殿颺助修課農亭

官亭那為醉翁傳創建山腰大守賢（此亭創自前任胡公）四面青

黃纏老眼一挑風雨及吾肩怕逢改作民傷力喜遇（高公尊人曾任粵東司馬有政聲）興工還剩

指修友結緣樂只家聲歌有舊

勿慮課農錢

昨見廳署門公律詩数首頗足雅賞因步韻一章亦

欲識其人耳

何處啼鶯報艷陽聲、搔惹白頭霜舊臣王鳳無文墨小友恩濤（二姓門公人名）有繡腸那爲青衣身作賤公然花夢筆生香他年定見雄飛去背類雌鳴山上梁

山中曉行

何愛崎嶇西復東村、野況雨餘同高峯雲落濕頭（壓搔）白初日山深淡眼紅自信四圍天會抱誰愁一帶地盤窮行、雞犬桑麻處直上變烟个、筒

旅夜

雨過天閒散落霞，倦飛先我見歸鴉，入村惱下卓家店，洗盞偷聽貨外茶，老馬蹄銷百里鐵，孤燈雞叫五更花，緣何失却神魂夢，愁緒紛投一夜麻。

題廷献印老先生别業

謝公别業不人同[羣]，林館朋来許會文，擲[雉]案無書経蠹飽，臨池有帖落花薰，分明好鳥笙簧日，却有仙山夢寐雲，洞口桃花令入座，高人名信[到]入山聞。

赴瀘道上二首

名士題橋爲官游，而今跋涉驗橋脩。山頭雪鬢春催畫，水面風瀾皺帶愁。隔郡下無公館榻，忙人上不酒家樓。此來且說官常話，到處逢迺不自由。

非畫耕桑報國忠，養身有用不人同。酒能傷我生無量，詩是閒人死好窮。偷自逞強鉗鬢白，忌多勞碌血心紅。家風依舊年能老，一代冠（衣）裳未誤公。

山中行有感

漫道人愁行路難，假公千里一遊觀。雲眠嶺腹疑生雪路

走曲腸慣耐盤那見田飛佛國杖自来落不遇山兔從容
就道夕陽外馬下長橋且解鞍

過飛越嶺

半月工夫行路愁何時得醉化林樓當行石亂畏多虎
趁空農忙犛用牛蔓草踏無泥地面凝雲壓岑雪
山頭今宵倘許来仙夢駕鶴飛鳴借一遊

瀘定橋

雲烟隔斷兩山頭人巧天工險道留行是橋梁風一動

長多尺丈索湊鉤勞心鐵鑄惟文鎮放胆帆飛只武侯補路今来亭上望。開通萬里盡歸流。

四日偕友

又過高峯百二灣。職身雖歇老林閒。功名生是宜勞力。宦友何須(妨戲)酒兩犯顏。君望青雲親在嶺。我知紫氣不来関。且憑駉使傳歸信。(結)伴前途採藥還。

大觀山有感

山為放雲開岫口。雲偏作雪老山頭。釀成氣冷風催

馬仰沐恩光日勝裘曲從徑直從盤努力高峯上
到怯回頭一層險是層層監（鑒）老愧艱難尚官遊
山到極高路曲通阿誰氣短與爭雄初聞人語薄雲上
外回望村烟瘴霧中無路高低憑老馬有関生死問天
公那能借山登峯力得與鵬飛萬里風

適有過客問及出京行止日期寫以答之

七千里路半雲泥。回首風塵汗馬蹄。眼外。榴花行客過五月出京窗前桂月主人題。八月接任芒鞋布襪三鄉路。廢館荒池五夜鷄。想望故園何所在。蠻烟隔斷盡頭西。

無題錄舊

廉俸恩涞數莫逃。得官止此去官高。不貪富貴休彈鋏。悔認光榮是贈袍。花早三春青白眼。髮將一夜雪霜毛。此來自笑原多事。六載歸舟水半篙。

晚窗得意

饒得偷閒養不才藥爐茶具自安排分陪高人亭子先得
月伴我山妻老有梅酌酒不妨約影醉捲簾端的爲山開
眼前多少新詩料卅日方知樂運來

聞靈閿縣令告病寄此以慰之

竊惜寅鄰老自催半生豪興冥心灰官山衙豈少三年艾
科目應多百里才賀監果歸仙島去陶朱竟可鏡湖來勸
君且自加餐飯首得天恩覓釣臺

綠滿窗前草不鋤

草深顔巷日關门。信我家居恍在村。為喜簾開花不
見。何愁茅塞蔓猶存。交遊踪阻王孫馬。吟咏神来梦弟
魂。留得青々常在目。那煩春雨活烧痕。

題舊空巢

時近春深燕到齋。缘何東下復飛西。珠楼自古非王謝
画棟於今換老倪。莫恃穿容燕剪快。应看鈎上半
簾低。可憐不我興亡話。錯認空巢舍舊泥

步蒲陽文老先生来韻

伊人秋水是蒲陽，得見蒹葭白露霜。下榻掃雲安枕角，稲租田沽酒潤詩腸。簾高捲爲山來畫，苔上痕連草作香。引得我來鐘鼓地，同人驚破夢黃粱。

口占

賣卜於今已下簾，山猿野鶴豈心甘。家貧雖不黄金愛，官老偏招白首嫌。得意歡塲經過早，憂心晚景到來漸。江湖自古長流水，敢借扁舟載俸廉。

文老先生賞識呂鐵江來韻

名士倚湏見面傳。知心千里結詩緣。燈花夜末碁敲處
水春容草夢旋。自古能琴工海上。於今得劍無鋒筵前請開
函韻即来友。風雨西窗會一天。

公出即事

眼外風光到處殊。一村點染一村圖。高山草色接天有。大野
雲烟蒼地無。諺語更爲城市笑。鄉鄰每覺搢紳孤。况来
皂蓋朱旛客。有不兒童遠望呼。

初冬日閒詠

殚指光陰我亦翁。酸寒度日豈人同。綿衣典到愁

將雪紙帳薄來怕又風那許生人搔背痒只須有米不
腰弓況今硯墨閒相助爐火燈花晝夜紅

家信未通而作

萬里情腸毫楮通還須回遇馬來東黃河岸北天
街遠向帝城鳥道窮山遠只聞魚擊木天寒誰見
雁飛空往來介紹年餘斷後義歸雲去似風

讀俞老師號重熙課農和韻

原是絃歌學道賢。明倫司鐸命知天。道遥。山徑何妨杖
依傍宫墻已及肩。自負有才優百里。誰知無力強三年。
且来亭上詩酬我。勝似伏生借口傳。

冬月将行先寄子書

去任還須奉有文。家人渙散已紛紛。才非百里難爲縣
官豈行營護有軍。一水随風零叠浪。两山止雨斷噴雲
趁今寫諭還鄉路。定有飛通入雁到羣

諭戒使女

總是中堂主母影，婆鬟那肯緊隨從。爭貪採簷繫織綵網，偷巷竹巢釀蜜蜂。花樸自描還自改，衣裳人剪尚人縫。夜深門鎖燈猶剔，不怕窗前戲影重。

雪後種梅

間從籬外佳(數花)期冷，眼看(向旋御)他也過時。誰是冰肌肥雪潤，肯來南嶺不鶴騎。暗香豈雜羣芳艷，疎影何愁碎葉遲。還我清光先占月，自(好)鋤石畔揷梅枝。

歸家後作

應世人情又變今一番閱歷一番深親朋交熱朱門闊出
月分寒白雪侵幸得兒孫書滿架從無兄嫂畏多
金歸來不少天倫樂逢着交遊自小心

題舊居有感

陋室銘曾五樹柳傳今何孟母擬高遷卜鄰孤爲
德無友東鄰空地擇地生留樹有年縱是逢人稱老輩
不妨比戶入新編面生且喜無知己自有書聲勝管絃

賣車後来家

崎嶇蜀道斷征輪水陸兼程尚到春兩馬槖囊遲客路一帆風雪快詩人天寒解組無多僕官老歸山少舊鄰此後徒行車不有憑他鄉里笑清貧

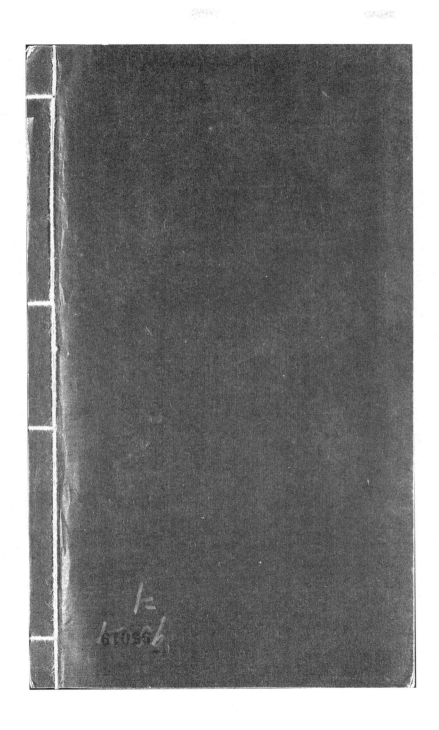

跋

最好吟哦是爲近情問津小遇謝先生開編知羨
書中畫步韻能歡柳上鶯庭外一趣忘有
祖池邊三昧夢無兄至今自恨失衣鉢到
處騷壇未著名

墨林八十老吏跋

解組日作

喜得腰章解脱時。硐门管復掌来誰。風光過眼情都幻。封事達天信不疑。間處讀書還老吏。忙中借箸有官師。趁令歳月容歸去。已向陶家拆柳枝。

為如吉志是行人。依舊雲程倒數拚。官運公雖還國好。歡場畢竟到家親。風催北上遲遲冬。日向東来漸漸春。更問成都誰賣卜。

五千里送過年身。

移居公館夜假寐

閒臥浮家睡似醒。多情魂轉過東廳。勞心怯就當軒案。放胆知來醉酒亭。竹影踈窗殘月夜。槐安梦破舊風鈴。覺來悟徹浮生話。何苦飄蓬作楚萍。

夜夢還鄉

昨宵蝶枕梦成真。一夜天涯類比鄰。劍路何曾盤八百桃源直是會，三春堂前有酒學新醉。燈下無書動老嗔。不料睡驚官借鼓，是非多處未抽身。

別官友

假館荒凉再住難。鞭縲馬足去長安。為多霜雪惜花老，腴（忝）作松梅耐歲寒。一去鹿鳴能再聽。別來鳳舞不重看。諸公努力風雲會，休怯山高易落冠。

閲京報得知長孫秋闈僥倖不勝心喜

何事傳來解遠愁。好音北雁報樓頭。不才愧是蟾宫客。有後思叨桂殿優。自應家傳衣鉢慣。何須官老子孫憂。天香飄散青雲路。得與芳名詔九州。

星運由今可不昏。招来扁額欲盈門。為傳教育君三樂。（長孫孫咸安宫學生）得顯登科張萬言。老不求名因有後。文能中式益謀元。請看杏苑開筵日。公道人心定沐恩。

出寓日作

不是懷歸太自忙。寒毡紙帳已空牀。書爲行李
肩頭担。琴是知交錦一囊。看竹日難留客夢。依倚
欄風冷散花香。多情偏有屋梁燕。繞座呢喃
叫斷腸。

移省城外寓懷鄉

白雲紅葉遠山頭。盡日徘徊倚謝樓。怕入武城

闈宰割轉從崇館賃居休比鄰雞黍分鄉味
過眼牛羊動客悲此處歸帆風王穩輕舟一
夜抵 皇州

寄諭後人

罷手功名自是貧何須遲作可憐人千秋顯
達無前輩好運輪迴有後身老日風光閒不
了過時顏色豈爭春雲程何碍冬三月雪掃
柴门待洗塵

别幕友

心交知我不飄蓬。高定開船總在冬。洗硯趁餘池底墨。飛籤鉤補稿中供。事多經手腸難斷。話到傷心口怕重。我本送君君送我。他年攜酒有遭逢。

辟州人畫像

五載山衙認老臣。何須筆下復傳真。堂前白髮衝冠禿。席上紅顏醉酒新。那有甘棠栽召伯。

何嘗竹馬騎州民。昭、禁止庚辛歲。莫惱巷懷楊姓人。

自有城外又移住城中裕陞客店作

疑來人海正陽前（京中南門名）。賓至如歸（店中扁字）盆母遷（自州遷府）自府遷省又移寓店中。舊屋天街原北向（京中家在黃城西南）。浮家王道又東偏（店少東是王道正直街）。門閭曾駐都堂蓋。堂室容鋪員外筵。不料訪稀看竹客。踈慵兩月抱書眠。

是日晚晴同店主人登樓北望

高樓晚上主人陪。柢面相商望眼開。何處曲藏辭峽路。誰人引告過營臺。可憐好雨風吹散。尚異餘霞日落來。他日再登君且下。行程单或改多回。

在省接取眷口未至望後一日作

王道清平龍女回。夕陽支眼望空開。鱗鴻已逐長風去。雞犬合從白日來。々落月剪無々寸燭。如雲踏有淺泆苔。匆々且當于歸計。開把還鄉衣錦裁。

趂程前一日擬作四首

自信来朝好日天行。裝罷手去周旋。故人不免沾巾淚。鄰友還多醉酒眠。處〻紅飛長短字。怗赤露兩三肩。招来候送陶家榻。縱有移文不我傳。

歸途不是在官年。肯教雲擡買肴錢。一去鶯花春自散。無多車馬驛誰傳。山高杖履崎嶇

路橋。欲琴書接送船。况只竹輿輕且穩。不妨欸
欸學飛仙。
亂山叢裡莫爭先。欲見親人須過年。眼外有
村平是地。雲中覓路上登天。且完曲徑盤環累。
得了令生道路緣。但望故交逢借問。聽来家
信抵田旋。
歷盡高峯路坦田。別来雲友不吾陪。一行人馬
夕陽亂。渡鎖閑門北路開。過渡風輕帆捲去。登

車篷落土處來。兒童囑莫歡迎問。羞見白頭
笑不才。

途中寄友與予書

功名零落已三遷。老到重衙不幾年。馬骨尚
高慈在廄。羽毛肯滿許飛天。半途風冷人來舊。
匹馬山高日戀圓。得過一程雲水斷。家書漸早
不（雁回）難傳。
行程屈指漸知津。兩月高低水陸頻。石徑滑顛

連日雪。柳陰轅踏過江春。莫愁衾激還吹冷。一任囊空又度貧。此去帝城遲自到。老年不作外鄉人。

疑來熟境復端詳。果是從前過眼塢村、酒、曾紅行客、面。市樓難飽奔家腸。傷心多日離鄉井。孤夢今宵卧店牀。安得故人來坐問。歸來猶住舊時房。

月遲也多送老官。趁程且莫怕春寒。羞將禿

鬢忙偷盡喜把餘觴滿一端蓄艾三年真去
病折腰五斗為加餐傳言車馬安排定來整
風塵未落冠

過窮八棧

傳聞八棧苦多同飯細茶香少歲豐連日門封
荊店雪濡山竹捲酒帘風眼中險已行人慣腹
内愁難到處空不信請來分次第飢寒千里
一班窮

宿梓童縣

平來坡去日垂西。牌坊扁字得仿寒鴉熟處栖。入店誰曾詠寫壁。挑燈我欲爲題梓童。鼓〻衙初散文帝鐘〻廟不低。待月且來高一望。村雞送客五更啼。

武連道上

雲迺月送似飛仙。路去巴陵將二千。坐過石頭書在担。講書臺村名望空柳眼樹遮天。柳池溝村名何勞雪水煮高上（山頂有茶社）一陣橋風（清涼橋村名）過武連。回首迷離雲棧遠。前途不久是明年。

劍州道上

遲延五載棧雖生。直上天盤（橋名）橋上行。多日水流空澗冷。經年風散碎鈴聲。（唐玄宗聞鈴處）割雞不慣鳴琴客。佩劍偏逢好漢名。（坡名）雖我不平多箇事。何須當路與人爭。

劍閣道上

漢陽直北抵天雄(關名)南棧勞酬第一功。石磴層盤人就日。山嵐散落路吹風。征駒十里蹄銷鐵過望三杯杖掛銅。醉裡崎嶇行踶去。醒来省文哭途窮。

過昭化有感

星槎驛路日来頻。地瘠民貧欲斷蒐。尚望主人能醉客。直如僧衆柱敲門。千層香斷寒山佛。一帯空留細水痕。善地偏難昭化令。榆錢從未字閑

元。村名榆錢

廣元夜渡

問津待漏欲朝天。閣名明月多情載一船。暫把催來
漁火熄長須呼。有竹繩牽誰。還石鼓村名敲殘夜。
我可公廳稅廳免稅錢。惟謝扁舟登彼岸。東方白
處是飛仙閣名。

過界牌閣

界牌盡處一扁坡地。[illegible]白[illegible]勞奈我何。空夢到家

總、是醒。行程過半已無多。馬嘶金勒平安地。畢
轉冰輪零碎河。不是黃流船已渡。教人還有怕風
波。

歸途有感

爨下焦桐遠失聲。一程誰又一程迎。人非故里心難
放。馬走芳塵蹄已輕。尚羨、蘇秦歸佩印。差強、詑
絲、謝、多情。於今拋卻沾巾淚。去聽閒窗聽鳥
鳴。

初來家中四首

携杖停車下欲忙匝門槐日已斜墻鵲聲樓外
飛鳴罷人影階前笑語長官路寒心三月雪宗
祠盥手一爐香家來不是叨恩重争得簪纓
見滿堂

記得榴花去日紅歸來百子蔭成叢五年歲月人
偏老二月鶯花地不空掃徑且通春日雨捲簾得
暖去帝城風兒童怪不箱閑見背笑翁々又苦窮

閱盡人情自寫言。歸藏政作老狂村。綵頭雪白捻盈手。酒面春紅學壯魂。爲少堂前霜雁序。可憐席上布衣尊。賓朋偏向家人問。巷裡槐陰傘照門。

爨下餘薪(桐)尾自权。寸田尺宅尚無憂。顛狂也會杯如斗。榮耀何須公與侯。鏡裡絕無愁容面。堂前捐免叩人頭。閒来只作終年事。典盡遺金書一樓。

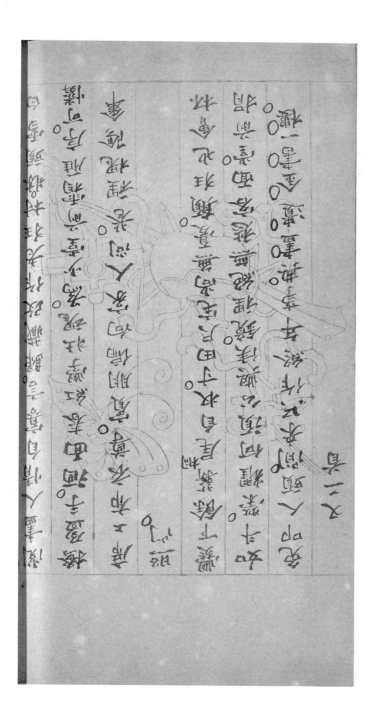

又二首

全憑老壯自加餐。贏得歸鴉報到歡。風雪塵中消
歲月。竹蘭花裏醉杯盤。一頭髮短為官累。八口肩
桃作長離。但得迎門春好處。爭看家有翰林官。
遭逢無事不由天。說到行藏我有權。名利一生真是夢。
生涯百計卻無緣。劉剛有婦成仙侶。伯道求兒為老
年。今已同堂將五世。何如朝市作林泉。

歸家嘆二首

諸事歸來佯不知。每逢檢點暗生悲。公平雨露

雲散零落功名白髮遺花影半簾塘望眼秋風
一水皺愁眉書香不少無見孫福八十光陰見怕遲
何竟垂頭氣不揚光陰厚我不輕亡殘燈紅儘花
纔落短髮白稀雪有長自古鶴飛誇賀監於今枕
夢破黃粱瑶臺知我仙無分學易從新講自強

歸後夢中作

联步青雲上帰来白髮垂草洙廬依舊花老
樹閑遲養鶴丁如數讀書子破癡安居無个事

閉戸誦毛詩。

題衣冷裝綿句

悲秋年已長。釋褐不因官。知冷人原瘦。覺輕體卞寒。尚須袍有贈。且倩綿絮多攤。搗月先曾洗。停針薄待彈。以居須有厚。得煖莫餘寬。碍手脱金釧。鋪雲散雪團。酒空藏斗斛。裘敝入箱殘。綿可衣裘早。何愁一子單。

秋夜自嘆

微官何嘗運少遲。寒霜繁漏啓悲思。青燈痕有更燒破。白髮烏[斑]殘文墨癡。豈是春花缺雨潤。無端秋草被風欺。衙门不有朱門客。應是可憐罷職時。

連日雨甚殃及墻垣不無水患戲成二韻

閬门為水許多悲。待漏朝天雨不休。檻外得魚河作院。堂中架木聽為樓。壞垣不俟主人令。破壁難無鄰國憂。那料蝸涎能作字。轉來潤色到牀頭。

雨集已如周八月水。我漸欲升堂笑他溝壑容無量苦。我詩飄颻飲太長。點點蜻蜓驚旅鴨。閒閒蛱蝶繞新塘。爭能竹破南人手。作大輪迴攬過墻。

閱長孫雙橋詩話有感

絃歌久散武城中。何日趨庭對不同。豈有貽謀傳課稿。曾無纖屨濟窮工。興懷秋水蒹葭露。歸詠琴堂童冠風。恨我於今權去手。郵筒誰許作詩筒。

養親每月費無偏，三分攤應長在先。止渴不無梅（入）在望眼。門小豈惹簡為拳。金風寒，討典衣債。玉珮零輸，沽酒錢。寧忘滿篋金不有。老人生有幾年年。

昨宵雨甚悶，與家丁剪燭談天，提及舊臘事故，旅館蕭條，雲程險危，不勝淒涼景況也。記得有拙作數頁，其幾行鉛黃處，盡是川西佳話。啓篋失之，想是吾孫袖去。白香山有索詩句云：暮春把得暮秋詩、有多意趣不禁轉成一聯云、柳條送折新詩綠。梨葉宜還舊雨紅。因而假人来取、邊橋公雖未必疥墻、而亦必不焚之在案也、即付来手是荷、外有八韻正、

病為詩成癖。庸多語不驚。書空嘗咄咄。數典尚明明。豈作賞奇望。仍須潤色成。趨庭曾學鯉。擇木奈遷鶯。引玉磚空抛（擲）。吹毛疵未清。點金指自吝。原璧趙来迎。開卷知山水。歸鄉失父兄。得来藍本政。少可作詩

評

雨後蚤起即事

門戶幽閒不早開老人強起自排徊階高犬卧昨宵雨山遠雲歸一夜雷簾外秋風(吹殘葉)庭樹落籬邊花影動唱雞來且先踏徊清明地頭白官親掃綠苔

自勸二首

說到功名有自然閒休遠慮枉牽連郎官原是輪星宿壽考猶須有福緣好運叨恩前日事生

歸修養此天年。於今八十精神健，愧作皇家一備員。

漫言得道自飛昇，誰見雲梯雞犬登。民數星辰分部落，墓門風月有仙陵。寸田尺宅猶吾有，絶粒餐芝不我能。何若心齋學生忘，得名成個在家僧。

秋夜候友不至

槐陰稀處一燈堂，竟日灰塵空我忙。車馬門前芳

草斷。歌絃席上玉杯香。縱然花落棋敲待。無
奈轄投井有藏。有客不來過夜半。西窗風雨
惜涼々。
拙作數行非敢言詩但為閒窗撥悶耳故嘗
自行圈點以快我目
千改工夫入老年。慣從吟咏會師賢。驚人無語
愁工部。麗句多勞羨樂天。自苦摟腸傾斗墨。
那甘煮字雜塵烟。此來縱遇歐蘇口。肯教吹毛作

笑傳。

絶句雜咏

琴斷鶴飛另一天。半窗風雨太堪憐。強從兒女閒攀(扳)話。説遍春秋八十年。

一笛秋風百尺樓。過雲聲脆不人。偷閒來寫出憑君看。值得霜華滿在頭。

家風自有舊收藏。緗帙牙籤滿在箱。可笑雙鬟年十五。偷[illegible]錦[illegible]請詩[illegible]。

合家聽慣誦詩聲。近又粗學押仄平。更笑人前徧問字。呼儂順口老先生。

出門不見馬來肥。彈鋏徒傷脚力微。尚說大夫今已後。不妨藜杖醉扶歸。

偷閒得日看梨園。最羨榮歸是狀元。回向家人裝戲樣。揞從箱裏取朱旛。

官塲已改舊時名。儒服儒冠作老生。竟日閉門何所愛。只聽孫輩讀書聲。

屈指年光未讓人。眼看幾過好花春。郊寒島瘦
今雖老。綠怨紅愁筆墨新。
自來不大上中堂。陋室酣練老狂。不料疥墻詩草
落一園。文墨雨陰香。
棄甲歸來力戰輸。名纏利鎖困無吾。若逢筆陣
騷壇上。放胆詩學排韻八陣圖。
滿院芝蘭自有春。莫愁親老尚家貧。杖頭還有
詩書價。肯把青囊販與人。

秋夜雨後寒甚

雲散天開月過河。寒來夜氣奈吾何。關門風破
窗陰鼠。袖手燈殘火鬧蛾。徧我典無衣贖。早憑
誰覔有酒藏。多擁書且并擁衾坐。明日陰晴只
有簑。

夜起即事

高年心性野僧同。謀得禪房睡一翁。萬慮夜空
鐘磬外。九曲迴腸聲雨風中。胆非壯日終須怯。耳到驚

時不有聾。怕是夜來漿洗婦。挑燈笑見叩頭蟲。

中秋月有食之後一日作

桂月雞鳴已復圓。今宵何復望流連。光痕鏡面三分愧。花補香輪一夜全。那有滿非招損地。獨令真是不慈天。請看日縱中秋後。爭見高明少讓前。

自壽四首

羔羊頒祝禮須來。此日几筵兒女開。[illegible]

經眼過琴書歌咏。不心厭樽中遺有公堂酒花下
獨攀籬菊林。一大歡場尊白髮。何須袍笏差
肩陪。
誰嘗争頌地行仙。際遇清寧自有年。不是樂山
能作性。也從好古信希賢。生初先占重陽月。歸
養容四子孝天。林下悠悠年再再。應如佳話狀頭
傳。
名花佳日兩相歡。老逐筵開帶笑看。三徑猶存

殘月色。一枝能耐傲霜寒。籬邊遥酒香藏甕。掌
上擎杯醉倚欄。對此黄華今共賞。陶家會復
勸加餐。
人從無事不知愁。能忘今年八十秋。春酒皺紅新
醉面。片雲餘黑舊班頭。畫中九老香山譜。杯裡羣
仙水部謳。只有極南星出否。月明朕與共登樓。
補遺雜詠
鴛鴦功名豈是文。飛扁旅雁不同羣。山豈緣[illegible]

味分吳越，秖為流言信見聞。去志早從鴻叔報。
憂心不有字須焚。且來悄悄歸鄉里，藏得林頭
一甕雲。

水複山重雪落時，一鞭躍馬向京師。頭銜降補
猶需次，筋力高攀緫到遲。待臘不妨先折柳，
加餐絕勝嚼茹芝。尚愁行路真難事，空類蓴
鱸亂我思。

山徑勞人跨馬頻，幾年風雪變烟塵。三秋雲外

桃源幻千。日城頭鳥語真。且数印花催有役。何須
柳路問知津。傳言過遇河橋下。莫把執鞭認鈞
綸。

多情風月自安排。杖履逍遥不是差。為解雕鞍憐
馬骨。得盤砦磴試雲鞋。那知雪嶺吟哦上。不有梅
花姓字埋。惟喜跨看來北澌。五雲多靄是天
階。

重陽日作

不有龍山應節游。騷人何處話深秋。帽無吹笑風前落。袒豈催知雨後收。惟惜城中詩未就。猶難籬下酒先謀。何年重作茱萸會。免自空歌醉倚樓。

又感懷

節日登峯都為高。天街何處可人勞。籬邊送少王家酒。门外題無袁子餻。催課況誰聽令出。掛冠不許為名逃。惱偏脫帽樓頭坐。肯教山風吹二毛。

偶感

脫簪天府為無才。何復官求人海堆。豈以京員容小就。不甘薄命聽窮催。故人官達情書少。老叟學荒館俸推。惟有閒心看月報。餘思應有好音來。

何須引疾欲藏身。原是當年假近臣。尚惱不才經主棄。還容有志自天申。宦門生意書和劍。世族知交雷興陳，倘得鵷行歸撥部，官名兩字舊儒人。

升遷不必與人爭。天道循環無錯衡。未許鶴飛高賀監，何煩龜卜問君平。隨緣且度風霜刼，有本能田草木榮。自信天思原普濟，功名送老不虛生。

賀長孫生女之喜

已聞瓦美有琳頭。喜是來年招弟由。鄭重金錢人不老。殷勤湯餅母先酬。雛將書畫留兒讀。何碍奩宜為女敉。且賀補全真四世。漫言生齒枉添愁。

次〻孫祝壽原韻

五福先言壽。今逢放鶴天。筵容三醉酒。家不五侯烟。守分強能固。長生肎欲仙。兒童偏獻頌。年復慶年〻。

九月生辰六十四。一年一醉菊花杯。只緣難受無官累。盡本歲于今老不來。

擬得缺之喜

節扶欲入地行仙何復身勞待遍天小草風來原易偃春。花雨後不自難嫣。尚高去就備員日。肯把浮沈將老年。餘力趁逢官有分。羸駒還可受加鞭。

除夕感懷二絶

誰解白頭惜去年。何來臘鼓倍催偏。聲聲驚斷愁人夢。起看星飛爆竹天。

倏忽光陰換眼前。人間明日是明年。請看到處桃符畫。一夜工夫盡改遷。

喜賀長孫壽日

卓然自立正芳年。生占三元第一天。為借星槎來
月殿。何難燕塔上瓊筵。舉杯此日先相醉。視暇多
人後有緣。壯歲莫愁猶少賤。春城已早盛名
傳。

與友衆等閒話天全州事

傳聞天府是西都。見到從陽習氣殊。山水事繁須健婦。文章薄幸遇窮儒。倘能從古移風化。無愧當年入版圖。嗣後守成賢刺史。一凡才力不猶吾。

自川西歸家學詩

五柳陰陰日閉門。趨庭欲取雅言溫。金針繡已鴛鴦度。好的親交鸚鵡存。再向燈前鈔舊稿。遠曾山裡帶詩魂。傳言雲雨皆佳話。莫把青袍洗去痕。

移花

春到名花合出房。等閒移列玉盆行。爲傷書屋香烟熱。但願雲天化雨涼。得地紅無百日滿。遮天綠有舊年長。請看一色竹枝架。翠羽臨風掃粉廊。

又

移花出屋已清明。潤雨梳風自乍驚。盆接苔痕春後綠。窗添簾影月初清。錦屏圍繳詩書座。

隙地築圓桃李城且。爲春官門尚閑。劉郎知肎

扣環聲。

自川歸来腰痛甚因而有感

命車星雨幾千程放。胆風霜舊恙生。禱已請

經駁誄曰。饋嘗藥只謝通情。折腰醫有三年艾。

煖胃調須一酒覺。待得鞠躬忘去病。出门何况不

徒行。

清明日作

清明天氣合清明。興味蕭然來遠行。不是魂
消昨夜雨。何嘗花散上林鶯。踈簾風捲堂餘
冷薄紙窗棚日煖輕。自恨畏寒門不出。何時攜
酒抵荒塋。

清明日子輩尚未有祭掃者感而成句

追遠常規累葉傳。墓門風雨漸荒田。一抔添
合成金土。百蝶飛無化紙錢。敏樹也嘗誇地道。
罷官何方斷香煙。寄書嘗領離藏酒。到底春

祟

米滴及泉。

腰痛甚自治脉案

詩能治瘧亦醫腰。何待遭逢薛一瓢。知是聳肩酸作祟。轉憐運臂骨偏嬌。家藏五斗足強飯人。睡三竿免造朝。假此幽齋閒筆硯。籌方散慮且逍遥。

暮春日多陰寒甚

年光各占月三輪。雨雪相間此數旬。日出細看

雲影破。風來還聽竹聲頻。敝裘典與悔輕身
客團。扇空怩繡手人更。有耳邊堪異處。重
闈涞巷賣迎春。

八十老人題

閒從桃上溯前因。愧亂香山雁齒倫。科第將
應重赴宴。更名已似再來人。傳經聾遜伏生
早。對策明爭梁灝真。更有天公憐我甚。鬚
眉省換一回身。

補遺錄敍日作

削錢無款入彈章，扢故耆年宜杖鄉。自悔告休文誤早，誰知作宦壽嬍長。從新路債三千里，無舊園林八百桑。博（？）得歸途人靜悄，零風碎月一擔（挑）囊。

望補缺無期自嘆

斗米還須愈折腰，那知待補更遥遥。已無車馬王陽耀，不有牛羊秦穆要。自顧居卑容老吏。

誰能厭舊死同僚。何時得入金錢會。偷再出山
惱板橋。
歸途肯伴落花飄。書劍家來未我饒。世譜
縱無新將相。官名難侶野漁樵。不才已負珂
鳴玉。有志重曾題字在橋。為信灰釘官送老。
不妨扶杖望雲霄。

題龍門畫魚圖

若大輕綃一綠渭、緣何背伏不魚吹、為摹燒尾

龍飛鶴、勿犯點睛壁破疑、滿腹可憐腸飲墨、
暴腮豈惹荇穿枝、羨他不是池中物、那有漁翁
可得知、

季春雨後寒甚

雨霽連朝冷。春深復類秋。臨窗空鳥報。斜日下
簾鈎。豈忘餘寒在。偏將細火求。移花重入屋。酌
酒不登樓。地濕人烟散。天高夜氣浮。太陽遲一
照。生意總無憂。

賦得惠澤成豐歲 得成字五言八韻

好、雨知時、及豐年、兆有成。順天行夏令。無地不春

耕。雪足三冬瑞。風開五日晴。童雲留潤物。膏澤下多

情。遐邇 彤

皇仁遍。乾坤一色清。虞唐欣際遇。草木喜爭榮。富教

傳多士。賡歌和滿城。誰知檻外老。家食亦

君美。

叢人報捐

功名雖代謝。亂世恥居山。春雨芳郊潤。秋風
古木閒。黄金通宦友。碧玉賽朝班。勿惜簪纓價。
光陰不再還。

眼花自憐

昏花兩目合。殘年下筆休。争大有椽阿買無
令來舊友伏。生太老笑人。傳牀頭竟日空高
卧。檻外閒身入野禪。修得杖扶王母賜。從遊
不掛買書錢。

春雨江花樹
素雲綠佈城

繡

賦得惠澤成豐歲 得成字五言六韻 此係長孫富純瑒內作抄記在此

幾點春宵雨，歡騰叱犢聲。豐祥占夏正，惠澤快

秋成。雲罨峰腰黑，虹垂渡口明。跳珠看繡野，炊玉

待香秔。出水秧針短，粘天麥浪平。踐蹄誰介福，

馬耳自敷榮。杏塢紅飛樹，桑田綠繞城。豳風真

入畫。

天笑正躬耕。

老友馬五公東郡一豪士也多年未晤突於庚年

来生定不凡。因問及昆玉乃遐生也。余喜甚不揣老

茫題此以代賀焉。

疇話香山不竹裁，阿通等與阿遲来。家非厚德無

麟趾，人特又生有凰胎。尚訪杖扶孫作子，全憑書

養士民才。從今寬信桑榆景，老樹着花次第開。

馬五先生籍界邇化，余二十年前差寓馬蘭，曾

以詩文交好，及差満回鄉，不長謀面，今聞来拜，

喜甚，倒屣出迎，約入内室，生話回首生平，猶如一

日、因得七律一首録以送別、

師生而外友朋親。聲氣相投合有人。桃李六春同骨肉。予昔在峪六年琴書三日惜風塵。往隔三百餘里談如周夢年猶老。說到燈花剪更新。莫悵關山偏隔別。交情於舊已通神。

悼窮

窮困何猶好苦吟。鬢眉已盡雪霜侵。名非顯達無前古。生不榮華有後今。剖腹身誰藏片玉。鼓唇舌自賸多金。此來獨恨離仙友。指點重留無硯石沈。

髩年青把等閒過。懸磬蕭然可奈何。短日光陰寒且漸。破書滋味老雖多。功名零落錢囊盡。精力康強飯量頗。但願添壽即。介福兒孫宜運不蹉跎。

琉球菊花其名多。不與內地同。惜不獲見

閒道中山菊養喜王。何須跨望白衣裳。錦霞萬里分朝夕。仙影三秋另短長。翻樸自無偏北地。催殘那有極南霜。海山從此多佳種。譯得芳名僅簡藏。

閒日自嘆二首

餘來歲序幾逢春。容作寬閒檻外人。趨向荒園覓故舊。還從破卷望知新。癡心修養飛無術。豪氣銷磨老更貧。五斗未藏陽宿米。拘攣臂已及吾身。

八十光陰老未衰。康強耐信幾秋來。不才雖應功名薄。有子何須金玉陪。半世琴書交宦業一生風雨謝塵埃。趁令藏有新蓑笠。覓得江湖貫釣臺。

清閒

悶坐何如話野茶。徒行難畫扇陰遮。飲無此日投錢馬。出步當年彈鋏車。得手杖藜為故友。憩肩書担是生涯。歸來重整消閒業。葺屋更

滿樹鶯花新官宅
盈街裘馬少年才

名校士家。

老狂

詩城耆舊漸蒿萊。幾番騷壇筆陣開。可樹
鶯花新官宅。滿街裘馬少年才。可憐仙杖香
山會無怪。蘇髯學士陪。蘇詩有云蘇老朋儕只子由句 信得老狂
歷代少。從今衣鉢不多來。

題梅花

甚羨寒梅放不同。冰肌玉骨豈塵蒙。籬邊吟

眼白衣去嶺上高枝綠葉空不愛寒窗疊素

影惟。從香雪釀清風。可知有本得天厚。特向

春頭占一叢。

嘆老

從小功名幾部書。而今髭鬢合家居。只緣賬遍

閒臆梦城。市門前那釣魚。

燈花

可憐雨露莫恩。求晝夜人挑惹出頭。洩漏春光

長一縷。隄防魂夢睡三秋。自来喜合盈簪報。誰去紅招鑿壁偷。惟屬青蛾休學蝶。碧紗籠罩望春樓。

雁字

傳書日久自通文。喜見天邊五色雲。宿向蘆中唧梦筆。飛從楼上聽回紋。分明品類人為貴。鄭重綱常一序分。若使眼前丁不識。秋南春北早迷羣。

燕剪

當空雕樑燕女才。剪刀仿就尾雙裁。銜林花片

紅飛落破水波紋綠皺開。不受泥中滯鈍去肯從
墻上花磨来。那知轉動村姑愛。光潤頭々燕翼猜。

鶯梭

柳綠深々好一春。流鶯得地理絲綸。飛梭自不爭
人利。織錦誰来折齒嗔。下上勞成雲霧縷。鏗鏘唱
惹羽毛掄。從知咿軋真難事。傳養遷喬公子身。

蝶夢

家園萬里日来長。欲曉生魂問老莊。也向陶門

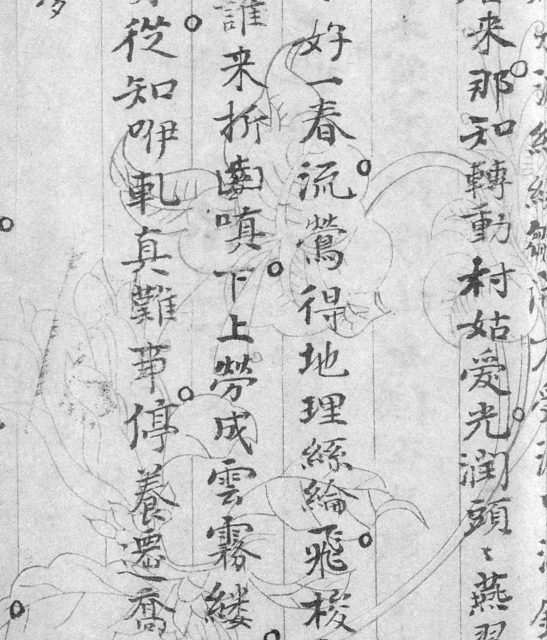

飛有翅偏從潘縣。會牽腸癡貪。清味迷香陣。困抱
紅顏入醉鄉。顛倒不知身是夢耶。如仙蝶自流芳。

自嘆

還是當年待價恒。緣何空度幾年春。不甘老
邁身原健。雅只惜拘迂老未中。自笑閒如局外。容誰
言愁為老來貧。憑他候補名猶在。且就香山作比
鄉。

朱里稿

馮瓚撰。一册。

馮瓚（生卒年不詳），或作馮贊，字襄侯，一作湘侯，涿州（今屬河北保定）人。主要生活在同治、光緒年間。家境清貧，一子早夭，只存一女。一生未習舉業，詩歌悠遊。光緒壬午年（一八八二）避亂出行，漫遊於直隸、河北、河南一帶。每至一處，皆有詩作，或與友朋酬唱，或詠懷山水古跡。國家圖書館現藏其詩集稿本六種：《朱里稿》《甲申紀游草》《褱湘閣詩草》《瑶席齋詩草》《蠟屐草》《歸雲草》。

此稿含《癸未詩稿》《甲申吟稿》各一卷，分别作於光緒癸未年（一八八三）、甲申年（一八八四）。書衣題「朱里稿」，朱里，蓋朱仙鎮之簡稱。

《癸未詩稿》詩體涵蓋五言、七言，内容多以贈别、題畫、感懷爲主。《甲申吟稿》收詩數量較少，多描寫生活瑣事，如磨鏡、賣魚等。此詩稿卷首印章中，「燕人馮贊」「襄侯」「湘草」「懷湘閣」爲馮瓚私印，另有「太平雞犬」「雪苑寓公」等，不詳印主爲何人。

《癸未詩稿》卷端題名爲「癸未詩稿二」，不知是否有「癸未詩稿一」之存在。《甲申吟稿》則題爲「甲申吟稿一」，不詳是否還有續作。《癸未詩稿》與《甲申吟稿》相繼撰成之後，馮瓚曾邀親戚友朋評點，故卷首有馮瓚兄圻、朱祖謀、史毓仁等留題之筆跡，正文當中亦間有眉批，一則品評字句，一則提示當改之字詞，一則懷念共同經歷之時景。《癸未詩稿》卷末有馮瓚弟皋作題跋詩一首，「持杯將畫玉驄影，草色花明兩岸青。日暮言情唱折柳，一鞭人影板橋西」，感懷之情，溢於言表。

詩稿後經馮瓚删削改定，《甲申吟稿》圈點塗抹尤多。部分詩題上下間有「删」「抄」字樣，以明去取。稿本前後均有裁剪，或一葉或半葉，應是不滿該詩，故將其裁去。此詩稿未有刻本流傳，故稿本之存世，可爲研究清季底層文人之生活狀態提供參考。

（杜萌）

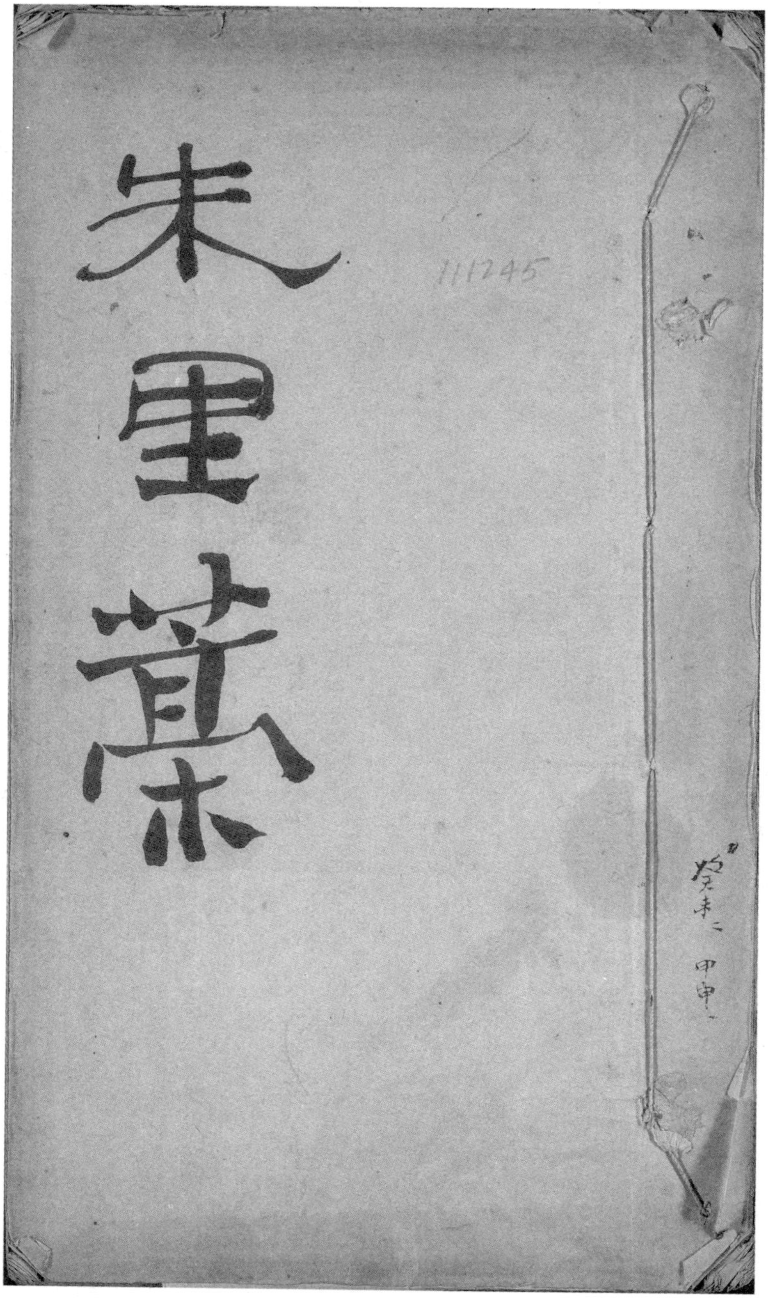
朱里藁
111245
癸未 甲申

癸未詩稿
函 / 册
書號 111245

朱里藁
第一九四九號
部 類
卷
稿 本
一 冊
國立北平圖書館藏

光緒十年十二月三日蕭湘讀一過

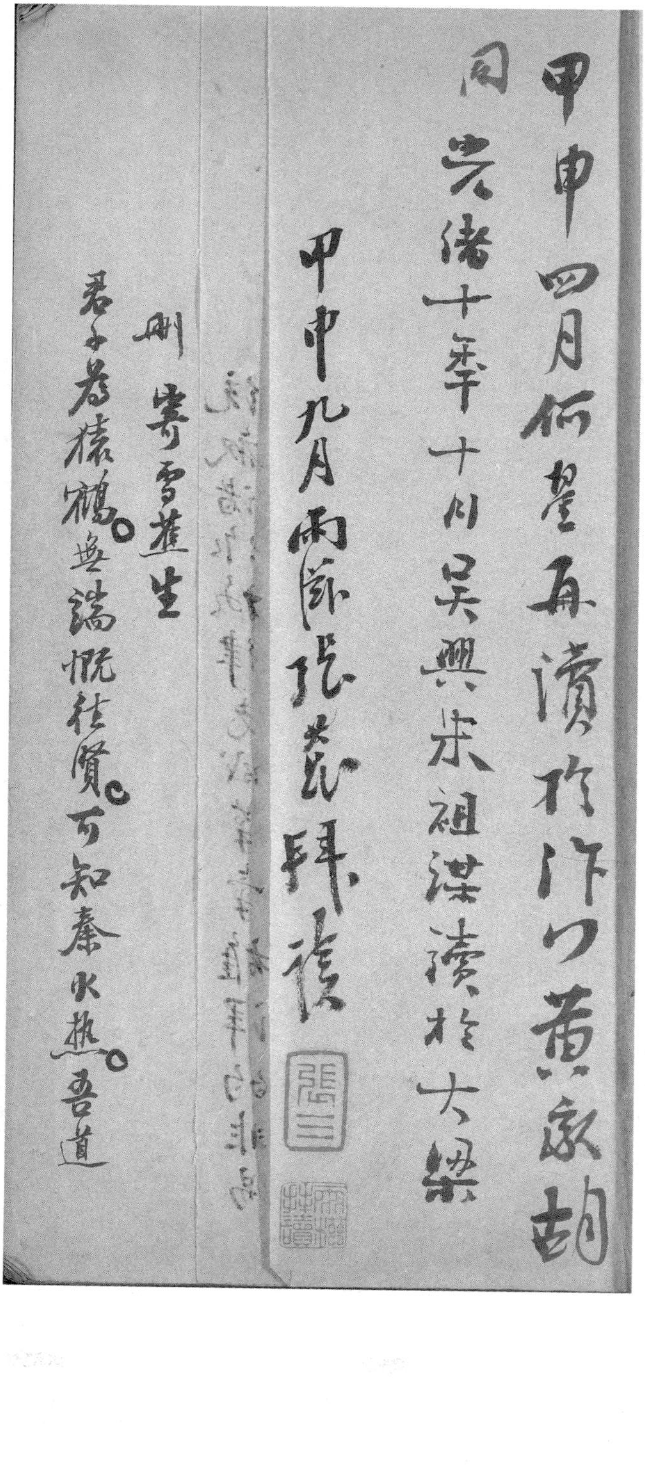
甲申四月何璟再讀於[illegible]黃家胡同

光緒十年十月吳興朱祖謀讀於大梁

甲申九月南海張蔭桓拜讀

刪 壽雪莊生

君子為猿鶴。無端慨往賢。可知秦火熱。吾道

光緒丁亥十二月三日蕭湘讀一過

統觀諸作格律老成筆筆雄渾的非易

才莫之佩之　吳中史銘仁拜讀時甲申上巳日也

客中細見酒頻傾一卷新詩得意成讀罷小窗

人靜後半庭風竹作秋聲

寄汝南与

襄侯表弟過酒罷出新詩一卷屬評細讀一過走筆題

此二十八字時甲申孟夏五日三鼓兄圻識

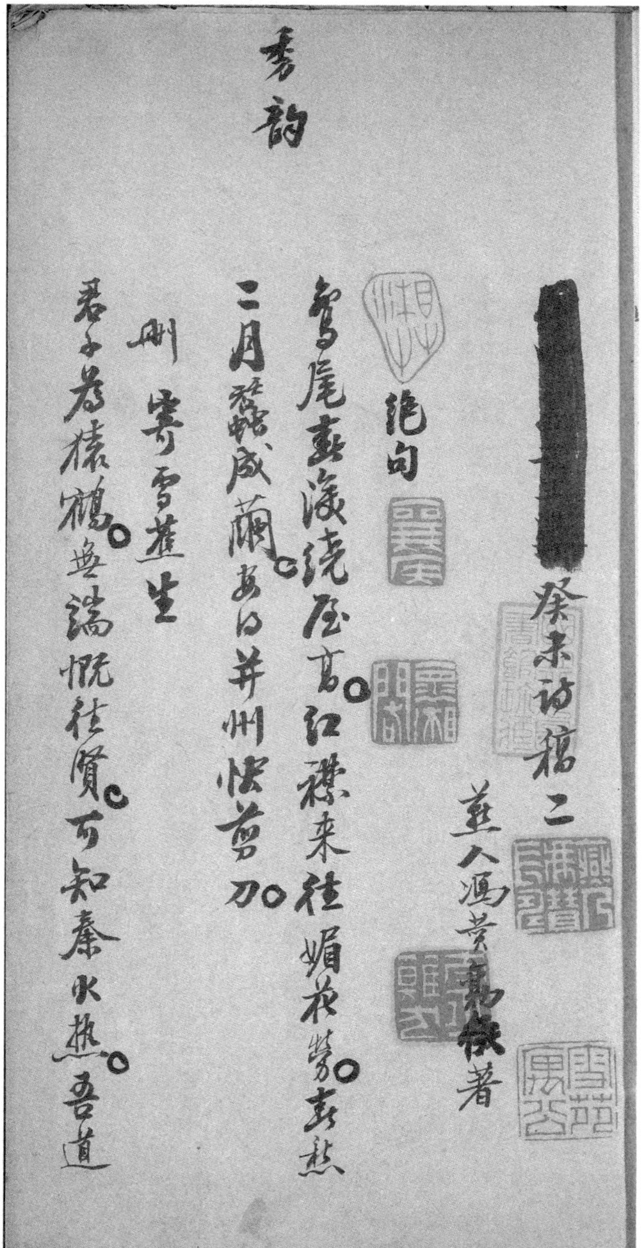

[redacted]癸未诗稿二

燕人冯黄[illegible]禄著

绝句

鸳尾画溪绕屋高。红襟来往媚花梢。春愁二月蚕成茧。安得并州快剪刀。

删 寄雪崖生

君子为猿鹤。无端慨往贤。可知秦火热。吾道肯依然。

見友人作小畫歸齋得六首

張自蒲萄植入秦，博望假功名。添草木，吾從

了細邈。蒲萄

葬罷湘江竹斑斑，萬古痕。落悟呼不起，歲歲

綠生蘇。叢篁

二

忘形滿汗裹柳上暑如秋天地盈風露古吟○

蹊○蟬休○ 蟬柳

晚門桑半綠○崖裏正眠蠶眠○豈可綠編衣裳美○肚兜

初夏

薄暮○ 蠶桑

憐才隨貰酒千古說風流不是琴心合渡樓

蘇白郎 白頭鳥

鮮語花何在淋鈴棧道秋由來近傾國天子

爲忘憂萱花

示某畫師

聖世無麟鳳，青鸞亦在山。女牀庭不遠，乘興許追攀。

陳岫軒父執招遊小園即事四首

太息華年西逝波，丹砂玉酒漫蹉跎。平生幾

雨中郎屐，見說名園側帽過。

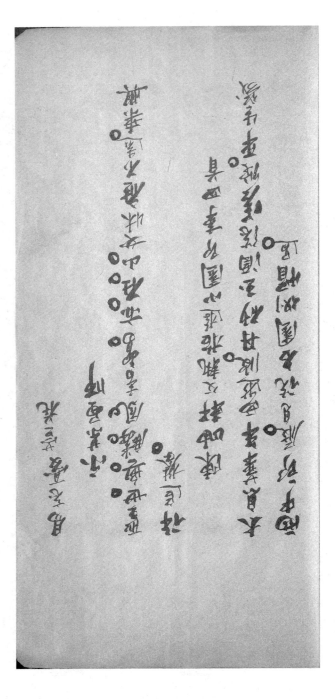

朱欄蓮葉互相依。柳外鵁鶄𢹂翅飛。中隱亭
邊成一咲。官情如水簿書稀。
茫茫百感繞萍因鴻雪標題圖畫意新自惜
精神如米老。半年烏帽抗黃塵。
小山叢樹塞雲下。衣徑枝疎戴月四。廿日重
遊河亞報前番。憐緑少年來。
黃四爛甫出觀某校書小影援筆題此

誰家庭院晝姍姍。虚廬桃薄薄素風寒。中有絶代
娉婷婷。似解回黄轉綠與長對瓊蛾盛露頂安
知識何必移根溪山裡。美人相惜無搖殘痴狂
曾向蒼穹祈瓊花無被章臺謨顧種梅花
百萬株清芬樓閣留儕佳話於風流俠少年
聰明偏有色其[illegible]生绢一幅位置新含情試
嘆真真步翻嗔師雄夢裹收酒醒殘月無覓

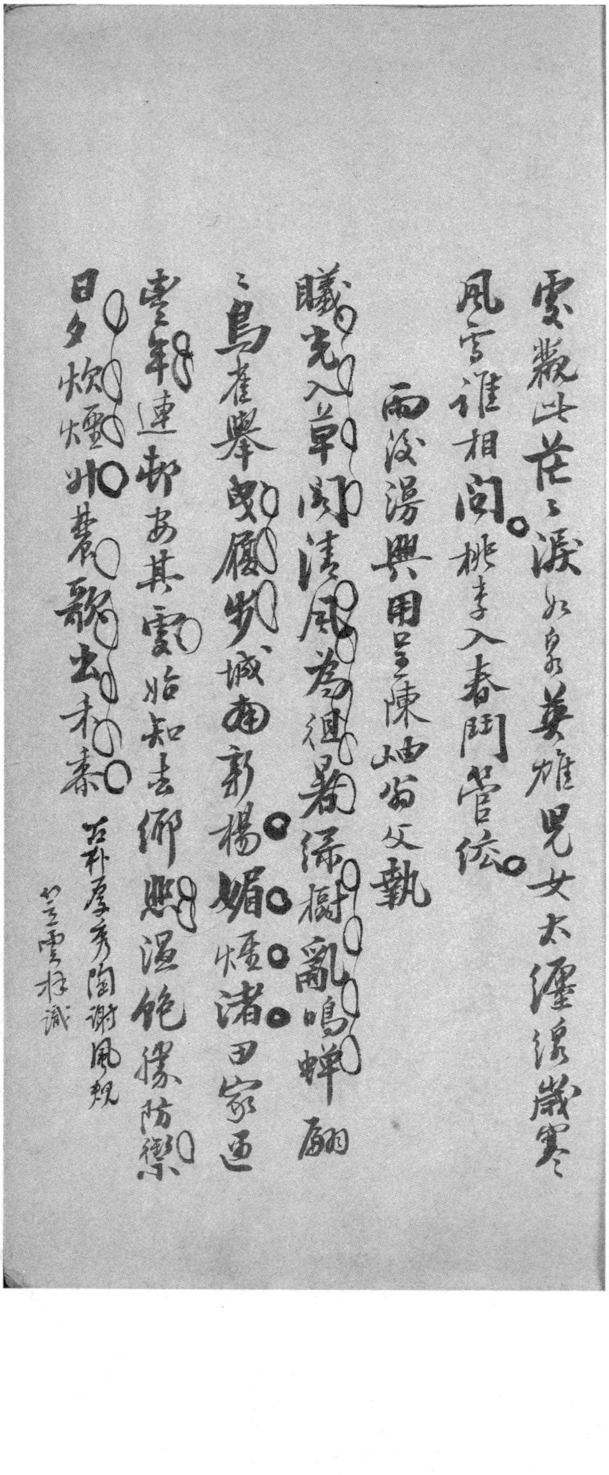
雲凝此苍苍淚如泉英雄兒女太纏綿歲寒
風雪誰相問。桃李入春鬥管絃。
雨後湯興用吴陳山韵又執
曦光入草閑清風為過移綠樹亂鳴蟬翩
翩鳥雀舉飛飛歷歷城南新楊媚。煙煙。渚。田家[illegible]
書軒連郵安其雲怡知去鄉愁温飽㒒防禦
日夕炊煙出叢歌出和泰。
古朴屋旁陶謝風規
如之雲存識

菊開

又見黄花發、籬邊酒湯斟、世人輕採折、誰識歲寒心、

詩目前格但句調極熟 中堂云識

題董子來青所畫海上遊僊小幅二截句

何年羨粹向巖阿、邀侶逍遥策杖過、莫歎

神僊忘世好、芒鞋不管海揚波。

此二句用意甚深

仁人孝子

聞道丹砂可駐顏，仙踪久慣在塵寰。秘方我欲圖中問，辛苦高垂兩鬢斑。　抄

刪　聞黃四梁甫齋中堆小菊山寄贈詩

聞道黃花位置新，豪情落落出風塵。一官寫意身如鶴，萬里封侯志未馴。淡泊由來黑色相，秋霜歷偏見精神。我狂欲上東門路，直到竹籬邊酒漉巾。

有經濟人語

太露火氣

感事 二首錄

誰道樓船住不牢。一時士氣賦同袍。來薪。

為極熱惱履積土。前流迴怨濤無路請

纓雲羽冠何心飲酒讀離騷。珊瑚貢使

蔣由達。其節元戎有佩刀。

秋興 白描

極目蒼茫對夜眸。風雲指顧寸心遙。滿濤宿。

好句

海神龍卧集草連天塞馬肥多士借文微治

象八方秉翰自來歸浮生頃向青山隱仿佛

忘憂唱採薇

送何大唱之

西風黃葉活秋色滿闌山之子耽歸隱何

人友住遠不情形白首塵事撫朱顔世往

中箱在清時算等閒

刪 偶書所見

浮生大抵兼葭玉依我形骸傀儡場誰種

木奴千百本清卿不讓李丹陽

再續別何大唱吾并問其令妹叙之先

生

窮途相送倍難蹇身世茫茫繫舟步日和

華蟲此海先人清風滿中州鄉心風物吟長

曾化古

卷迟马关山旌敝袁归去步兵雁醉酒竹林

啸咏谁同游（祇情谈 此关心）

旌表贤孝张宜宝马宜人纪事诗 并序

宜人系自枝风幼时曾以刲股愈父疾嗣

归桐城张吕聰司马，司马遊幕於秦宜

人偕往勤俭自爱事以礼戚都称贤内

助焉（司马）忽抱病不起者四阅月宜人

躬侍湯藥不知倦，以無良醫，懼病之不測
也，復刲臂合藥以進，明日醒，心神忽爽，病
日以除。乃宜人以積勞之軀不復禁，此遂
以病亡。屬纊之際，猶以兩妾生子為念。噫，
若宜人者，誠遠出鄉鍾義高桓直矣。癸
未嘗為以讀　雍袁紀事本末遠近
歌詠休美者數百人，黄不揣固陋，為綴

排律以紀貞實

全梓孩夙氏，夙稱内則詳。永歡憐父母，矢志比諸郎。每懼百年遂，偏來二豎殃。垂眉多白髮，既閨似黄楊。展轉缺生裹，呼通帝座傍。阿翁將易簀、弱女昔依床。忽見紅塵隔、粉黛碧血光。翠衣羞泉目，和藥勤親嘗。竟占長生術，屢進不死方。精誠忘痛楚，大義豈彷徨。

叙次詳明轉折如意非尋白閱可直洗刷

阮逕乘龍快舜瞻引鳳翔鶴齡偕老鴻案
自相莊蘋藻春秋薦機絲午夜忙交戚欽內
助侍妾印時妝蓮幕精神瘁瓊閨涕淚行
能清疾病無需問長[illegible]桑庸醫再把嘗力試藥回妃
夢涼人間欲黃縮擬下照青箱音斷銀箋冷
壓經挽玉琴僅寸心全骨肉兩事重偏常呂
花猶寒素潘岳正悼亡羅幢掩鏡月棠萸拂

秋霜。　聖代崇賢孝。重碑甫闡揚。神宗
昭世式。寶藝暗星芒。松柏森嘉蔭。樵蘇引
退藏。儒生業仰高。金骨綴詩章。

悵鶴行寄金大枝青　時君樹巷在此

君不見根巢鵲鵲玉粒竊。朱鳳苦饑。山竹裂。潭
皋天栗落漾乾鶴去。仙鄉謀令拙。新秋天氣孜
萬爽。側身兩望結遙想。翩翻朱舞崑崙墮。嘅

涼菜羅鷓鴣煙。相呼相喚蘭巖清。風砂時作休長
鳴。東西須苦雪如雨。延年緩還浮江生。
唱吾昨日最矣董子來青畫風雪話別圖
誌一時離別之感，走筆成此鈔
風雪後勞勞歸人阻去鞭。莫辭魯酒薄且作布
襪衣。歲暮鄉愁重。夜深燭淚殘。他皆懷舊侶。
恐向畫圖看。

此稱完璧　情真意摯亦復字瀟
題完璧也　孙雲拙識

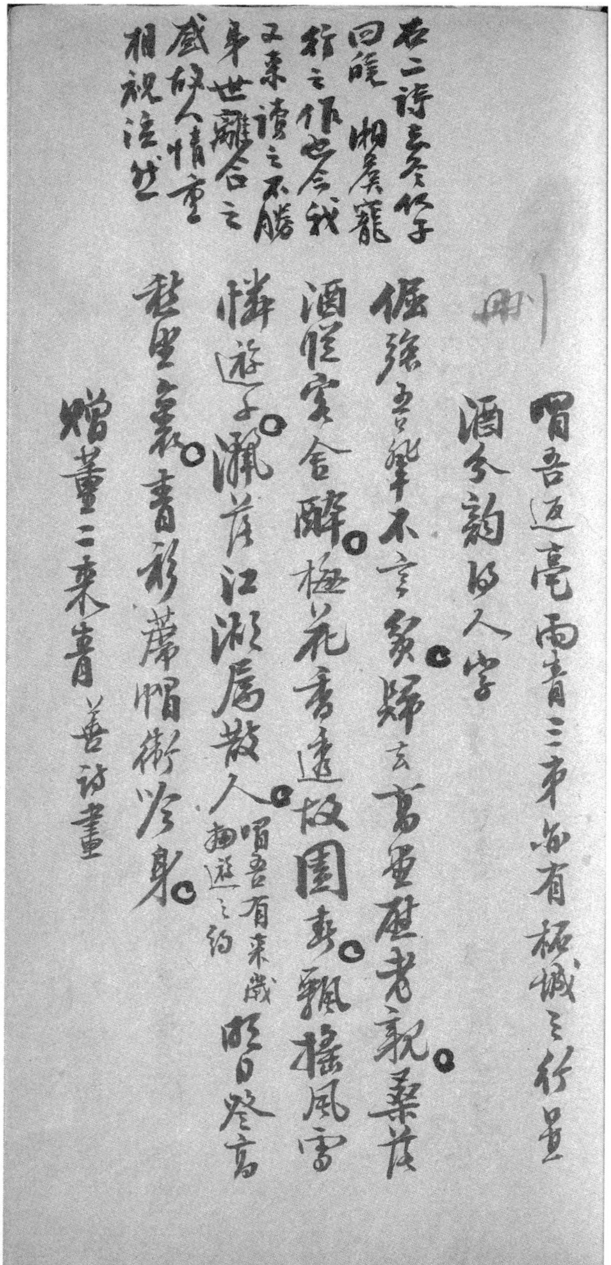
胃吾返亳而青二来嘗有秘城之行星
酒分韵得人字
倔強吾能筆不言貧。歸去萬里壓老親。葉落
酒催寒含醉。梅花青遠故園春。飄摇風雪
憐遊子。瀰漫江湖屬散人。胃吾有東歲翻遊之約 明日登高
想里家。青衫蓬帽衛登身。
贈董二東青 善詩畫
刪
右二詩去冬作予
回旋 湘處寵
行之作也今我
子東讀之不勝
身世離合之
感故人情重
相視泫然

娓我知心少逢君苦苦寄卧遊絣唱詠彈鋏
問髮演眉江海鷗鵬化風塵蓮雀飢莫談天
樣事且下讀書燈

題畫

片帆饒風來一舟百丈繫壯思激潑濤來
昔須利濟陰雲夾岸蘇蘇垂洞壑想道通

寄同社蘭丈雪蕉印周煒討原韻

删

雪蕉和少陵諸詩五首語多慷慨有合

予懷故并及之

五雲佳氣動山河，拖道何妨老澗阿。酒有

飄然囊空，家徒四壁且高歌。中原朋輩推

君步，壯地詩成壯淚多。最是親心淺泥

金帖子探登科 予与雪蕉下第後賦詩有乾宗壬午不登科之句

删 題董来青小幅

碧桃初放倍精神、日暖風輪不染塵、寫出白
頭無限意、渡橋好倚百年春。

有感四首

引酒挑書悵慷多、古今讀悔壯山河、茂陵未像
祁連塚、海上猶屯突厥駝。裝我輪將廢玉帛罷
人間賦請干戈。匣中本有龍泉劍、長嘯乘風
竟斫黿、

起勢雄快　有字未妥

登壇推轂有威儀，妙選材官虎豹姿。共說元戎　嶽侯不移說未妥

新賜劍，何如老婢善吹篪。通驩赫耀中年貴、

三句不得勁

報國優游晚節遲。一擲驚心思百萬，只今海內

報國句太說殺

少徒疑、

中興諸老髮蕭蕭，松柏何能竟不凋。一曲瓊風思

撰字亦嫌如

猛士百年懷日歎。熙寧營帆瀛海噴鯤浪

虎踞豪邁肆怒號。韻通安得昔皆頗牧將相麾

羞霧瘴煙消。

育稱古

域圖戡定。先王事。蕃買(?)來庭。寵擢嘉。司馬

凱旋歸 壯闕。諸(?)戀(?)國歸推指揮車。忽傳局

完璧

國無風鶴。恨塗(?)雲疰(?)趂(?)暮鴉。太息髭罕勤

遠略。於重宵旰無咨嗟。

題秉畫便面

獨樹子 黴(?)

枯木入煙白。叢篁猶未冬。無人愛秋色。荒氣逼。

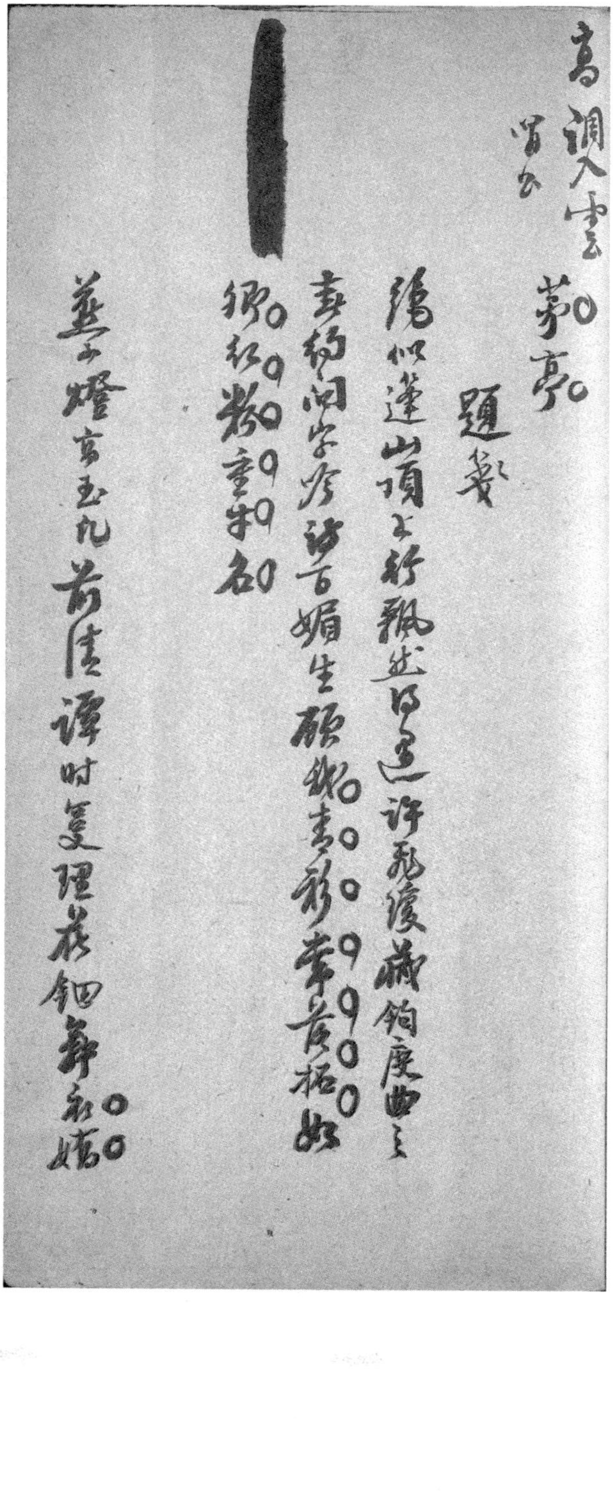

[redacted]

厥蒲萄錦浮扁摇擺玳瑁遊細膩風光無冶
習嫽描眉字正華年衍波箋上新詩廿
孤負蕭郎萬叢傳人

存棐樓書題紅梅雪照圖

裁剪孫揉特地清春風澹澹雪初晴美人訣
色筆權骨只合隨山佛月明

[redacted]

淮西碑 詹衣山南北

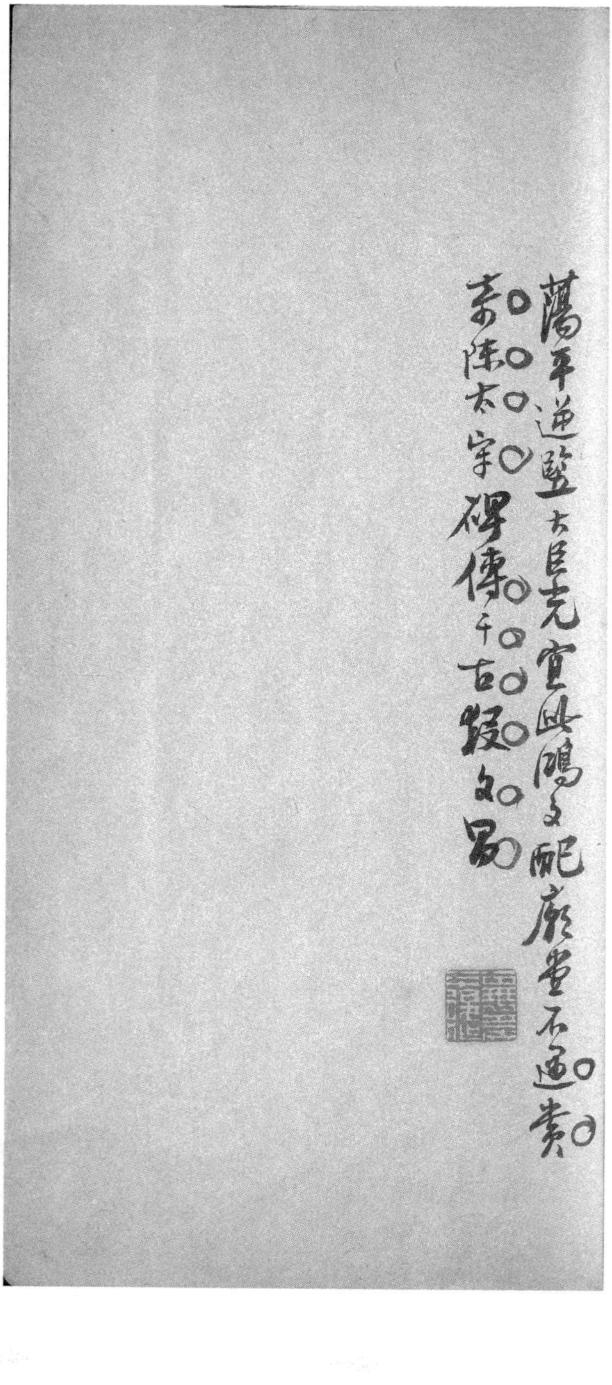
薦平逆監大臣充寘與鴻文配虞書不通貴
郭陳太守碑傳千古疑如問

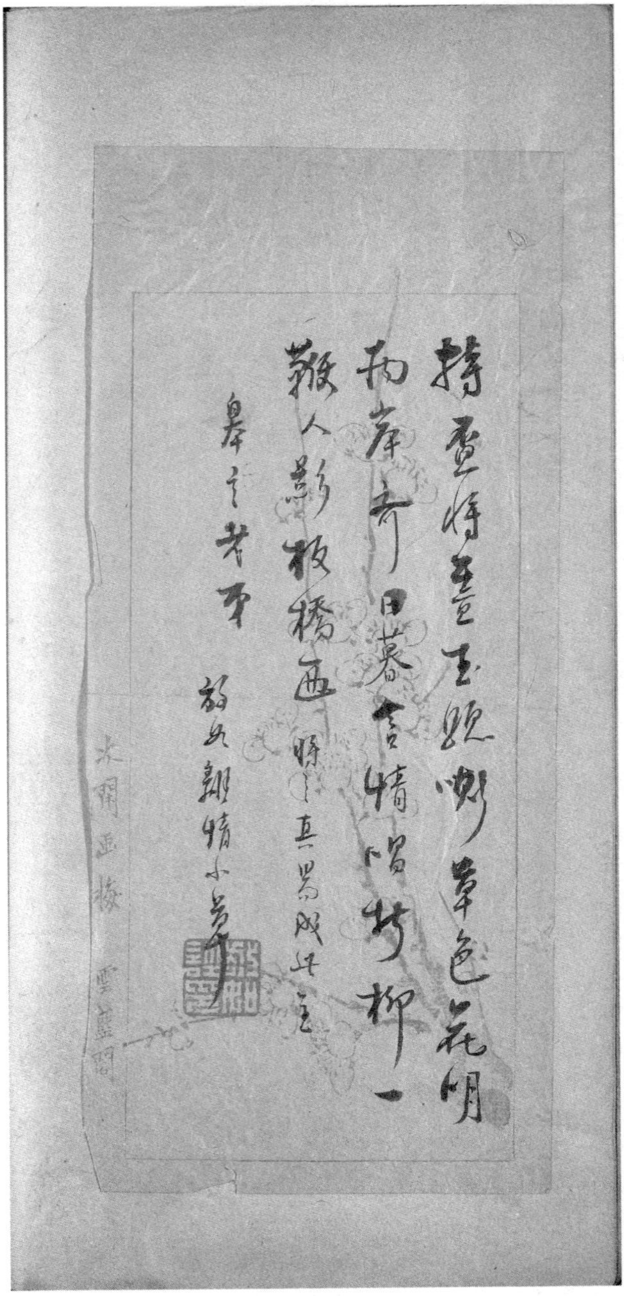

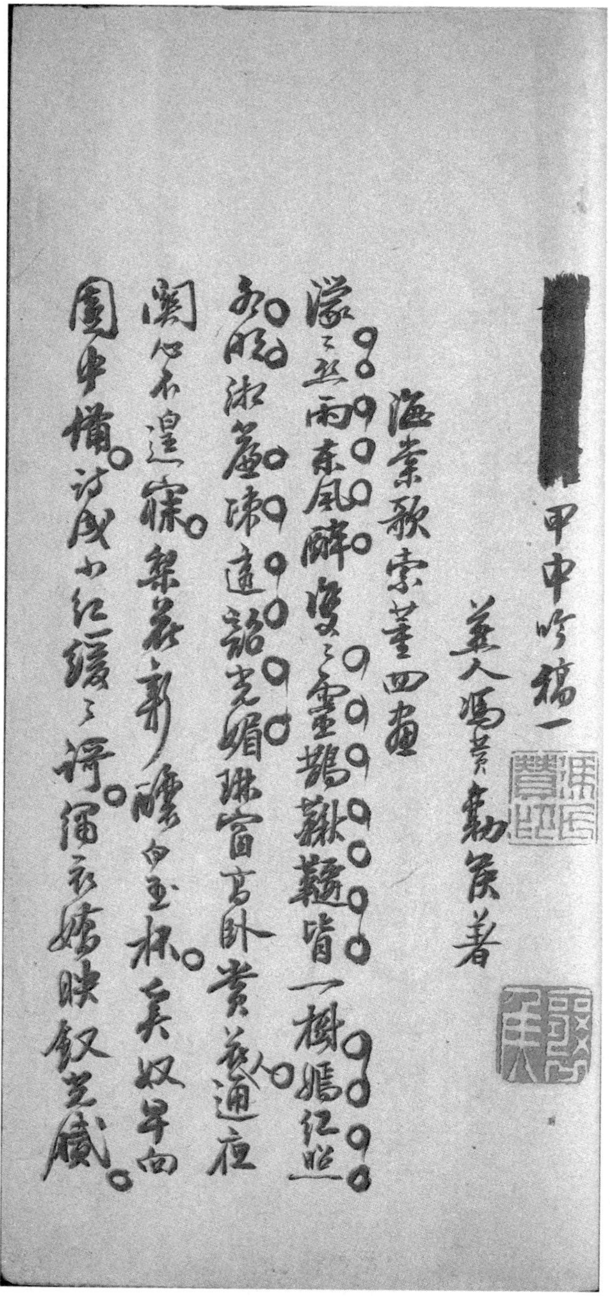

[redacted]甲申吟稿一

益人馮黃勳侯著

海棠歌索笙四首

濛濛細雨東風醉。漫漫金碧蘇麵皆一樹嫣紅照。

紅臉漱蠻沸遶韶光媚。琳宮高卧貴人通庭

闌也不遑寐。帘花新醲白玉杯。吳奴早向

園中備。訪成小紅綫綫得。羅衣嬌映釵光麗。

亦材此秋花作息。無香有色羅芳異。雁足瑤
池錦瀾真。瑣碎翠羽鳴珠佩。鏡妝頳倩阿
母家。雲鬟衣而東。初覺當初隔而憐。論論為有時。
翩然鈿。何天風墜。態濃意遠神仙姿。空叢
露下歎遠沉睡。而似結根秋草偶。一叢紅輕染
佩人淚。我曰春之帝遊儂歸。杜牢春之怨艷
[redacted]
眸。碩君早識此春。年華。莫待風花歷亂飛。

删 過雪苴苴廣不見主人題壁而去

葡萄滿清袖眞消受四壁琅玕過短簷 坐久

洋忘勝扇去心涯迴日午無窺簷

題江湖藝丹子

磨鏡

君不見美人驕好矜綠鬢○壯士青氣因童顏○

星移○物換○朝旦○夕○無情○照鏡○驚○然○旅○出前○磨○

鏡照如月將無照膽官人寒皆文奇古疑科蚪

蚪其上鬱勃變龍鬣爭爭何為龍云而可

衛五色成長安瀾磨諸為官

賣魚

珊瑚為竿絲為綸昔年垂釣東海濱屢報騎鯨

遠遠去青餌如斗餃龍暗餌吞鉤釣不由須

決海岸桐樹陳頎怯隨風陽世暴腮將鬐鬣傷

文雞何物漢亦如此。笠蓑準擬安其身。蔣
魚入市換酒米。郭郭欲厚烏足羞。甚殺方出
魚苗與長繩巨網殊不仁吾鄉於南山隱。那能繼日橫剩蚕
滄滄差古江湖去。

[redacted]

讀書

吾聞放翁還村盲。滿村聽說蔡中郎。吾亦但
寒不得死。其有垂淚搖肝腸。先生何為標方

案目光如電運袖揚稗史□言隨演說嬉笑
怒罵[illegible]者無言眉飛揚舞腿欲植
杖檐楞徨往往揮涕流忠良四周似耳忘饑
柱口乾舌僵僵擊鼓咄咄荼寮與酒肆日
暮收篷何處去錢鋏輪廓繞囊囊吁嗟
乎羣蒼江湖一家是何能高年宣補幕下
柳敬亭

獨戲

吁嗟乎。鄭虞國事。一身寄。大厦將傾獨運
籌。白帝城中火徙氣。祁山六出邦家計。諸大
傳。幹旋棋羅更遊。山川兒犨征戰利。門于
展盡帝王人。風虎鶴唳符堅豳。當守長驅
河上軍。征袍血噴。呼兵濺。偉哉文信國。請
雖君臣義。存故滿前。葉如繡。樂八乙樂長

人事○惆悵○梅花○嶺上○行○前朝○[illegible]墓○忠魂○古無據
投鞭竟斷流○四鎮相攻方叫罵○嗚呼○宰局○
西閣○獨倚○難討此○逆○下美○雄淚○

花鼓

江湖[illegible]劉來走○腰鼓粉面眉含顰○帳不○
浣紗○夢○萬[illegible]○桂○[illegible]肉錢○常○情○歡○饒○詞○俚語
荊○朱○唇○樂○僊○東○西○南北人○朝暮○春○[illegible]
誰○擾○儕○是女兒身

音節劉佳古

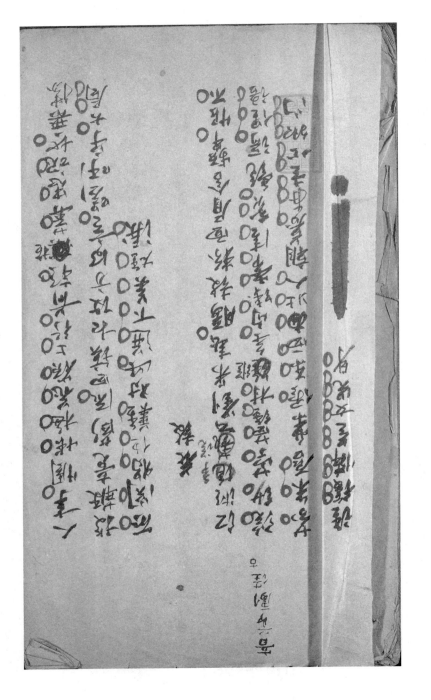

甲申紀游草

馮瓚撰。一册。

馮瓚生平見《朱里稿》。

《甲申紀游草》作於光緒甲申年（一八八四），收詩二十七首，五言古體與七言絶句居多，皆爲馮瓚離汝北上遊歷途中所作。首末各有題跋一則，卷首爲雨滋張氏題跋詩並序，述與馮瓚久别重逢之情。卷末跋文爲馮瓚友人貫公所撰，言與馮瓚交誼並晤面大梁之事。

詩稿卷端印章，有「襄侯」「褱湘閣」「家住金石室」「贊公」「百鹿堂」「雪蕉讀過」「千一樓」「太平雞犬」等。書中眉批有兩種筆跡，自題「杏南」者，據《褱湘閣詩草》丙戌目第一首《無題八首同黎嘳園狄杏南郁金扶（皷）青蕙青翦雪蕉賦》，當姓狄名郁。另一批註者則未著姓名。杏南批註尤多，或稱賞詩情，或商榷用字，對馮瓚詩評價頗高。

馮瓚自朱仙鎮出發，經許昌、汝陽，渡黄河，觀太行，至淶水，遍游燕趙韓魏之地。其詩或憑弔古跡，如《明潞王妃墳下作》；或留别親友，如《留别李紹京表弟》；或描寫自然，如《觀太行》，皆有感而發，言之有物。

（杜萌）

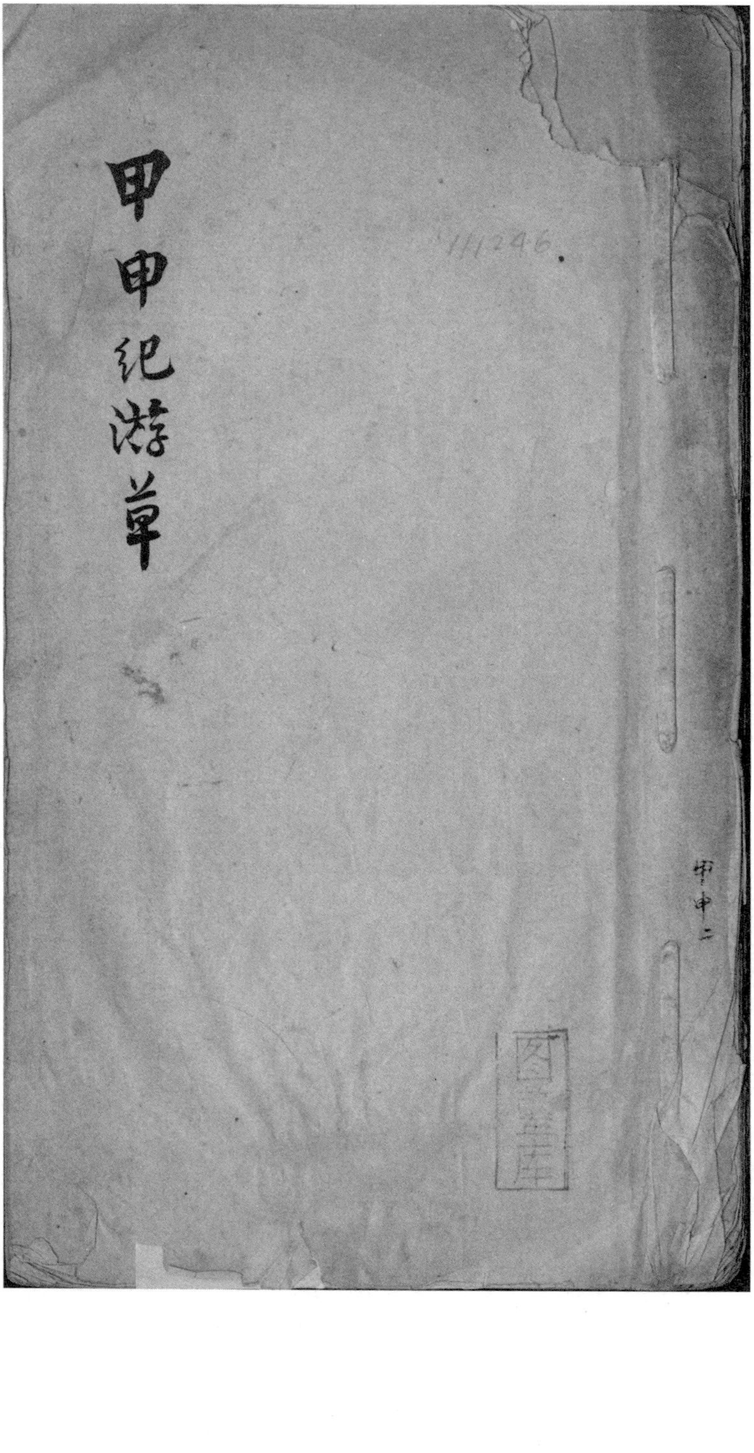
甲申紀游草
111246.
甲申二

甲申紀游草
兩 / 冊
書號 111246

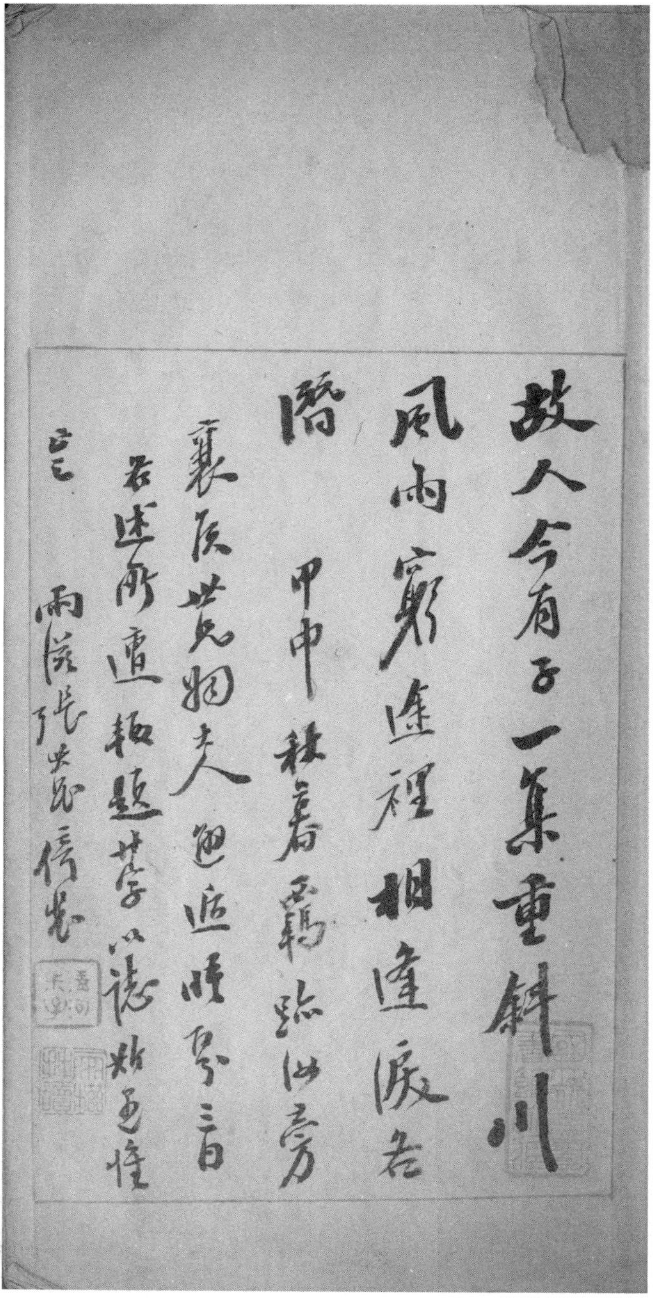
故人今有子一集重斜川
風雨窮途裡相逢淚各潸
甲申秋暮羈跡滬旁
襄辰黄姻丈人過從暇示三首
大著所遺輒題廿字以誌欣慕

甲申紀遊草

嘉佚[redacted]初稿

道出朱里口號

星河千煙未消漁罾魚網上輕船少年

不解風塵苦側帽鳴鞭遍[illegible]橋

過許呂梁丘友麟江簡同

身世竟如此江湖老更星問家徒四壁有如

恰齡三逃葬知何日招魂不可聽浮生真太

小調目佳

沉痛之至

夢兮亦嘆勞形

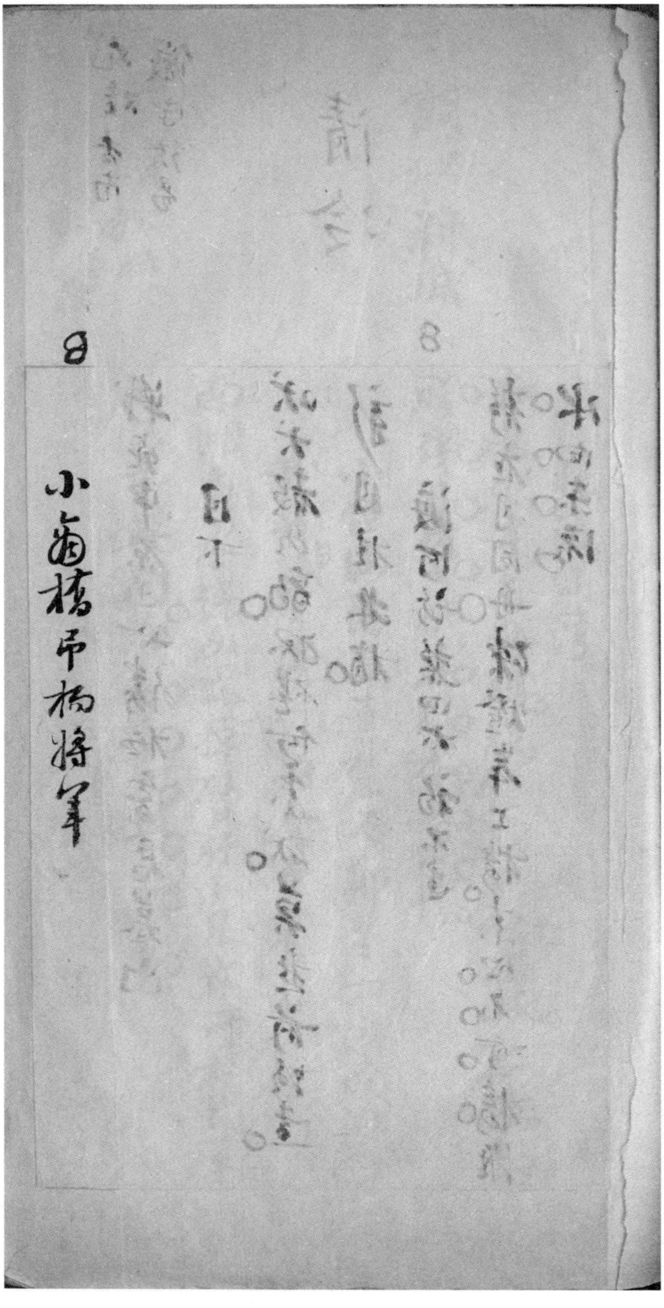

氣壯淋漓得之截句
尤難杏南
儼字頌易

清冷

8

日落風沙儼陣雲茫茫何處與招竟英雄
戰死中原土一傷栖家居荒門

日下

吠犬報如韻探棲何處躲莫教前路遺
新月桂林梢

渡河訪蔡四太初不遇

静夜月同舟疎燈岸上樓素心不可攔淮
水向東流

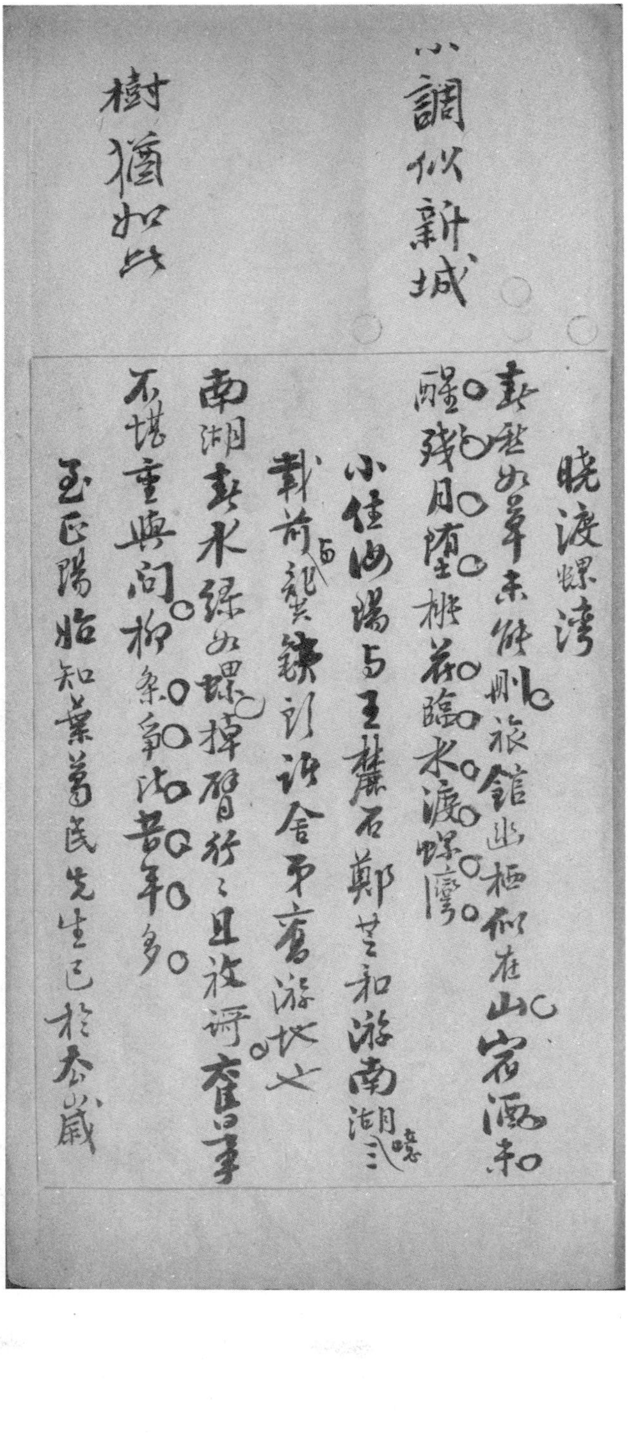
小調似新城
樹猶如此

曉渡螺灣

春態如華未餞眺。旅館幽栖似在山。宿酒和醒殘月墮。桃花臨水渡螺灣。

小住湖陽與王麓石鄭芝和游南湖三曉

載前龍溪鎮訂詩會事舊游地文

南湖春水綠如螺。棹響行行且放歌。查不堪重與問柳。系系無恙昔年多。

玉臣陽胎知葉蒲民先生正於太山歲

下世矣披誦遺稿不禁泣然以書此
卷屋志平昔之欽慕氣老成之凋謝
云
春風吹綠水驅車上河梁言訪蜀民尚傾
酒囊討章嗚呼孔嘉沒大雅日淪亡嘉道
事新巧羅奉圭且偃先生悲蒔俗高呼
振聾耳著此追正始奮勇不可當歷落
而都居無乃闊幽光玉人不世出吾道無依

漢魏之遺

叙次詳明
氣局蒼卓

王。麒麟在郊藪，鸞鳳解高翔。昔歲枉紀章
已。來登君子堂。清言洞今古。賢勞勤
教養。小子重風雅。然祝壽陵岡。屈指已三
載。行道復此邦。先生竟黃土。風沙苦茫茫。
何處接雅範。沛涕與沾裳衣。哀哉壯部
上。幾日拱白楊。詩卷在人間。重鳥下。太知義。

題杜牧之所撰杜秋小傳後

不嘗朱粉飾容光。卅載歸來茂苑荒。千古

才人嗟遲暮。傷心豈止杜秋娘。

卓菴吾正陽知名士也 丹引正陽篋遺

於僧刹并出視 先大夫輓詩三章

以先集卷首題字詩稿

黃卓傷心淚。驅車宦京邦。閱河東返照。

芋木陽年荒。磋礄埋田壠。哀鴻急稻

粱。哲人悲逝矣。謂葉蒿民先生 君子自然芳。携手

尋僧刹。銜杯上草堂。傳經來子弟。含淚

作者崇長篇

都佳

說循良。别調成詩卷。高譚對酒狂。儒生懷
利濟。國器許圭璋。顧我常多愧。偏君在
故鄉。風雲前路遠。何用卜行藏。
偕黄渠甫尋寺
風昔多禪悦。雇事壯形識。今此城南遊。蓮。
新出驪龍。山門半掩關。印法獨無在。一闌旃
檀香。心迹純鈞淬。院宇何塞森。栗檐
沁肝肺。清森度林末。蓮花綠藻潰。雨餘石

佳句如仙

氣青風定鳥聲稀。老僧不問人間業。蒼蒼無時。長松百年物。萬樹伴出退。嗟嗟蛇蟒身。轉瞬浮沙內。未除名利心。清福誰能享。何日携蒲團。風雨佛燈對。

留別黃四舉甫將有海南象郡之遊

長亭繫驄馬。向夕酒杯空。笑指中原去。何方遇孤踪。

旅店題仕女圖

一抹眉黛殘妝在，疲損腰圍總怯寒。我亦天涯顏色悴，相憐應是畫中人。

暮抵涞水

暮色蒼茫黑山城，古來關地形疑樸遺人語。轆轆塵客子投何處，春雨去後遠明胡借旅借公壺一開顏。

將去涞水別史壽山陶治良頤淑帆、史子芑華夢樵暨董靜海諸君子

好

曙色開門后，藍輿去不停。峰隨游子遠，山向
酒載青。藥氣通衿袖，鐘詩出驛亭。邦據胥
處，人語隔煙汀。

玉漁泉与子安舍弟夜語時將之杭
州

憶昔分攜後，相見總淒然。共訴離鍾舊，新愁昔御田。
孤酒年，壬午同在京兆試。才名推白鳳，長物賸青氈。
明日行難禁，等花馬上篇。

敘次詳致
似蘇長公

飛鎮船頭漢瓴賦謝
葉孙旅館侍征鞍。風薦甫郭訪鉠船。憐
我好古成奇癖。呼奴閒櫝出藏瓴磚礴
沉厚顏色黝。不知造在屬何年。傍有古
字曰建武。至下殘沒文不全。憶昔东
都開宮殿。巧工大匠相睢盱。塵泥沙石規
方鑿。字蹴篆隸良工鑴。風書龍魏妙
雲趣。榭除復道何飄颻。赤符相傳萬

蓋世。鴻文雲書設無烽煙。豈意靈麻元
氣薄。福成鈎臺氣前賢。沐陽之此處
樞僖。破壞遙聞五銖錢。鏁船船冥快
意。慨然投鞭如此筌。佳將何須海嶽易。
不學掛劍緒八四。傳之納友不寐。哀樣芽
屋無一椽。曾看漢并天下瓦。兩京陶器忽
珠璣。

8

有寄

好句似梅村

相思遥隔碧雲端，尺素緘愁寄雁難。付屋
鬱重細巴鬟，一合新灯鏡玉忠塞。栖烏夜
夜啼庭樹，驟馬年年繞繡鞍。有限年華
猶負易，妝成自向鏡中看。

銅雀臺

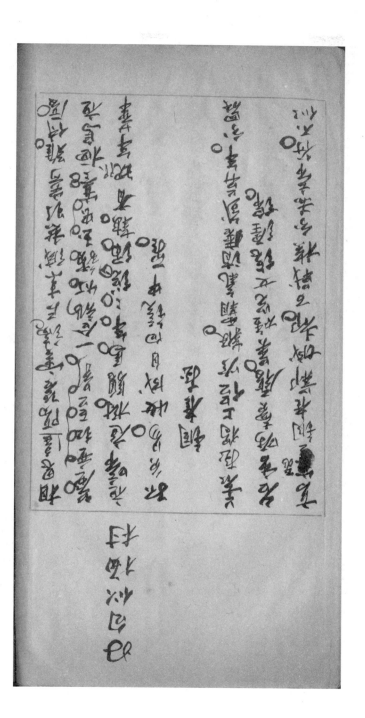

叢臺獨上倍吟鞍，霸氣消磨幾許年。分羅
名香嘆賣履，英雄兒女總纏綿。
高[illegible]銅雀鄴城都，百戰横分赤帝符。不似

此意人未選

陳家準閣題胭脂井圖黃奴

漳水東流更不還，叢臺猶似泣嬋娟。一作曾疑臺日泣嬋娟

銷磨翦切殘饒丸，付與文人作研田。

臨别章子丸奉先時主講淇泉書

院

遨遊何意卜行藏，再重載相逢又吳鄉。劫拂長

堤嗚咽別，草叢歧路總迷陽。一叢丝竹

臨淇水，滿屬風沙過太行。前路逢迎君莫

三氣所成

問平生候唐大猷節

芳草渡頭潯陽別意圖

楓葉荻花秋瑟瑟潯陽江上舟青衫紅粉一例

酒邊熱

留別李紹京表弟

去行雲氣黃河永相望雖勞勞氣年

白屋攜成今夕醉朱顏最好六年前盡中

攜來存詩卷實上實不竟隨付馬鞍明歲年半

孫叢語。閒人指點説烽煙。時有經年海外之意

途中小詩

於役懷晨風。十里青山路。日夕天氣佳。蟬聲和。
亂柳。衆鳥向長林。泉聲出幽竹。借問從傷人。不得山
中宿。

觀大行

凌晨戒僕御。湯餅試果腹。不向崤山崦行。山含

真面目。馬疲而車驕。於近六行麓。繚延英
蒼能。言下煞嚴懸纛。浮雲過風來。更幻以何速。
曾聞溪山中。奇境四壑壁谷。洞無隱君
子。臨崖結茅屋。療飢耕石田。一犁足謹
與種稻粱。妻奴駕黃犢。怡哉陰達憶。有如
井獨瘦。草木巖葉叢。蘭蕙媚幽。獨塵視房
杜動。逞論頗與牧。極野恒三徑。逝鑿石成幽
築。聽泉依古松。往來友麋鹿。忽忽黃髮

音節高亮詞旨
家穠 杏南

人來軒志不轂，向晚過前岡。横石過輪輞，比心多坦然。山花送清韻，阮籍亦我儔，偏向窮途哭。

湘王墓妃墳下作

峰崿山經古，行百過復追遠。深涌有獨宮，蘭麝土叢遺佩渺。菜蕨帶横竟俯，欄舊丘壠。王母弟長，東風綠，帝子墳高，荒臨細（墳與湘王墳相去不遠）憑弔更堪悲壯，望涕淚。嘉樹蔚蔥蘢。

沈鬱蒼涼力破
餘地是饒寫章
誨仙步杏南

8

遊蘇门四首

我亦徘徊長嘯來，登嶺上臺。古賢真瀟灑、下
界繞嵐煙，樹老明苔卑。山深隱復才無
人從天上聽鸞鳳音餘氣。

安樂窩

遺徽想纍纍。山深路欲迷。门開訪嶺見草
臺古墻傳擊壤，為民願就著耕棲，我來

多感慨忍聽杜鵑啼

拜文徵君祠

茱枝蘇門路，侍經舊食邑。山川成俯仰，草木見書秋。我到惟荒徑，人今何處？松泉冷翠不厭向晚興然

題重石基

一拜鐵玄基，豐碑識舊題。先生耿耿，故國哀慕淚，落日蒼松合，深山怪鳥啼，精靈

高唱入雲一結尤覺餘音不絕惟怪字少

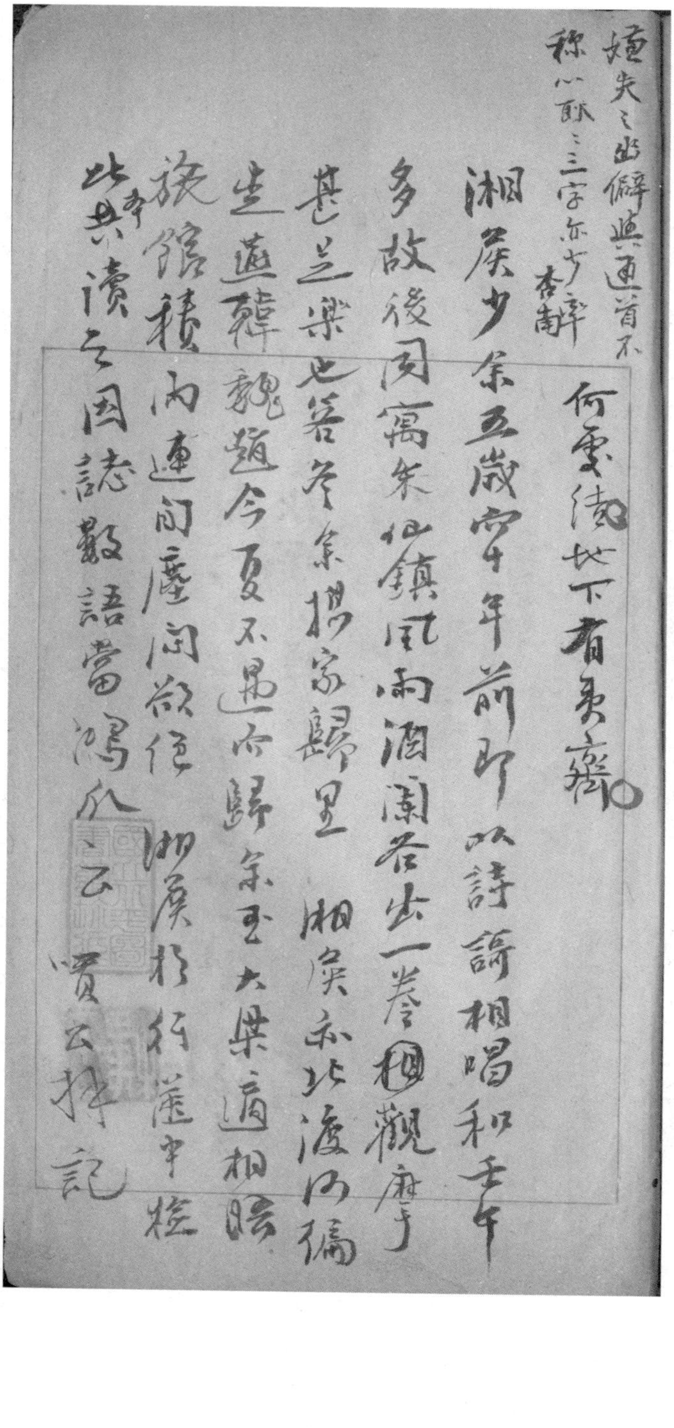
堙失之幽僻與適省不
稱以耶之三字亦少辭 杏南
何秉儀○忱下有兩齋○
湘屏少余五歲寧年前即以詩詞相唱和壬午
多故後因寓余仙鎮風雨酒闌各出一卷相觀摩予
甚樂也答余擕家歸里 湘屏亦北渡以編
生遊韓魏道今夏不果遊而歸余至大梁適相晤
旅館積雨連旬屢閱欲作 湘屏行旌中梓
此共讀之因誌數語當鴻爪云 賈公拜記

褱湘閣詩草

馮瓚撰。一册。

馮瓚生平見《朱里稿》。

《褱湘閣詩草》作於光緒十一年(一八八五)至十二年,故詩作亦以年代分爲「乙酉」「丙戌」兩目。「乙酉」目收録光緒十一年詩作七首,下題:「伏臘湘素偕弟眉僧小憩朱里寓齋,與玉尊主人譚次出詩一册,拜讀一過。」鈐「馮瓚私印」「襄侯」「夢草堂」「愛山」印。第五首《至相州岳鄂王祠下作》,鈐「勿喜」「瓚」印。「丙戌」目收録光緒十二年詩作十四首,下鈐「五鳳山人」「愛山」印,字多圈改。

馮瓚自京師出遊,行歷居庸關、滹沱河、邯鄲、相州等,每至一處,或會舊友,或弔古感懷,詩常抒發懷鄉之歎。形式上則以律詩爲主,不拘五言、七言。

馮瓚友人對其詩作評價頗高。卷首有嘳公(即黎承忠,字嘳園)跋,稱:　襄侯自都門歸,攜懷湘閣詩一卷,五言如「秋氣亂山末,野鳥下荒煙」,俱臻古人境詣,可羨哉。字皆雙勾。鈐「榮華並戲」「不嫁惜伶俜」印。又邵栩題:　光緒十二年八月,褱湘閣一人自衛來滑,小住衙齋,因出舊作一卷,拜讀一過。佳句如「野航嬉漁子,落日見樵人」,七言如「曾上金台哀駿骨,又吹鐵笛向龍沙。北夜無人天塹失,南風不競相公來」。他如《話白下山》《題畫》二作,尤惟唐音宋韻,鎔化在胸,拈來自如,有出人意表之想。非近時學詩家可以望其項背也。並鈐「蜨景盦」「蓮華仙史」印。

後附《獨鹿山人詩草》，下鈐「臣瓚印」「襄侯」印，收詩五首，首詩題上批「删」字。

（杜萌）

裹湘閣詩草
函 1 册
书号 105641

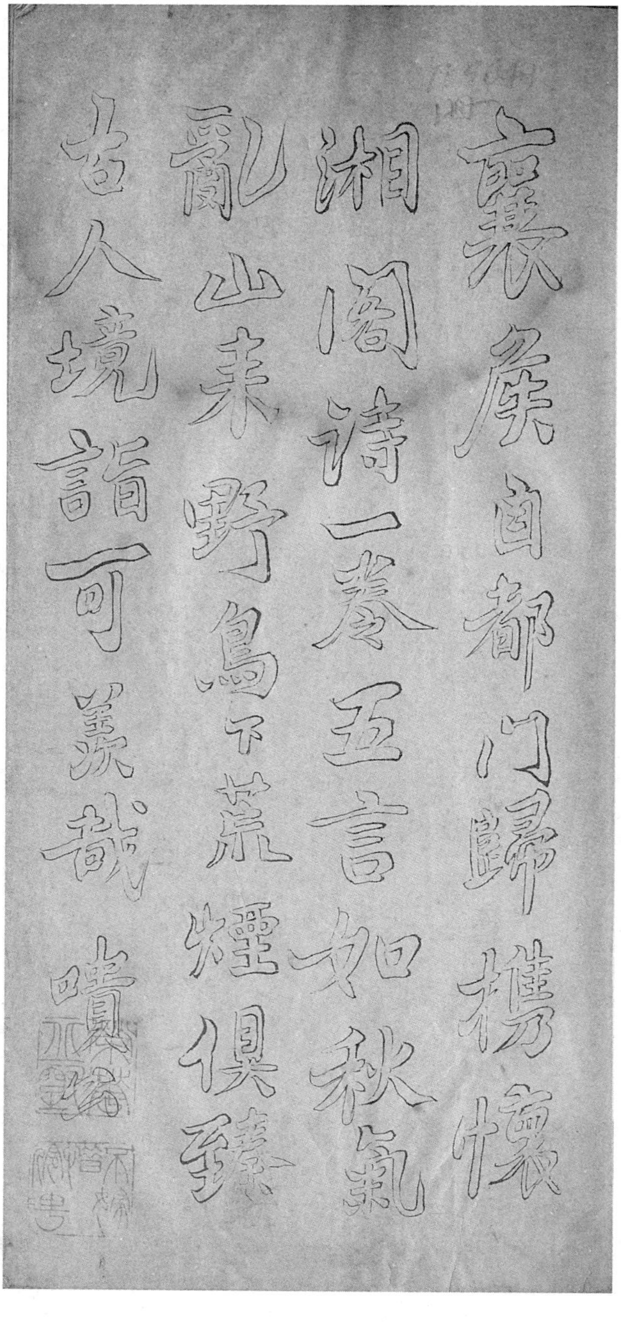
襄廉由都門歸攜懷
湘閣詩一卷五言如秋氣
亂山來野鳥下荒煙俱臻
古人境詣可羨哉 嘖

光緒十三年八月褒湘閣人自衛來滑以往衛齋因出舊作
一卷拜讀一過雁向野航嬉漁子蘆日見樵人七言
如曾上金臺哀駿骨又吹鐵笛向龍沙北望無人天塹
失南風不競相以來他如語白下山題畫二作尤雄唐音
宋韻鎔化在胸故拈來自如有出人意表之想非
近時學詩家可以望其項背也

訒湘安祥

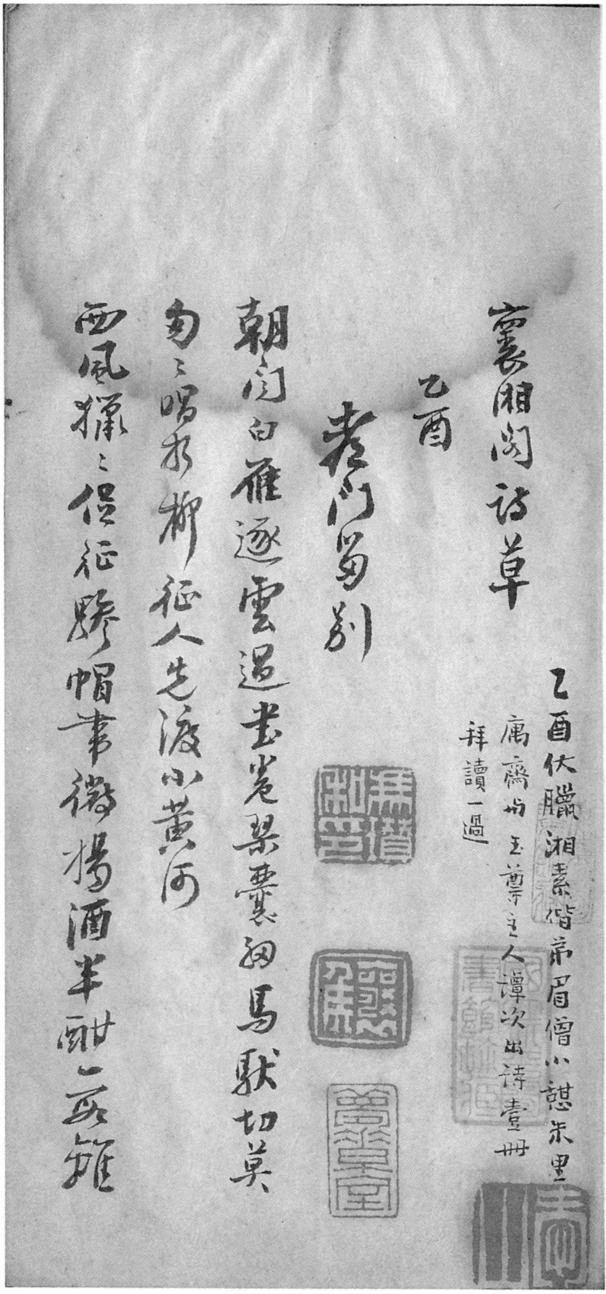
乙酉伏臘湘素偕帝眉僧小憩朱里
廣齋向玉蕭亭主人譚次出詩壹冊
拜讀一過

褱湘閣詩草

乙酉

春門留別

朝聞白雁逐雲過去岸萊囊細馬馱切莫
匆匆唱折柳征人先渡小黃河
西風獵獵促征驂帽帶微揚酒半酣一段離

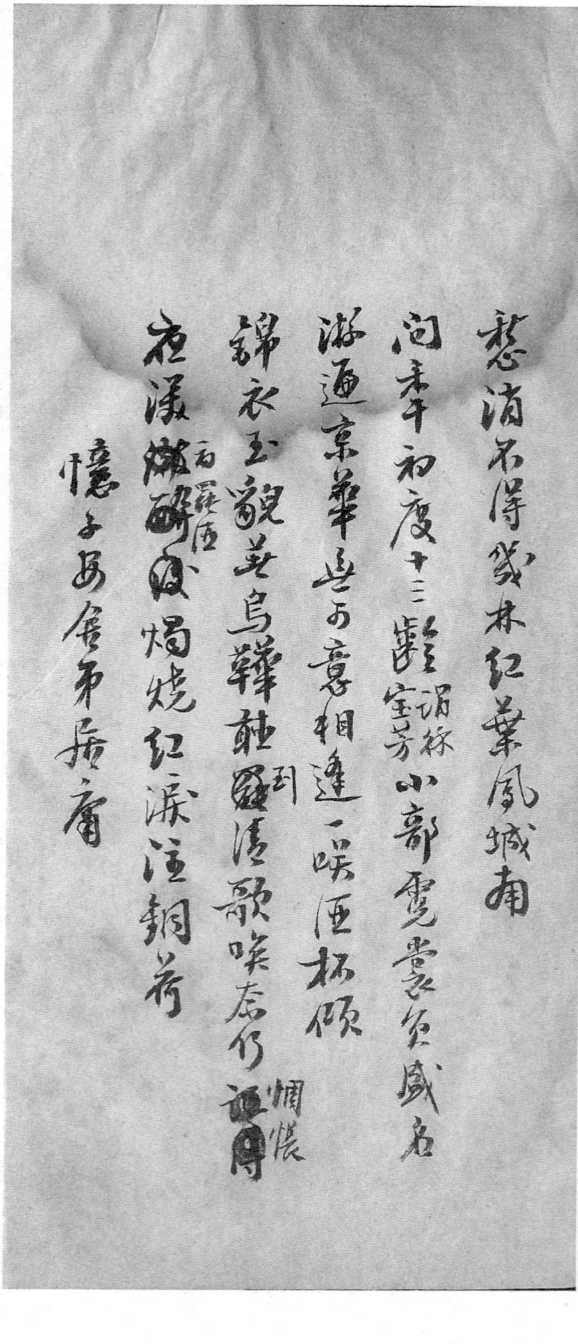

愁消不得幾林紅葉風城南

問年初度十三齡寶芳小部霓裳負盛名

游遍京華無可意相逢一笑酒杯傾

錦衣玉貌若烏韡軸羅清歌唳奈何惆悵

夜深醉後燭燒紅淚注銅荷

憶子安舍弟屠甫

褭湘閣詩草

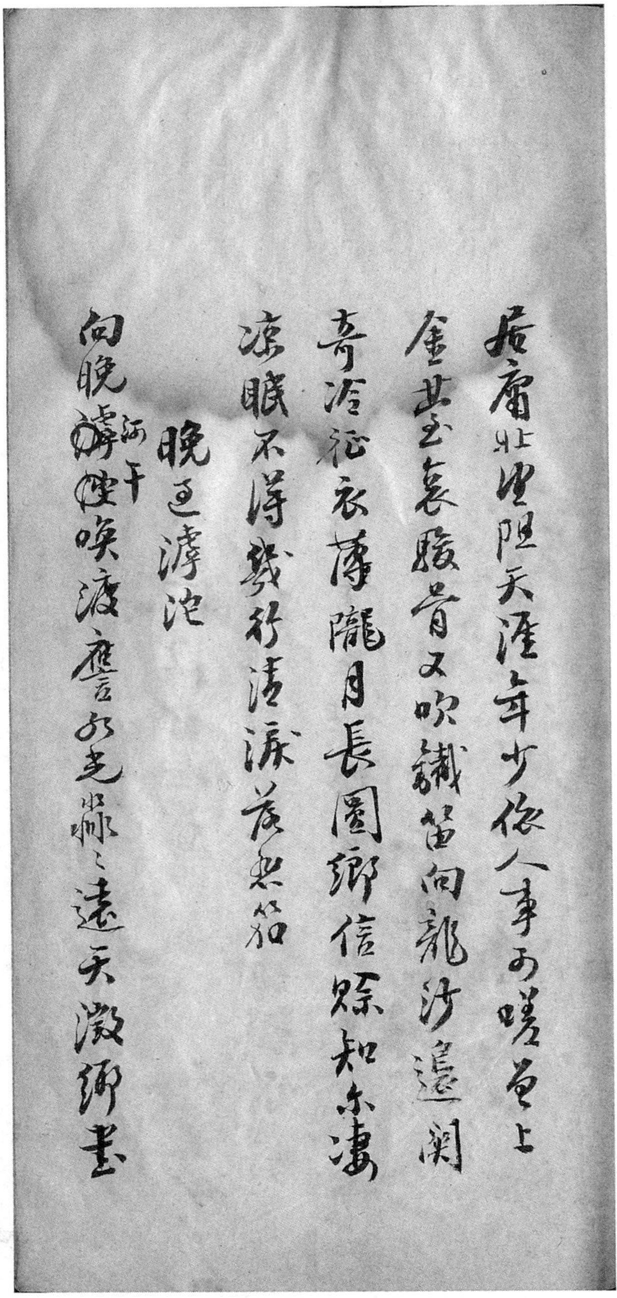
長宵北望阻天涯年少依人事可嗟黃上
金臺去哀駿骨又吹鐵笛向龍沙邊關
奇冷征衣薄隴月長圓鄉信賒知己凄
涼眠不得幾行清淚落悲笳
晚過滹沱
向晚滹（河干）沱喚渡雲（云）水光淼淼遠天激鄉書

一六九一

雖付南歸雁，十月滹沱尚未冰。

邯鄲道上雜詩四首

邯鄲一望早經秋，客夢長飛故國樓。閒

説海天風鼓震旦，誰挾策覓封侯。

迴車若近古叢臺，迴返邊城[illegible]手惆悵

千秋多事日，最難將相不疑猜

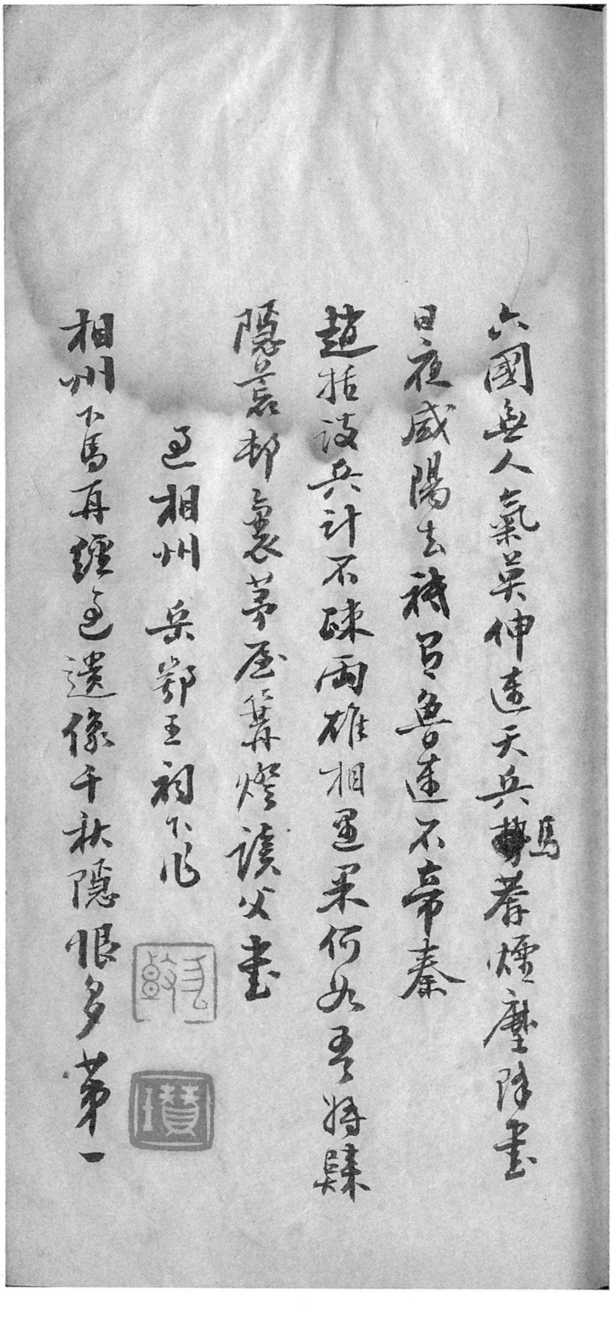
六國無人氣莫伸遣天兵馬捲煙塵降書
日夜咸陽去獨有魯連不帝秦
趙括談兵計不疎兩雄相遇果何如至今將縣
隱居郡裹茅屋篝燈讀父書
過相州　岳鄂王祠下作
相州下馬再經過遺像千秋隱恨多第一

臨戎宗澤死天要胡馬渡黄河
韓范無端相繼休李〻戎馬入邊愁如何四
海爲家日不取華雲十六州

道中雜感

支幢正發騰征軺襆被疊星河暗駛〻烟樹
遠屢〻見來難爲別時達書來在嶺雨書來在陳子良來在屋廬(?) 文章未

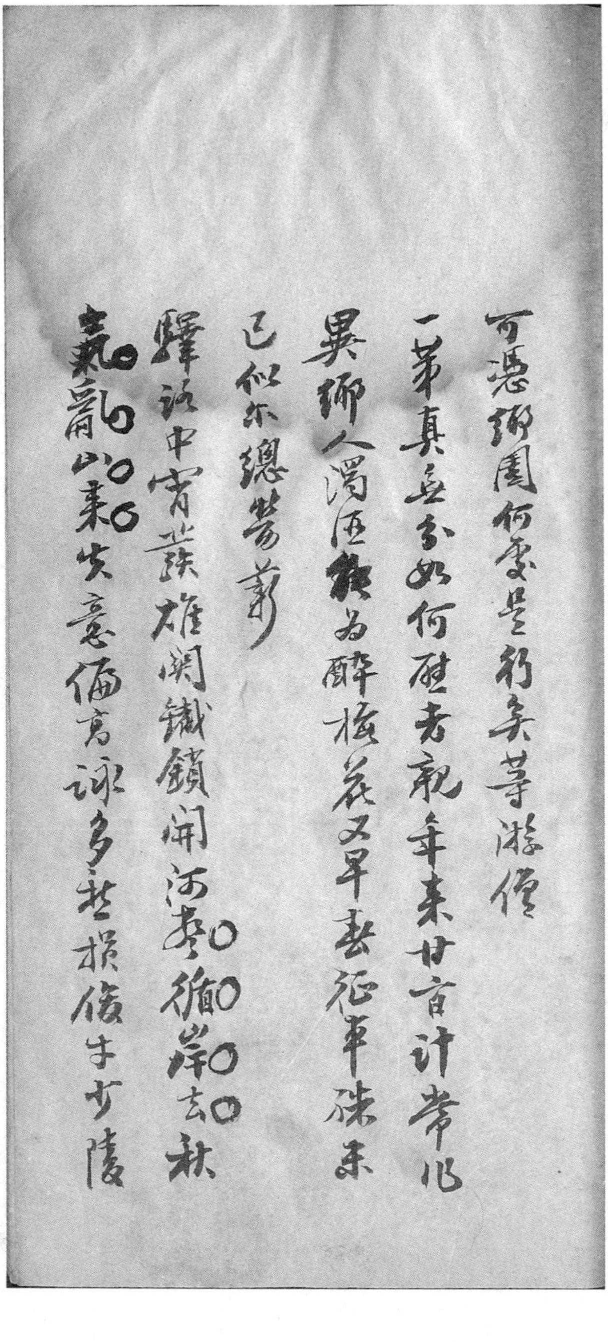
可憑鄉園何處是行矣等游僊
一第真無分如何歷去就年來廿有計常非
異鄉人獨酒頻為醉桂花又早去征車催未
已似亦總愁新
驛鼓中宵歎雄關鐵鎖開河聲○循○岸○去○秋
氣○肅○山○來○失意偏高詠多悲損傷生少陵

廣廈意何仍垂桃細
久矣風塵慣並程怯著皴短檣鳴野急野鳥
不蒸煙成本　擇梅　旰鄉音早市傳行歌何處
卷歸雁度邊天
前々楓樹外。一望野雲低。孤寂塞山出。遠翁唐。
日晚。村、煙濃欲合。征路晚將迷。多少浮生事。

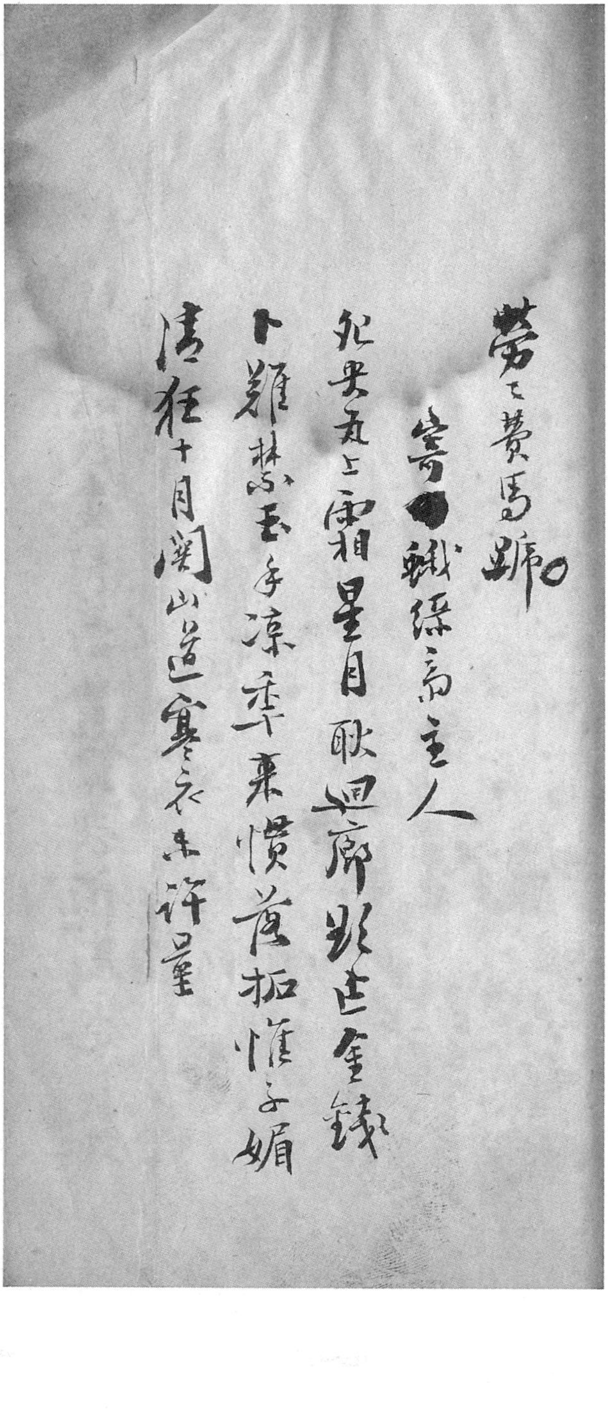

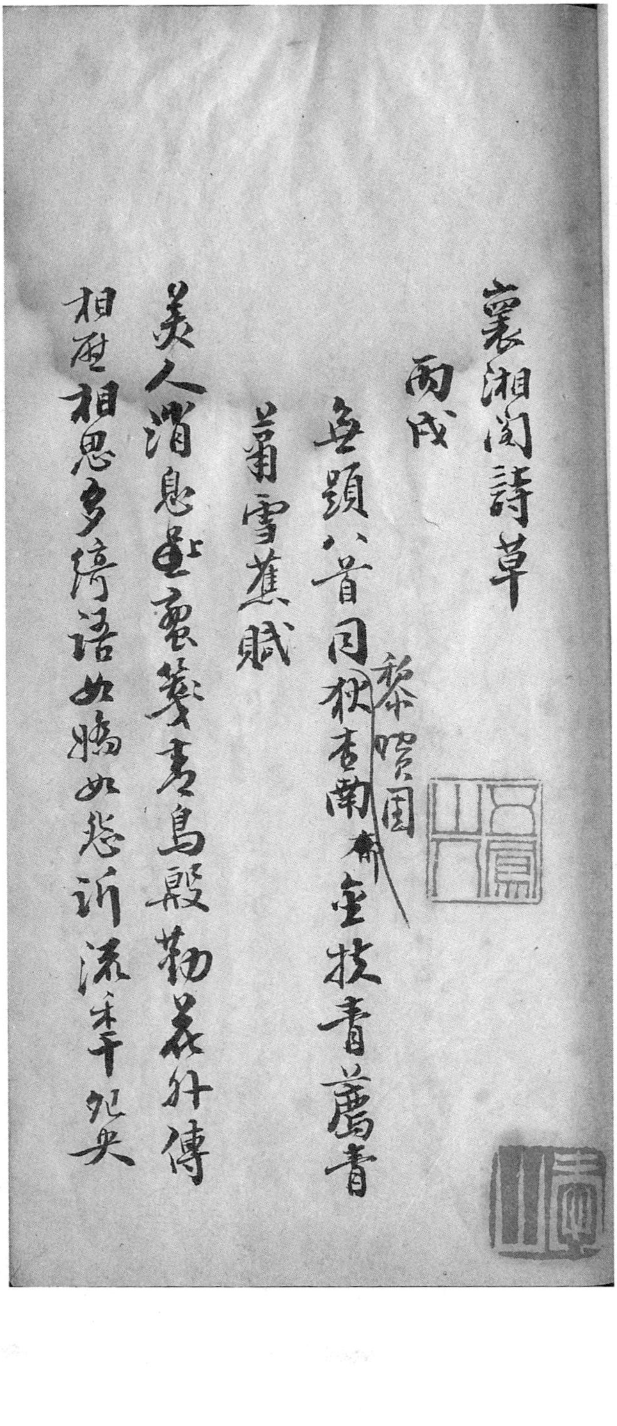

裹湘閣詩草

丙戌

無題八首 同校者南金拔青薦青 黎嘆園

蕭雪蕉賦

美人消息蹔雲鬟，青鳥殷勤莫外傳。
相歷相思多綺語，如腸如悲訴流年似矢

夜冷沉沉夢蓮子燈歌夜夜弦弦籠斷玉簫

行不得風懷誰與嬋娟 報

羊車小小住向平康記到盧家白玉堂 鴉髻

鬆雲窺寶鏡畫簾拖地立迴廊間將

紅豆調嬰武怨入瑤琴託鳳皇十二巫峯

何處所易雲為雨夢高唐

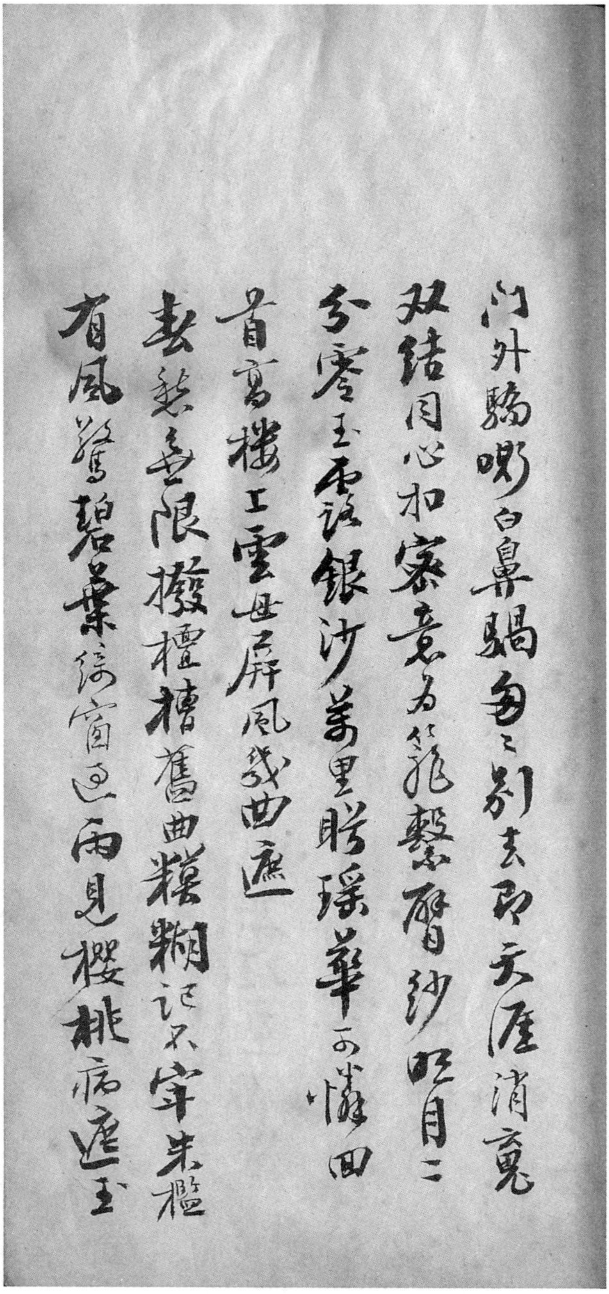
門外驕嘶白鼻騧，匆匆別去即天涯。消魂
雙結同心和淚意，為誰聲斷暗紗明月二
分零玉露，銀沙萬里聯瑤華。○西樓回
首高樓上，雲母屏風幾曲遮。
春愁無限撥檀槽，舊曲糢糊記不牢。朱檻
有風驚碧葉，綠窗過雨見櫻桃。病起還玉

面卷團扇嫉諑蛾眉泣楚腰我欲當前
斷腸人又不知何處覓并刀
秋風渺渺一層樓酒醒凄涼怨陌遙不信
海棠能解語只疑萱草可忘憂遙亦如
鐵當解見腐草為螢不在深甘憶淺
堂銀燭冷侍兒無睡聊子箋

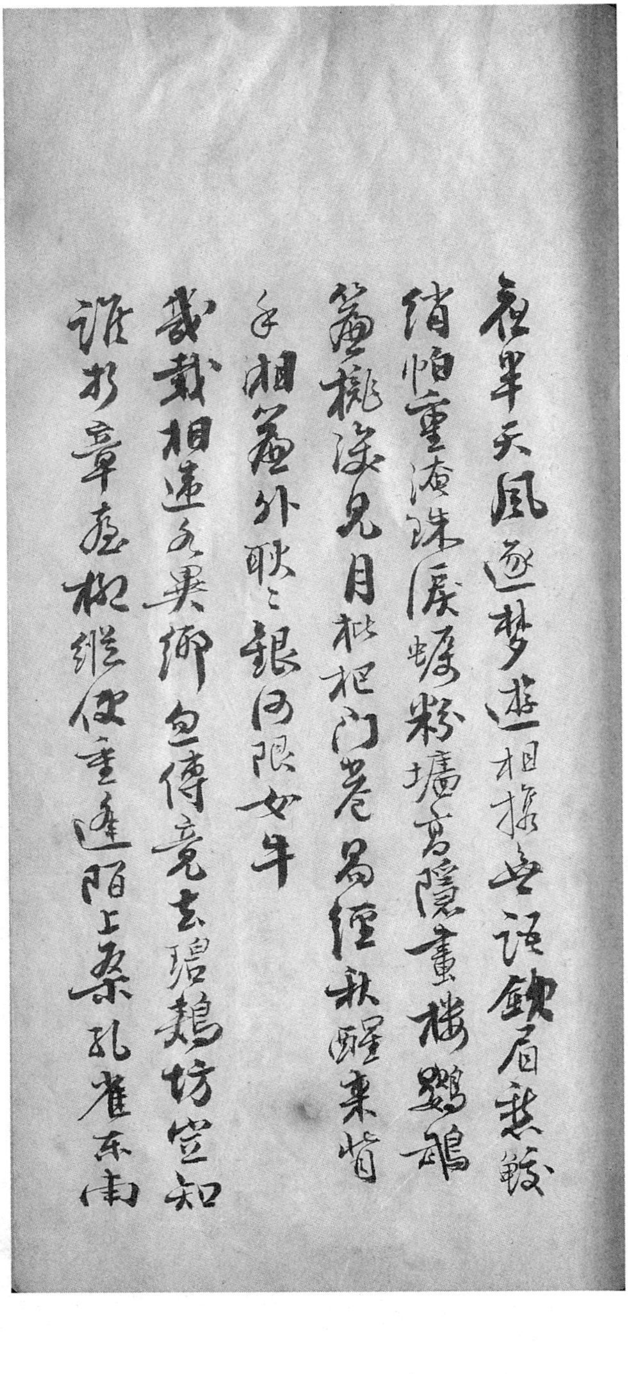
夜半天風逐夢遊相携無語斂眉愁
綃帕重淹珠履蝶粉墻高隱畫樓鸚鵡
簾櫳淡見月枇杷門巷易經秋醒來惜
乎湘簾外耿耿銀河限女牛
幾載相逢兩異鄉自傳竟去瑶鸞坊豈知
誰料章臺柳縱使重逢陌上桑亂雀東南

飛浩浩浮雲西北，嘆茫茫故人那見，何由見使
我忽情耶便忘
爛醉蒼苔金叵羅，新聲柏唱懊儂歌，麈甚
夕里連芳草，杜柏何因[illegible]寄，女蘿寶研近
趁眉黛淺畫穠，神覺鬢黃無多，東風移
從芳洲上採得蘭荃，更恁何

春柳春草各一首仝社中諸子賦

日出東南見柳枝道旁春雨一絲絲樓中

少婦凝妝後陌上行人駐馬時栖遍流鶯

啼斷後飛來亂叢新愁多故人携手

郊原裏長（板）橋頭舊陌頭　春柳

悵別心期獨擅風雜花生樹亂鶯飛甚生

陌上草初長綠遍天涯人未還萋去萋
來春蕪々郁雨郁壯雨霏々看得紅顏
知有愛幽之相逢唱採薇　春草

短歌行

茂陵之原陽陵朱邸欲煌々腰脈豐白晝一朶
人羨草除羨人獨快良家蘇日々調笑

漢家胡騎西渡明珠王色傳烽燧高大君
鳴雞走馬出飛狐界在劫陣指畫往明王
生擒呼韓呼長驅路斷半能髑胡騎凋
裹黃沙俱切感陂府上兵符玉関罷戍來
須矣尋章摘句胡為乎
解袁山姻丈以汴京懷古八首見示賦此

俱字担改枯字

呈友

哀古岳端百感并陈橋雨下大河横行人却

上長隄望楊柳寒汀呈作京

燕山頂上點春茶烟火樊樓積認趙家一樣錯

況尋不得金梁橋与素馨斜

讀書明史傳後

偶因巨頼出羣才，羿見侏儒列上台。北府無
人天塹失，南風不競相率來。誰傳白馬臨江
語，稍有衣冠作古灰。甲畫圖朝詩翻羽
拾，意頃在子陵台。

讀四憶堂詩集附詩一百

鈎黨連天恨不曾，畫圖投一詩去金陵。甲戌滿

地其歸計纏壑影朝自見微舊夢可憐
鶯結社故交相過半為僧詩篇到此該十
古一種傷心似片片冰
婁山丈招同野游律雜什賜觀以此奉友
煙過成堆斜老林辰三兩家石橋香野水古木
攤平汀客子多吟興春風逐聚華何當

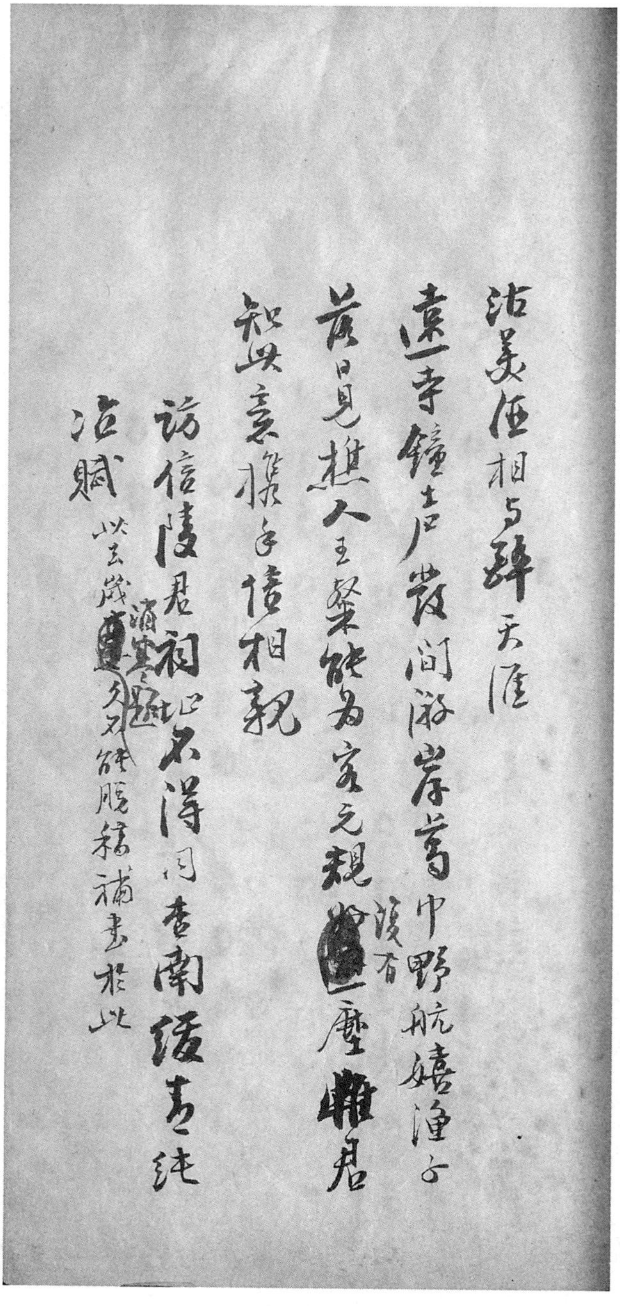
沽美酒相与醉天涯
遠寺鐘聲散[illegible]岸[illegible]中野航嬉漁子
荒日見樵人王粲能為客之規[illegible]須有[illegible]歷難君
知與袁樵手復相親
訪信陵君祠[illegible]不得同查南緩青純
沽賦
以去歲[illegible]久不能脫稿補書於此

古梁城壯暮煙紫訪舊欣與二三子爰問潭
高祠信陵即今堙没無遺址白草長蒿甚
向人枯木宿鴉寒不死傷已佛畨勢嵯峋
昔年祠廟無乃是秦兵百萬圍邯鄲
趙人氣𡁟秦人喜冠蓋相望趙使來急
人惟有公子耳況乎秦兵若趙没移兵取

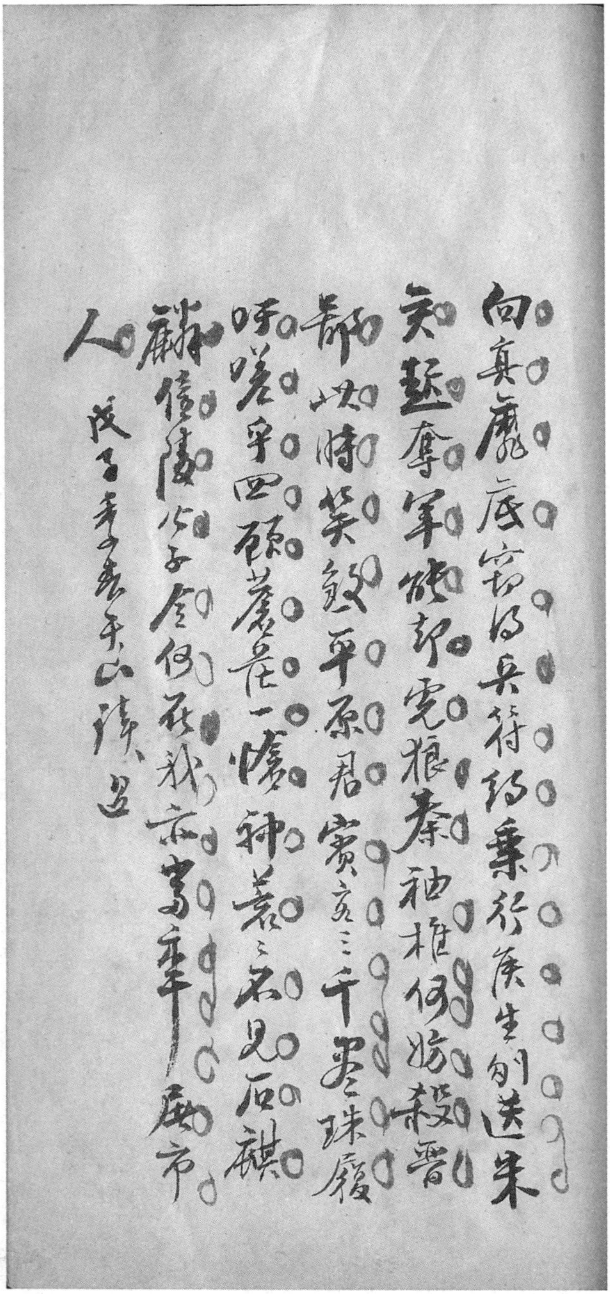

向真鹿底竊得兵符終乘行侯生刎送朱
亥趙奪軍破卻完狼秦袖椎何妨殺晉
鄙此時笑殺平原君賓客三千豎珠履
吁嗟乎四顧蒼茫一慷慨茫茫不見石麒
麟信陵公子今何在我亦高年屠市
人
戊子年春平山緑書

鳳城隅

美人移獨立家在鳳城隅不道春風去猶
無尺素書

穉二弟話白下山成二十八字

館在淮南六代山西風白下泛舟還遲君
袖底微詩卷譜上銀箏付小鬟

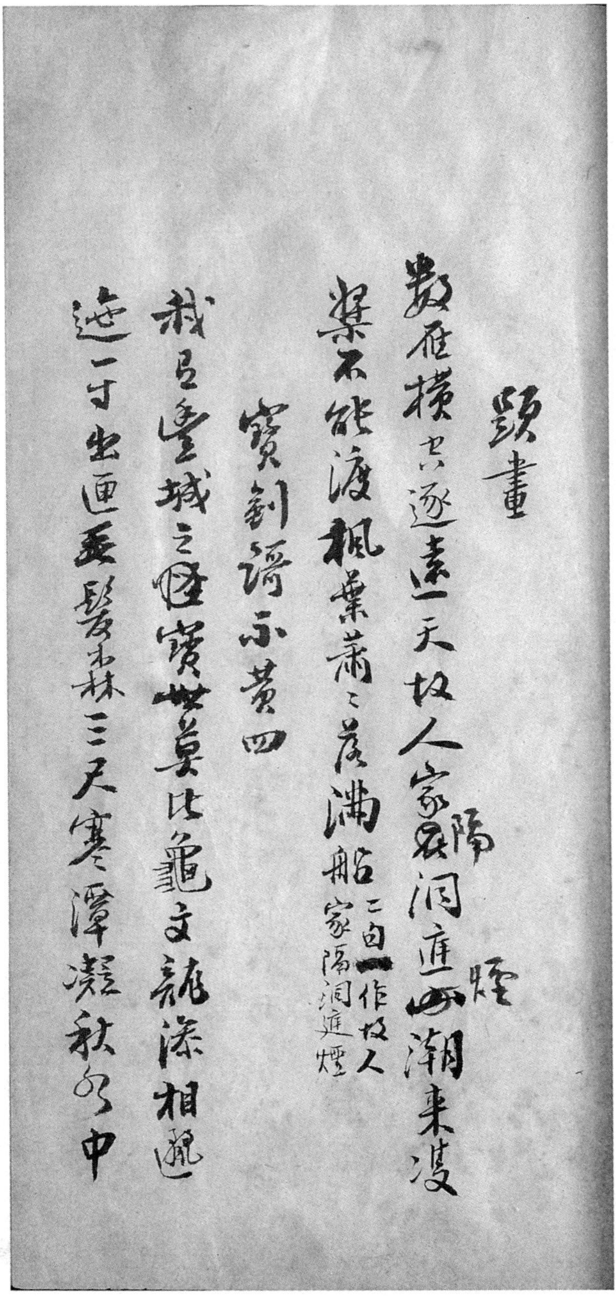
題畫

數雁横空遂遠天，故人家在洞庭西，潮來渡

渠不能渡，楓葉蕭蕭滿船。二句一作故人家陽洞庭煙

寶劍譜示黃四

我是昆城之怪寶，世莫比，龜文龍漆相麗

匜一寸，出匣長髯，木林三尺，寒潭凝秋水中。

原廻首樹辭鸞闕之血斑殷咸紫鬣年相伴
南壯圭風雨霄潑龍雷吼生憎綠佩遊簇
主傾心願在菩提手一事只循不可言吾將
燕市遨屠狗吁嗟乎聖祖崇道极包
蓋寰方貴使紛乘航劍乎之之寅深
歲

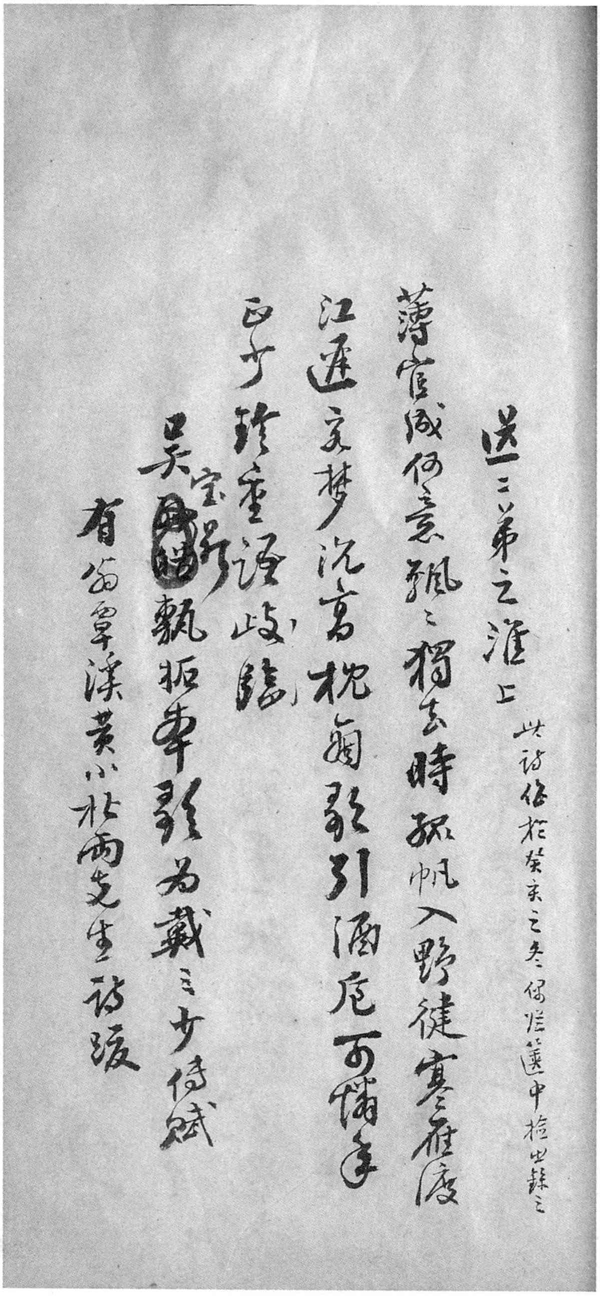
送二弟之淮上
此詩作於癸亥之冬偶於篋中檢出錄之
薄宦誠何意飄飄獨去時孤帆入野徙寒雁度
江涯交夢沉高枕翁歌引酒卮可憐手
乏寸珍重語岐臨
吳宗新飄拓年髮為戴戴少侍賦
有翁覃溪黃小松兩先生詩跋

我友戴三能文章家多書画珍琳瑯趙来
招我精舍呼童肩取紅藤箱横幅立
軸皆神品蘇黄揚箋選紕糠執中亂
類尤奇古小螺黛之麗精光是誰穀
題拓相偕吴梅碑誌分陰陽吾藏陶
器三十年或麻或衛或官書已趙錢

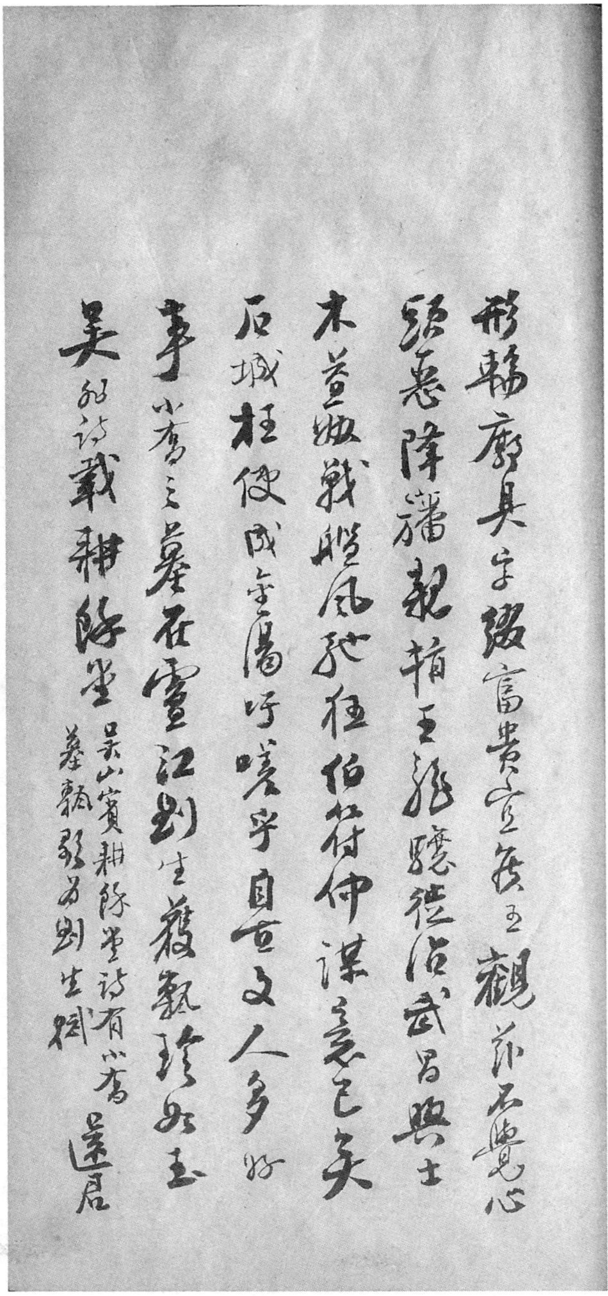

此卷不復録頌與上精鑒為當業

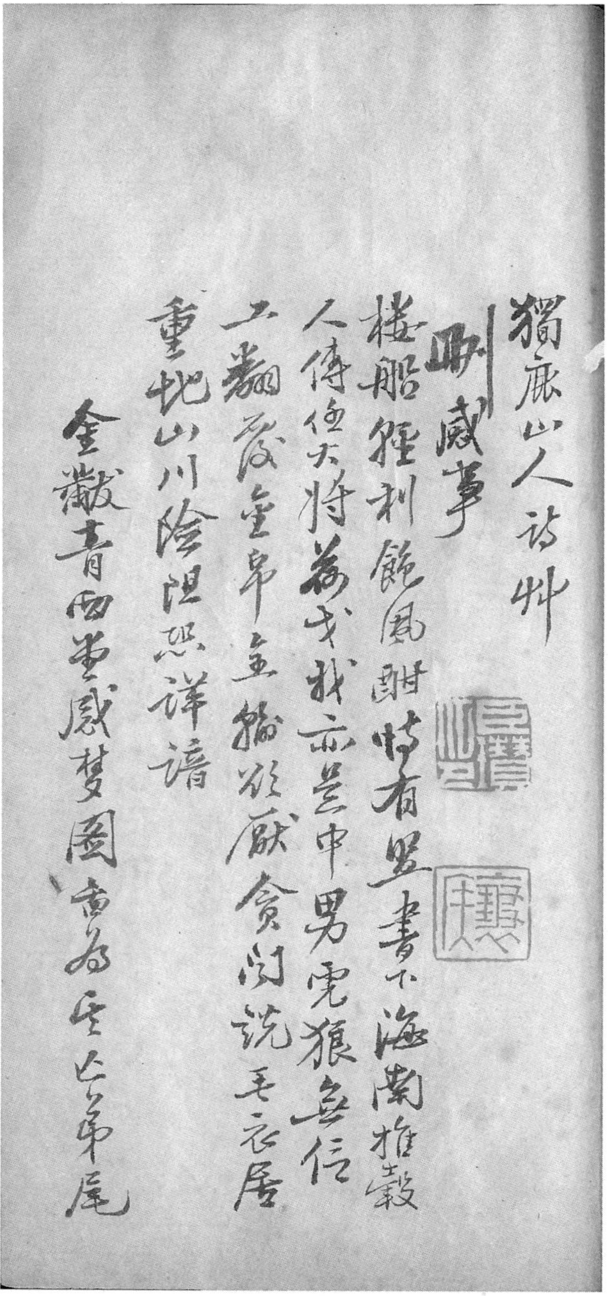

獨漉山人詩艸

聊感事

樓船狸利飽風酣，時有黑書下海南。推轂人傳伍大將，爲戎我亦邑中男。虎狼無信一翻覆，金帛交輸從厭貪。閒説毛衣居重地，山川險阻恐詳諳。

金徽青雨東風夢圖 畫爲丕公弟屬

琴而作此字學館雪蓮瀟灑師自爲
屢舉而耗闌山迢遞不能一哭墓靈
今年冬至奉門於青出觀翁舟寧
頻頻律提筆時不覺神傷也
（殊）西風來戶牖思字肝而坐聽聽吹庭樹
嗡嗡閑雁行萬里人氣淒惶暗月窺
昧即此法冥坐寤宵漏正長

忽至大梁訪家燕游未歸故人爲設酒
清淚一沾衣吾黨最年少相思入夢
遠枝南尋舊侶不覺到斜暉

秋宿日徵君艮園

艮園系興王之重子爲開一徑入幽林蒼苔
印屐痕棊聲出戶牖匡坐共清言塵
事日爲生無能慟夢魂

秋風已吕入近夕橫棠扃脫帽被襬水挑
燈讀石經賓鴻舉舟去蟯蟀戒廝聽余
亦眈吟癖與君眼更青

懷饒發來畫宗黃四燦甫

少小生豐沛縱才與劍雄知兵真將種
受氣盖關中正馬句〻士短衣蔡〻窮
故人多未達容易近衰翁

過湘東書懷二首

同文斜川上，扶過呂梁廬。簡編抛短榻，棠屐置前除。欲博中人產，翻嗟儒術疏。與君論出處，猶是鱸遊漁。

生生懷前榮，江湖一鳥名。上書悵士賤，貨殖洽躬耕。即境艱危甚，憐君嘆語清。寸心何處結，窗迴鐵灯檠。昔與湘東有為粵之行，偶及之。

湘東于役鄞中久而不返以此書懷

風住寒梅一院香畫簾不捲憶王郎漳濱

擁棹迷三徑雪裏停車訪大名空堂

友襆被勸蔬飯獨閱古琴張行人應坐

黃陵曲畢晚來風穩載航

過謝仲梁先生別墅

訪山極山雲靜梁許扣遍而院始來古

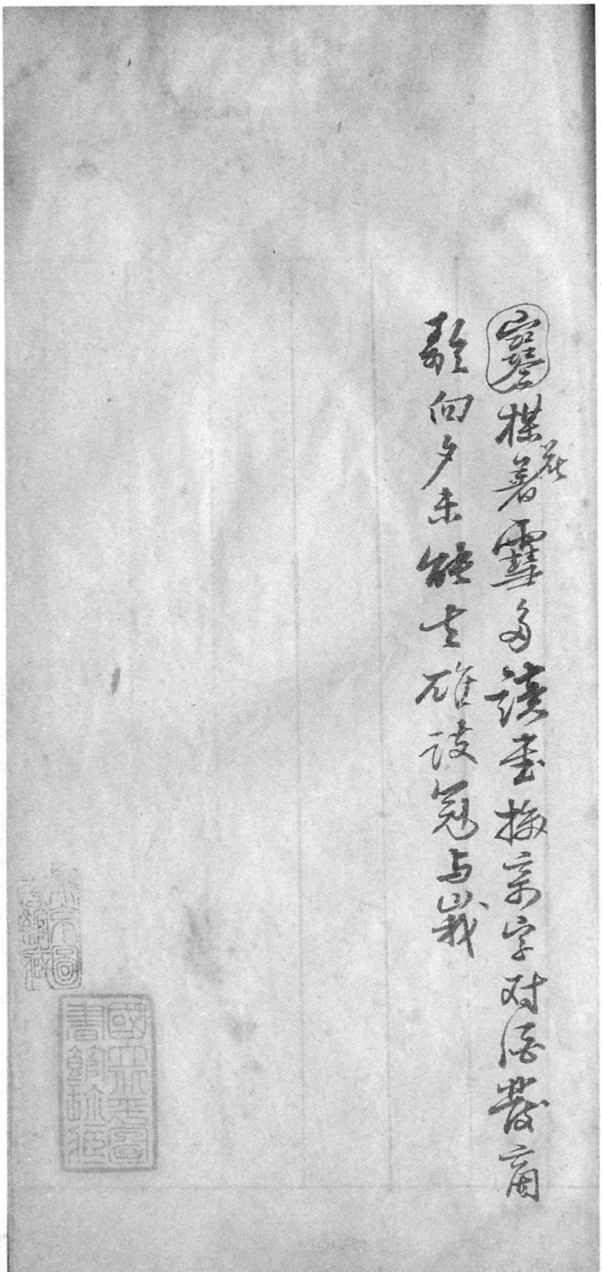

瑶席齋詩草

馮瓚撰。一册。

馮瓚生平見《朱里稿》。

此詩稿書簽題「八甎館初稿」「癸未寫」，鈐「偁印」。卷首有作者自序，言：「辛卯冬月攜此稿自成皋歸，輒欲焚棄，睡山丈以爲不可，或有可存者乎，未可知也。他年爲栗棗之災，是睡翁之過也。自記。」《瑶席齋詩草》分「戊子」「己丑」兩目，「戊子」目收録光緒十四年（一八八八）詩作十一首，每首詩題目上端鈐「蕭録」朱印，爲馮瓚社弟蕭湘手録之標記。蕭湘手録詩作，並在部分詩後添注相關事蹟。卷端署名「涿州馮瓚甶人」，鈐「雪蕉讀過」。「己丑」目收録光緒十五年詩作八首。

此詩稿寓目之人頗多，卷首所列包括：「光緒己丑首夏薦青拜讀一過」；「皲青讀過」，鈐「皲青」「蘭荃盈褏」印；「陶軒居士守箴拜讀一過」，鈐「陶軒」；「得螺軒主人錫九捧讀一過」；「同社弟蕭湘青瑟手録一遍」，鈐「青舞」；「壽金拜讀」，鈐「壽同金石」；「光緒己丑四月山陰高篯拜過（讀）一過」，鈐「剖菴捧讀一過」；「七月西泠天山讀於梧下草堂」，鈐「獨夢山館」；「庚寅伏日平舒王篤培静觀捧讀一過」，鈐「得失寸心知」；「辛卯夏五鶴瓢館易仲氏讀過」；「辛卯初秋古任蔚岑氏拜讀」，鈐「三緘」；「己亥小陽龍眠壽奂拜讀於棣州工次」，鈐「印州」。據「己丑」目第四首《違對此瓊增兄弟重手緘尺素寄當歸狄五定甫金梁志別圖》詩序，可知薦青金姓，字縉熙。皷青，金姓，字綬熙。蕭湘，字眉君，號青瑟。壽金，即棄鑄，字壽金。

（杜萌）

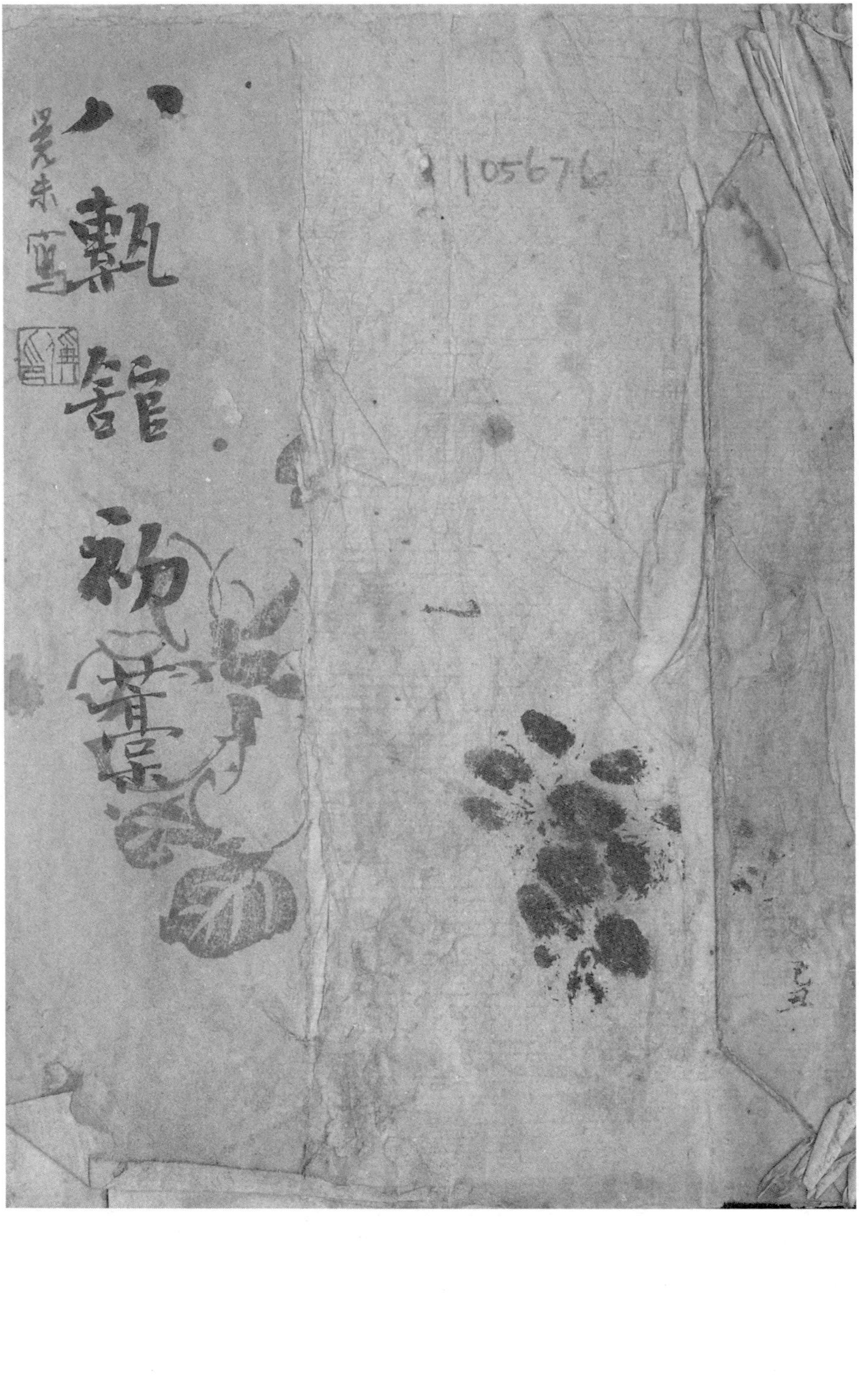
八瓢館初稾

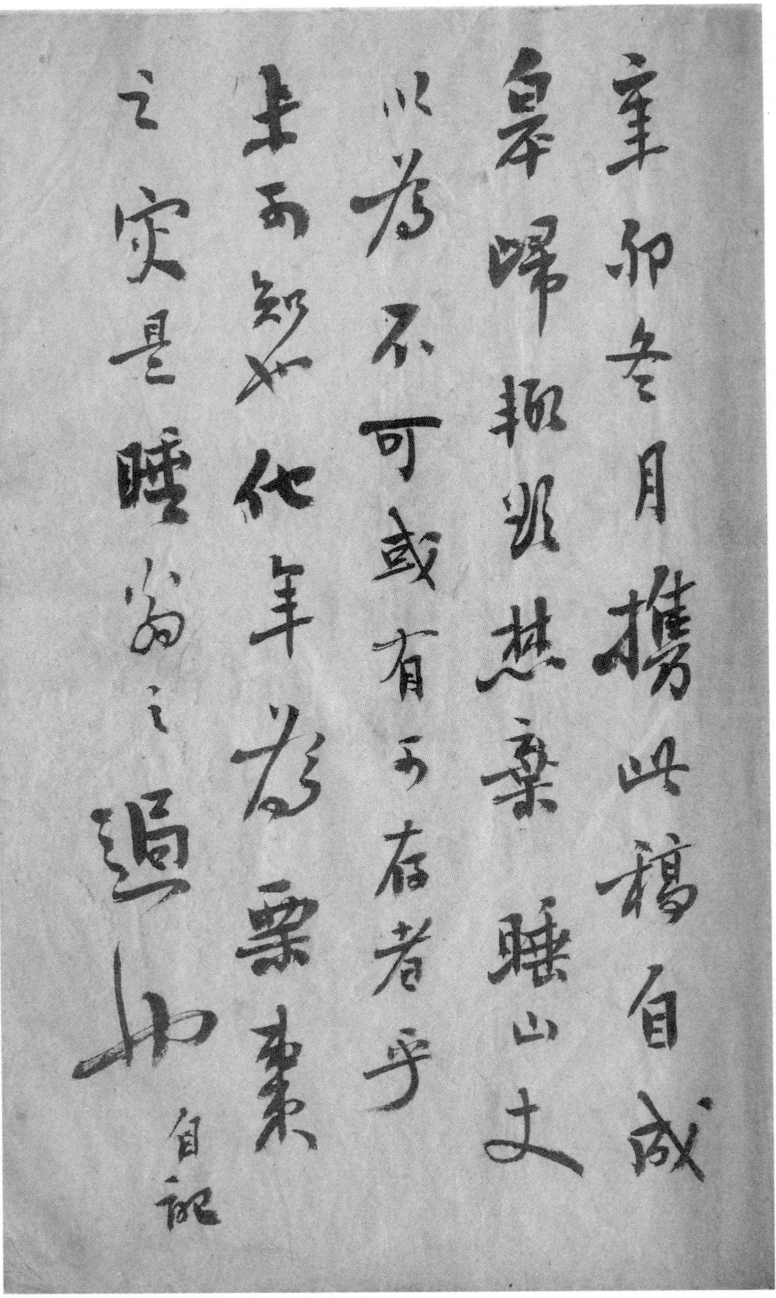

辛卯冬月攜此稿自成臯歸擬想棄懸山丈以為不可或有存者乎未兩紙如化年為粟棗之實是睡翁之過也 自記

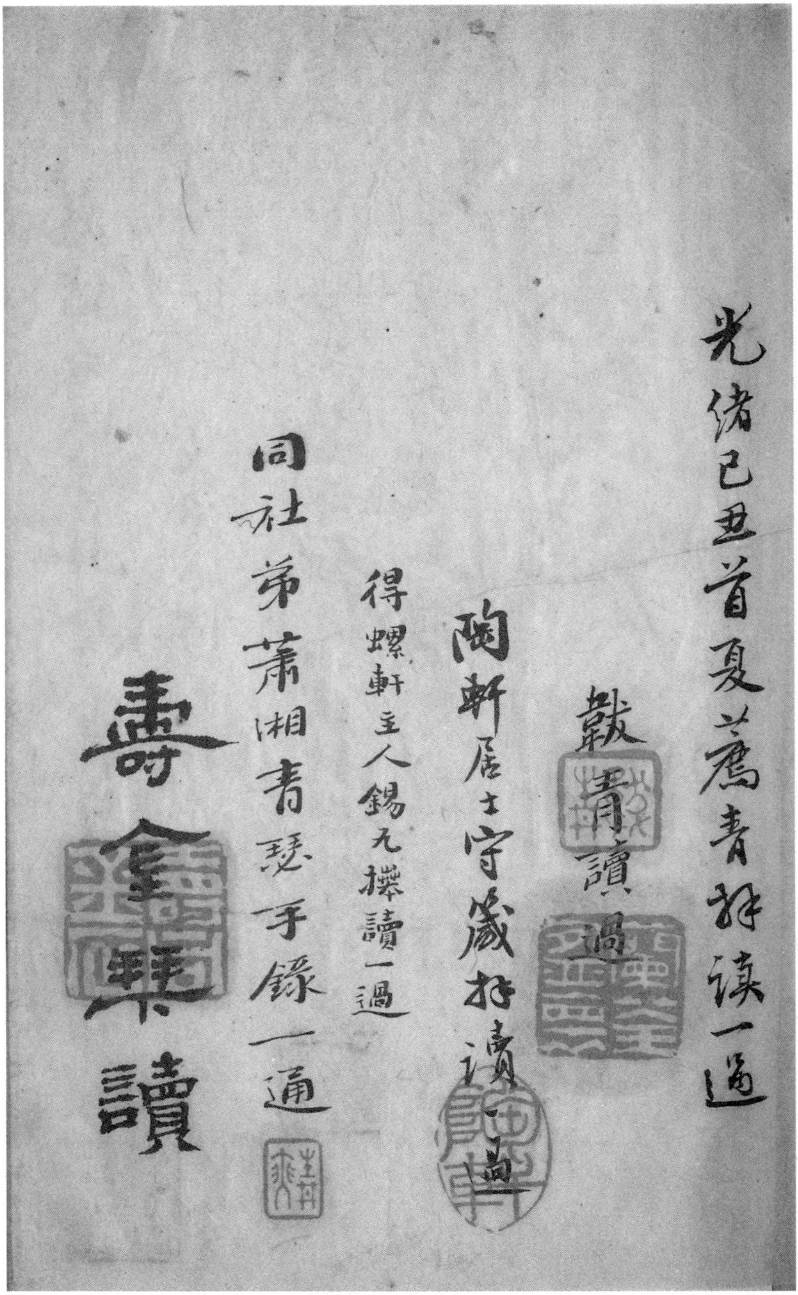
光緒己丑首夏荔青拜讀一過

戟青讀一過

陶軒居士守箴拜讀一過

得螺軒主人錫元樸讀一過

同社弟蕭湘青瑟手錄一通

壽銓讀

光緒己丑四月山陰高奠拜讀一過

七月西泠天山讀于杭下草堂

庚寅伏日平舒王寯培靜觀捧讀一過

辛卯夏五鶴鄦館易仲氏讀過

辛卯初秋古任蔚岑氏拜讀

己亥小陽龍眠素村奠拜讀於杭州工次

瑶席齋詩草

戊子　涿州馮瓚遯人

蕭錄

寄懷顧維生兼示鄺二貽仲

卜築斜川一歲餘，藤以相箱書滿足佃漁。寒楳花下思汝欲覓雕弓打雁書（君去歲送我四詩，昌詩有迎君當挾彈圖好打雁書看之句）

一種襟期邁古今，少年詞賦重璆琳。春堪車馬紛如織，誰就精廬擁鼻吟

君自顏其居曰權鼻吟舍

金屋奇嬌一面春，浮觴酒釅快沾唇。狂
奴坐上旦橫眼，妒殺之之兩壁人。

君曾餞我於後樂校書家

鄰鄰風味面目鬑，吉金貞石手能權。近來
吾亦耽奇字，竟欲相從載酒賞。

夜集小唐顏酒闌，先生口號贈之

鄂仲

柝聲夜競朔風嚴細檢燈更羅酒添相
送紫門復小立如君可與共涼蟾
蕭錄。風裳二首 訒錄
花落層城春復深斷無青鳥信沈沈誤人
兀坐軒窗下裳袖雲環舊臂金
一尺腰圍紗舞身珠喉檀板悅青春金
羈玉勒連錢馬載去徵歌被酒人
蕭錄。初夏襍事訪

一月從嗔不出村碧樫槲底喜開軒

來枝附茅容倒蔬且無多家釀渾

時沈大厚崋住我東鄰

城郭樯傍灣艤基古執文字少人知摸時

蓑帽勤收訪陽衍王郎不我嗤

三月朱櫻摘滿籃繞城春水綠生蚶薅花

姜英絲無數去勝江南勝沛南

携家住近小西湖功業文章問老蘇豈

意年来切數重管時桃柳一株無

五載芳朱過斜川桃柳掩映今来只有芳草年

鳩婦勃碌棗棋長閨中環守女兒箱雪魆

安醜蘆成蘭又聽繅車軋軋忙

古巷無人車轍稀黄鸝生樹逐情啼苟

寇跂脚讀書勸斗酒度柑手自携

種竹新開地數弓时来吟嘯酒杯共錦

綳一束貓頭笋糴市新鮮蝦菜同

山木樓中王居士霜紈寫竹拭文柯時人
不厭參書醜細字甃眠窗李同
湘素近日畫枝日勝時人以扇求親寫竹以寵之風枝
叢篠多極雲致朱晴白書雲半殊覺字細
者弱
數椽潭上草堂開頭日相携二仲來餽筍
折花殊未了更思閑嘯白楊梅
謂姚德臣昂李

湘素為厚齋寫秋山便面予為

署款題詩

新歷題詩以著行倪迂佳句在瀟湘秋山如弁王郎畫扇子揮搖六月涼

首句即倪迂題畫詩

輓姚鄰生詩薰參軍

語伐淇園竹羣工龕（鬱）子題故人有書信挾策杖黃河阻病隨風燭華年去逝波一傳萬里曲流怨呆如何

客死鄭州地淒涼豈夙因青山原上塚白髮
夢中人官小身名賤時危羈旅貧衣冠
含殮處悲尚著征塵
病裏驅車去疑君策未良那知無死別且
與舉吟觴輕惜承
天語時奉旨照郵艱辛間關殤未全同一哭比
含拉王郎謂王鄂仲
舊日論文地相期載酒過今來惟涕淚從

此渺山河化鶴歸來否鴒原痛若何青楓
與黑塞入夢莫蹉跎
炎蒸百粵地波浪下吳舟辛苦一年裏馳
驅萬里遊才高多薄命身弱況深愁追
憶昔時語平生志未酬
細數為鄰樂偏從痛楚餘大言堪入賦稚
語偶軒渠自喜烹茶能為餓隸書可憐
遺韻在胠篋每躊躇注

記得年時雪幽居陳不喧忽君携竹杖過我
叩柴門陶椀傾村酒梅花淨客魂從形忽
不樂竟頭老邱樊
嘆逝類李賦萸悲章孝廉無兒同伯道說
恨到江淹居窮天門穿龍蛇歲月嚴已知
歸大夢清淚且襟沾去歲章子如孝廉孔昌翫以詩君與孝廉俱無子

蕭錄

王鄂仲社長自東門歸出觀黃居臣
補篆印藁悲嘆之餘書題此詩

嬴秦酷烈天地愁斗科古篆青書漫宣和摹
古存形質無復銘字傳精華東西京之作即
依或鑿或鑄分官私十年雕琢之鐘平易
便明集字追商姬心知至境不能到如以於
宗跨夢騎超班越險陀顛墜向少其中道
脫銜羈拓宝三弓陳彝器讀書五夜聲唔
咿七歲逢君汴之西清言一夕廣填篇覩至
尚作清而古於以中矩周中規自言少日號古

蒙你食十畝忘耕犁年衣秃蓋金石砥彷
彿雲物相娛嬉造物不許鍾其利雄心直興窮
軒羲剗來車載共相憶冬十二月王郎歸
投以巨冊要余讀展卷知是君所为以印
印泥捏上色煙邊諦視何陸離蝦閲困卧
慕乞米炊烟絕上塵眼迷離千古時人凍餓
出侏儒飽死东方飢阮嗟嵇翁漢譚孫淵如畢秋帆
皆黄土猶人惟造物同須疑吾輩能幾二三子

頌杏甫彼青郢仲長有題詩 萎蛇憐蛇〻憐蔓出君題詩
多激烈費形無用無同歸枝呼嗟字眼
苛莞悴同足計茲看梅蕊冰雪姿

蕭錄

題董耒青所畫背面美人 時耒青
賣畫都門即以畫據
畫裏無能見臉霞簫聲吹催放滿庭
花高髻玉環憑桅地如此豐神屬內家
鳳燭鴨熏辰畫特美人日夕苦相思似他

身多名家子，却向春明作畫師。

蕭錄。

題洪稚存先生集後

帝德優容賜荷戈，天山雪後時青驪寄。

章竟去狂猿鶴孤負平生朱笥河。朱笥河先生因先生與黃兩當為猿鶴

絕徼歸來號更生，詩才那便斂縱橫[illegible]。

燈影成圖畫覓便多少，孤寒淚眼傾。

題王惕庵先生秋石水仙小幅

紅豆圖荒正可看 先生爲惠定宇徵君繪王郎紅豆圖見曝書集。

妙畫何來難與仙楚篠黃泉手從此苐

堪悲歲寒

蕭錄

十月得鄧仲永殊書寄寧

親來獲尺素失喜故人裁問訊到幽

經時悵早梅手擇子片讀花勸百分格

我有崇居苦難思日夜縱

己丑

元旦試筆擬早朝詩

紫宸趋步静無塵松柏青蒼

殿陛春萬里同聲遵

敷土

九天珠斗肃

明禋風調仙樂排宫監雲霄

垂簾拜

聖人

賜衮章章畫

賜爵空知教頌出儒臣

黎文獻園以病中詩見示步韻

奉酬

莫因華髮嘆老彫却向籬根種

藥苗猿鶴精神添瀟灑脊令風雨

感行搖謂余自搖也自憐壇坫經年別時憶

小廚觴卷招醉後與君論骨相比

生端合侶漁樵

附錄 原𠃵

笑妹蒲稼已先雕思子終傷不秀苗田有畱
禽誰播穫室因風雨久漂搖梁鴻與地容偕
隱宇玉何年賦大招老我虛舟身不繫餘生只
合混漁樵

蕭青琴壽塘繇草畱珊子

荆樹花光照異苔與端相送故鄉
回從君說霧西堂工彷彿平生小謝來
天涯悵望昔今逢嬉戲庭除樂事

還對此圖增無窮重弄纖尺素寄當歸

秋五定甫金梁誌別圖

圖爲同人送其赴汝南任今年夏予

至大梁極盡籌之樂行有日矣幽

册屬題即用圖中朱吉徵太史贈

行五律四首韻即事書懷並留

別黎嘆翁承忠 秋文子郁 黃爍甫煜

葉壽金鑄 黃十臣君輔 蕭自君湘

余扶青鍰熙　述青績熙　薦青縉熙
冀青繹熙昆弟季

又作

夷門客盍簪，樂事倫卿堂。邀舊雨，石銚響鍋新泉。擣指往季別，題襟兩月圓。吾儕慣羈旅，門外五湖天。

王郎邸鑿走，漆筆畫圖開。樹色交新碧，山客結古苔。酒人出郭去，客莫逐秋來。苦憶臨岐別，殷勤袖拂埃。圖為玉湘素亞画招尋嬉美日，觴帶有餘歡。照鬢臨清沼，懷人倚曲欄。時袁吉徵都中，太初洛下，湘蘂伊陽，學延慕澤。故交半落莫，世意謙高寒。相約移爲地，蕭蕭種竹竿。

餞來驗我

太相送一時悽，洛下文章府。時文子與青昆季將應京兆試。枝頭蓂莢在，棲黃黃學前路合柑。樹望中低，對此山煩車馬，誓將屏藿藜。

寄慰龐幼文悼亡

落葉哀蟬響徑莎，知君濕袖淚

瘦多錦拋機上文精絕詩出盤中字
未磨舊了恩量處萍蹤聚散難遣
託吟哦壁間遺挂分明在塵粉描成更
奈何
營蒐營齋綠鬢霜年衰郎共空
還人傳上賦高梁花處都歸畔向
鹿門無盡銅龕鏡清夜迴相翻塵蝶
舊衣存如來法喜修出色禪心須參

袚樓園

張佩蘭校書移居吳氏玲瓏館綺齋研北書來徵詩得絕句六首兼抒舊懷

張家好〻傾城子我亦踈狂杜牧之幾

度曲邀多月夜頭綰革擲貽纏覓

吾黨葉陸均好事為營妝閣復徵詩

經年未到金梁路細讀風光殊耐思

吴孃舊院罨玲瓏，幽閣迴廊曲曲通。一
種風流詩藪澤，有人聲價冠花叢。
鷗絃撥撥樂笙簧，一曲新聲是擅場。艷
敘寫寫竹下立，先襟小袖試吴裝。
法跡淒涼逐去塵，紅樓寫出比精神。研
朱磨墨人扶醉，絳幮窗前賦冶春。曛黄

曾係董大東來書為寫紅梅南同人已席賦
詩贈之

疲沈天山清謳佐曲師黄生梁甫罷醉亦

構高多年舊事從頭說挨取青娥一飲

眉

葉子小顏吾黨精介士也以秋桂未

莫年三十尚未議婚每余自蘭

儀祭掃歸相見輒不勝懷然今

夏君來書云桂切鄉已謀河易田

卜葬不遠色喜色無寢饋不安

數十日矣嗚呼未孝子甘心竟如此
予然余恐受時塵行終身不
應是朋友責善之義有未盡也
特書二詩奉寄
因上壙返相見輒凄然忽得山中訊
往謀一為田朽杉藏馬鬣文孝說牛眠
莊仿瀧岡表刊碑大墓阡
君處過三十執經古已媿渭陽書畫乃聊

託姓名存蘋藻潔登直彝斯多子孫
九京如可作此意應重論

送廬朗山之西陽並懷葦航上人

鯉魚風信促青萍秋老淮南驛客星官
燭燒殘葉寵歌莫因案牘嘆勞形
十年擇術習韓非祇免饑寒碩未違聊
翻一樽杯慰籍音書別後歷年飛

先公蒞治經三載士庶刊碑見去興去日
手摹三代字佛堂補壁付山僧
城南樹裹法王寺花雨繽紛謁導師他
日扣尋持淨業蒲團灯火証前期

敬啓者容台遠待
樽畔時親慕無似仰
籌邊之碩畫　欣龍
陞轉業之宏謨　欣忭
告語於風前益向寄言以兩載視築鐐　陶朴恭維
大人崇膺
手教
觸恭頌欽挼　跡衛
欽以
朝廷推秦隴之任
厘懷西域
佈葉書匡鄉象之宗精鐐閣中拜

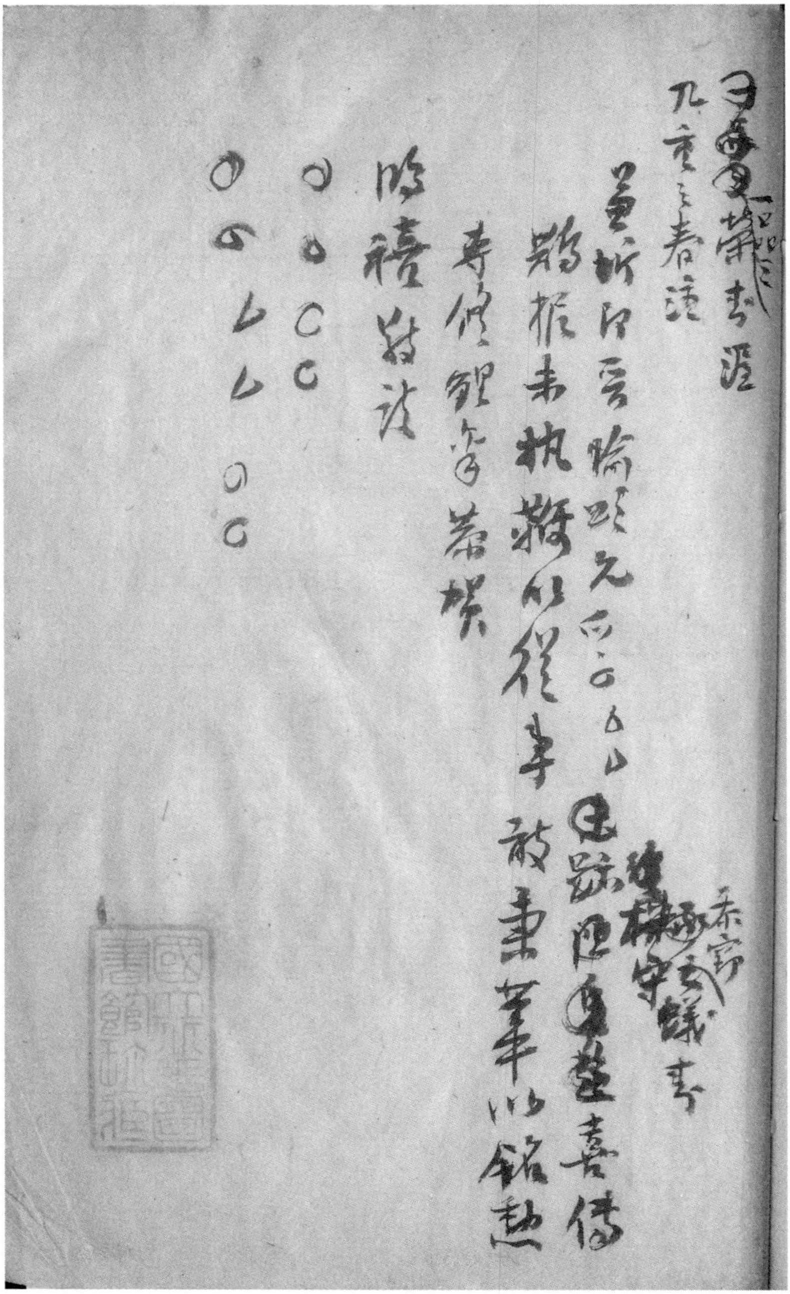

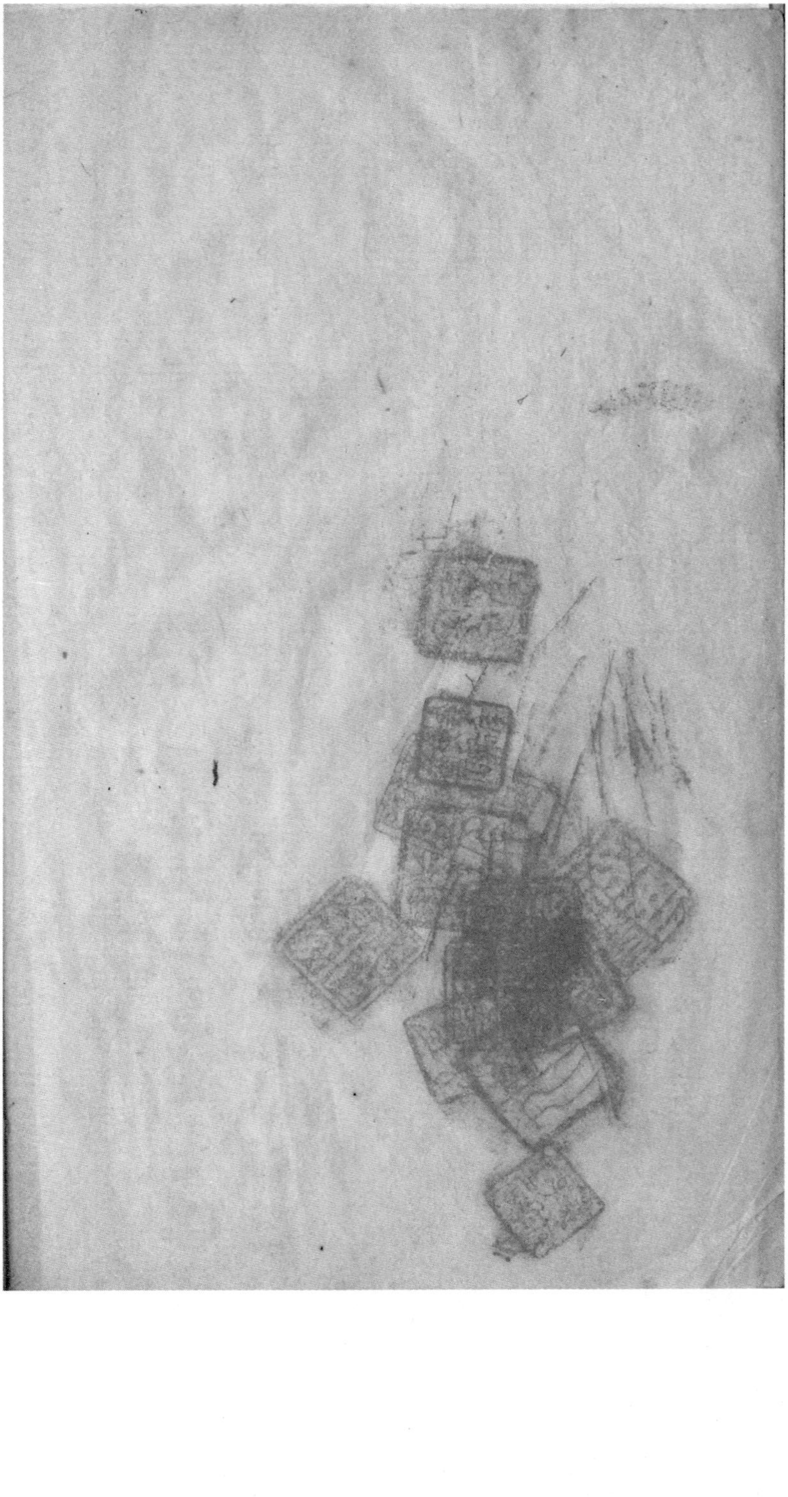

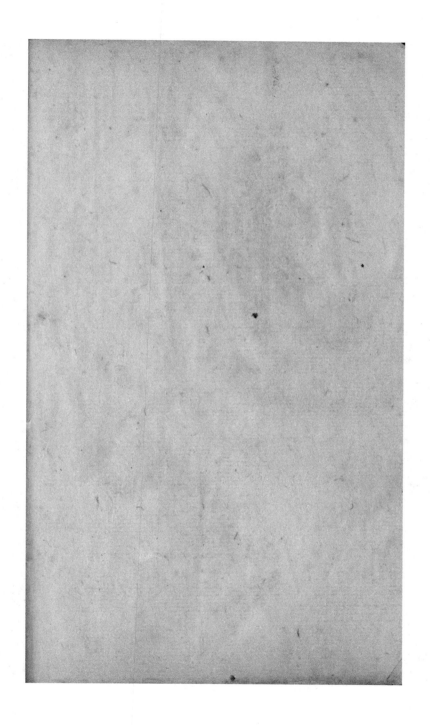

蠟屐草

馮瓚撰。二册。

馮瓚生平見《朱里稿》。

第一册爲馮瓚於光緒辛卯（一八九一）在成皋（今屬河南滎陽）官舍寫就。收詩三十六首。卷首有光緒丙申仲冬十日芳山李儉型題跋，稱賞馮瓚詩作之餘，與馮瓚探討如何學詩，其言「宜多讀選詩及初盛唐詩家，中晚唐以迄元明，可讀可不讀」，又謂學詩不可盡意下筆，勤加練習，方可得其中。末鈐「李十七」印。另有壽㚟跋，稱「己亥陽月舟次濱蒲，兩窗寡歡，幸有此卷，隨時諷玩，不勝忻然之至」，並鈐「中春」印。卷端署名爲「涿州馮瓚」，鈐「馮生」「屠狗之徒」印。

第二册共收詩三十五首，按寫作年份分二目，「癸巳」目二十五首，「甲午」目十首。書衣題「癸巳二月恒農官舍寫本」，鈐「兩王十專之齋」。卷首有光緒庚子六月止㵾題詩一首，贊馮瓚於戰亂時「目得疏狂外，陶然通性情」，鈐「延遞」印。又己亥十月青城舟次壽㚟序，述與馮瓚之交情，並謂「此篇皆性靈活潑，別有天趣，祖述三唐，宋元不足觀也」，並鈐「仲春爪痕」。又友人仃祥序，題詩一首，稱賞馮瓚曠達之人生態度與超邁之詩才。

（杜萌）

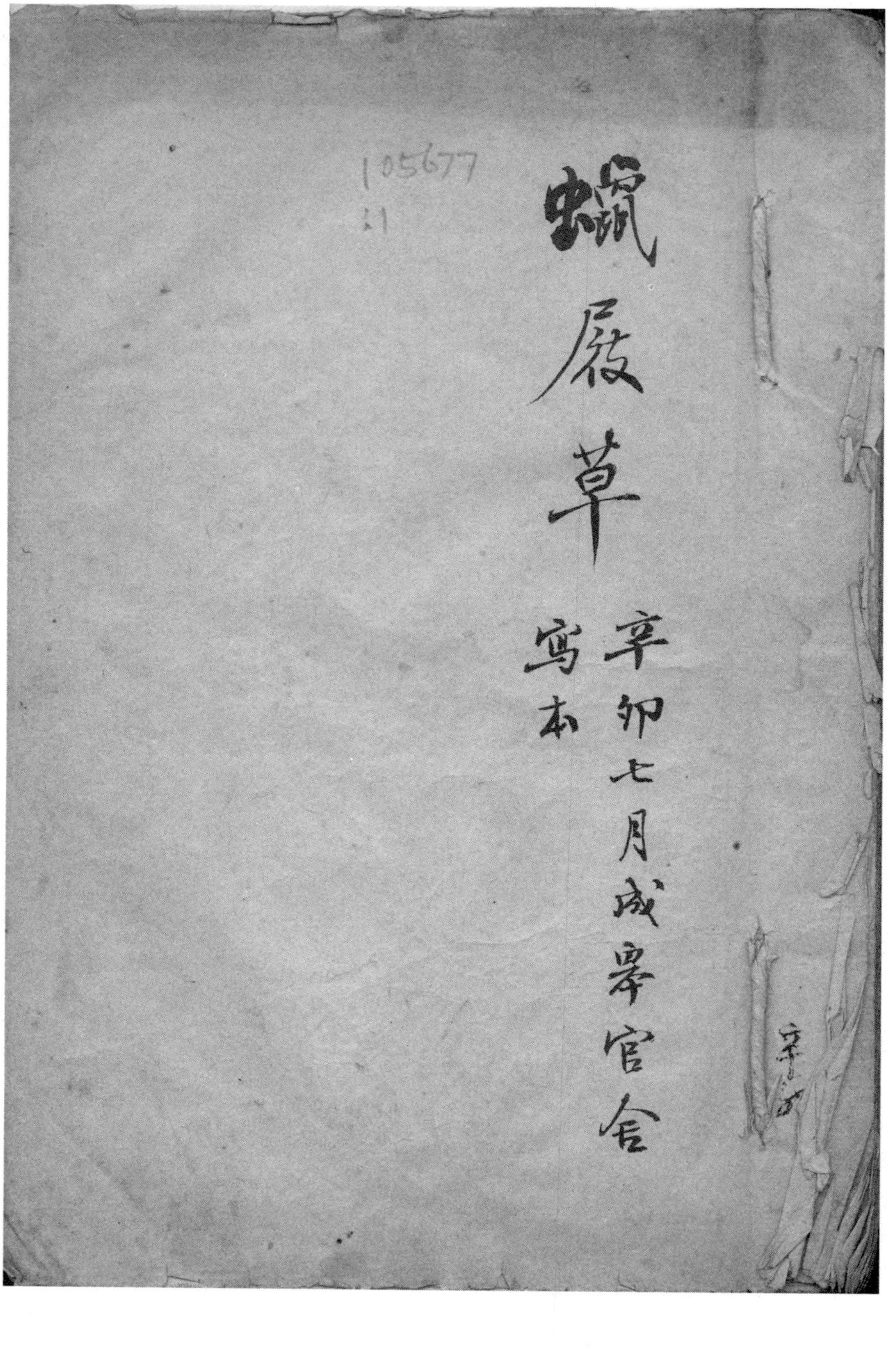

蠟屐草

辛卯七月成皋官舍

写本

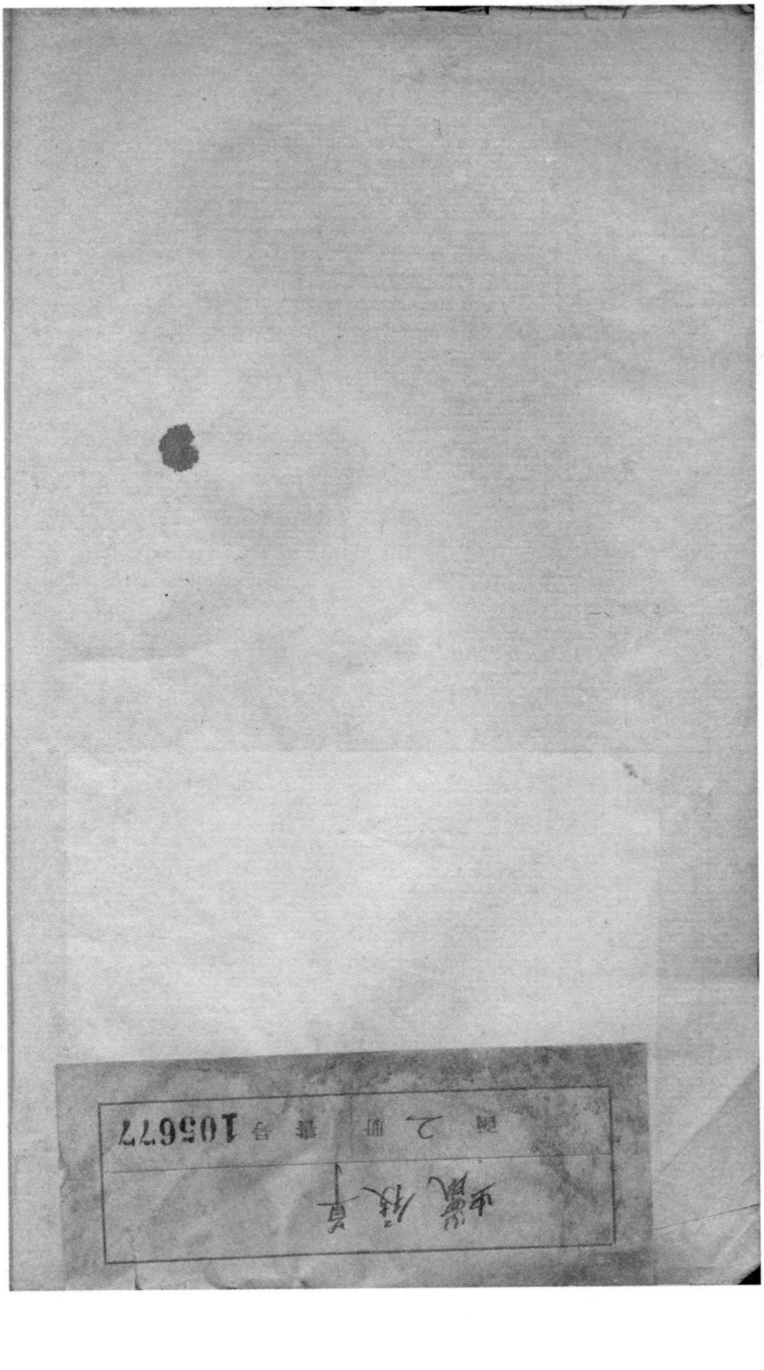
函 2 冊
書号 105677

合觀諸作，筆骨不凡，味尤雋永，得
於天分者居多，再加以學力，便不
可及。選詩見在暇日須將細細揣
摩，果能體會，自覺不草，即難達
之又久，必有浩乎沛然之趣。至此會
所謂無不爲志，而仍勿輕於下筆

更之又久，則天機人力融貫毫端，
至勢乃不可遏，而詩學成矣。鄙意
宜多讀選體詩及初盛唐諸家，中晚
以迄元明，可讀可不讀，非敢薄之
也，為吾與 君之才分不宜也。況取
法乎上，僅得乎中，原為高明者言

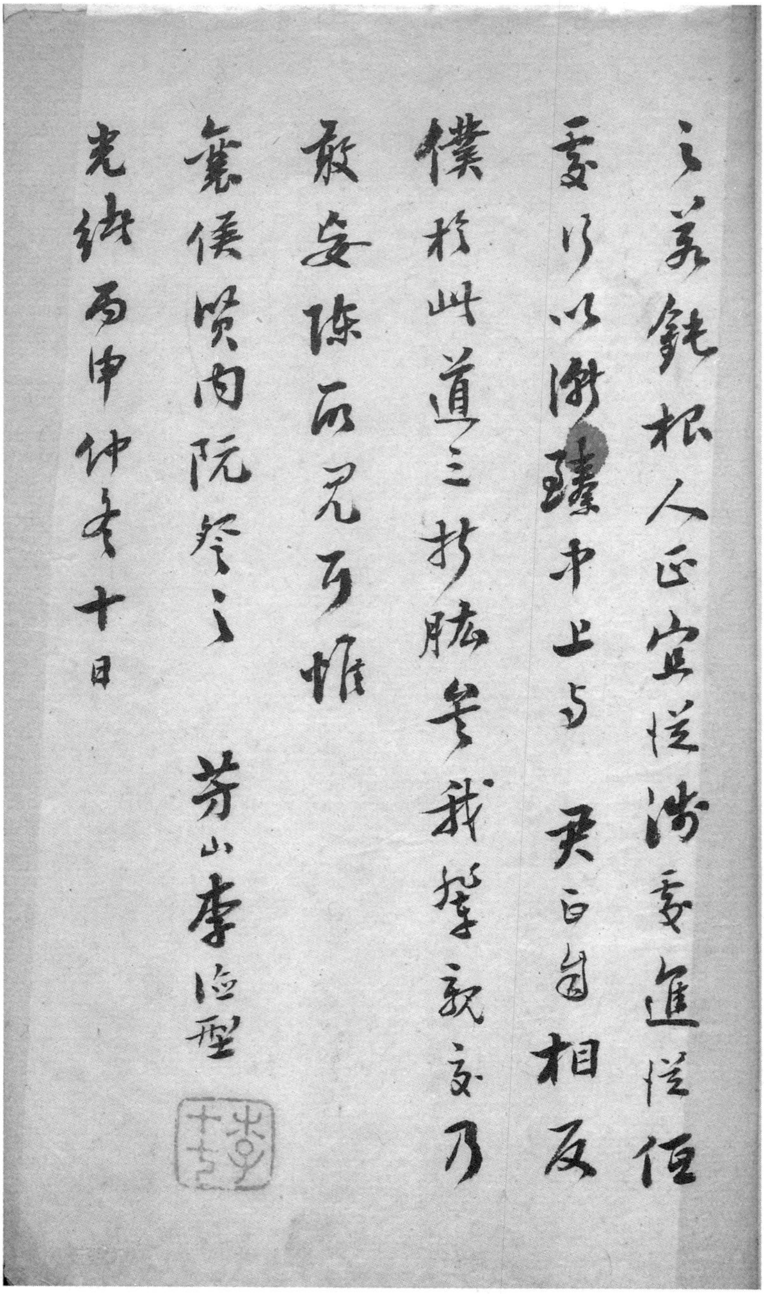
之美鈍根人正宜從游要進從但
要門以躐躐中上與君白首相反
僕於此道三折肱矣我輩執友乃
敢妄陳所見耳唯
篁儀賢內阮察之　芳山李德聖
光緒丙申仲冬十日

己亥陽月舟次濱蒲雨窗寡歡
幸有此卷隨時諷玩不勝忻往
之至　壽奐識

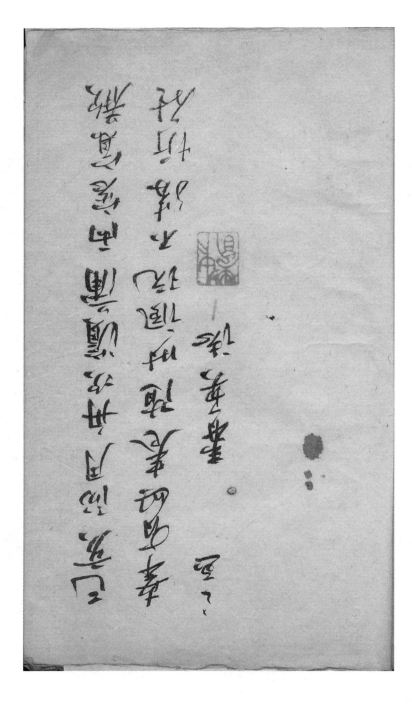

蠟屐草

辛卯　涿州馮瓚

同韓宝生登成皐[redacted]望廣武諸山

愛此[redacted]岩嶤俯大荒，扣携絶頂振衣裳。英雄就食敖倉粟，名士狂言廣武塲。山勢排雲送爭戰，長河落日見帆檣。紀功不用尋唐碣，城北有頌慶紀功碑，為唐太宗擒竇建德作。且酹熬樑進酒觴。

哭董來青主簿澂時殁於洺上

萬事壓輕付一枝功名戮筆屬寒酸詩詠之

玄黄中白驛路梅花拂繡韉此來書送黄葉甫之官真陽白定於書

收入玉英金玄黄

洗馬神清復病纏誑從木榻說童年連天烽

火吳趨失八口餘生託海船

荒營稽留屈小春蔡寒沖雪向舍門寒家兄弟

慙君瘦郤酒沽來地火温予家宋仙鎮時君自省來視予十月向盡冒雪衝寒而去

寢交細數萍晨星白日黄雞那可聽竟駁驅車沽

上言招魂一盞峭帆亭

再詩呈董淑姝世丈疏蘅

一紙忽傳屋下書驚魂甫定慟何如權殘玉樹

埋黃壤迢遞關山阻素車短薄淒涼嗟未語

畫當空嶺在吾廬君善畫書工空碧樓臺似林縱有前題在

折鑰荒苔湯掃除

得王鄂仲豐平阜書寄此奉寰

支郡多風雨思君臣李居寒雲嗟常璇賴尾

託雙魚多有裹人自同裁寄弟書故園歸未

得向夕無踪跡

寄懷葉小頴鑄

茫茫人海自沈浮看爾藏形向芥舟主許宣

花天女散君未娶只在濠濮惠莊游文章嫻雅

窺蕭選筆藪森寒奉小歐一樣前塵惆悵

絕天涯從傍仲宣樓君自顏所居曰芥舟

秋夕有懷

懷金小墨吉燕示狀三清臣時余先挍吉迷吉落吉四浙鄉試

空庭踈雨露蟲語晚涼天秋意已如此浮生
殊可慕天邊風細細林外月娟娟忽有索人
句山窗覓古箋
多君方續歲鼓勵向春滋詩格追元健運
闌奉　毋慕秋凝江淋筆書信友朋思時澤未書
鶴之長身者清之時可期
題卓静夫廣文詩藁
成皋浪跡又逢君横舍一官淸廣文衍箋

耀人詩卷富細書錄出比華欣

日下才名重左思君游京師文名藉甚夢中錦正得郎

遲中擬詩格如君少壇坫風流要主持

何大復李空同傳詩是鳳麟五言七字照千春年

來耆舊多凋謝逝水無端愴兩民謂正陽吳章民葉芻

民兩先生二公以文章著一時有兩民之稱

西風颯颯撲窗櫺几上寒燈一穗青忽憶汝

南多隽彥讀之以持是渡丁謂令弟䔛堂

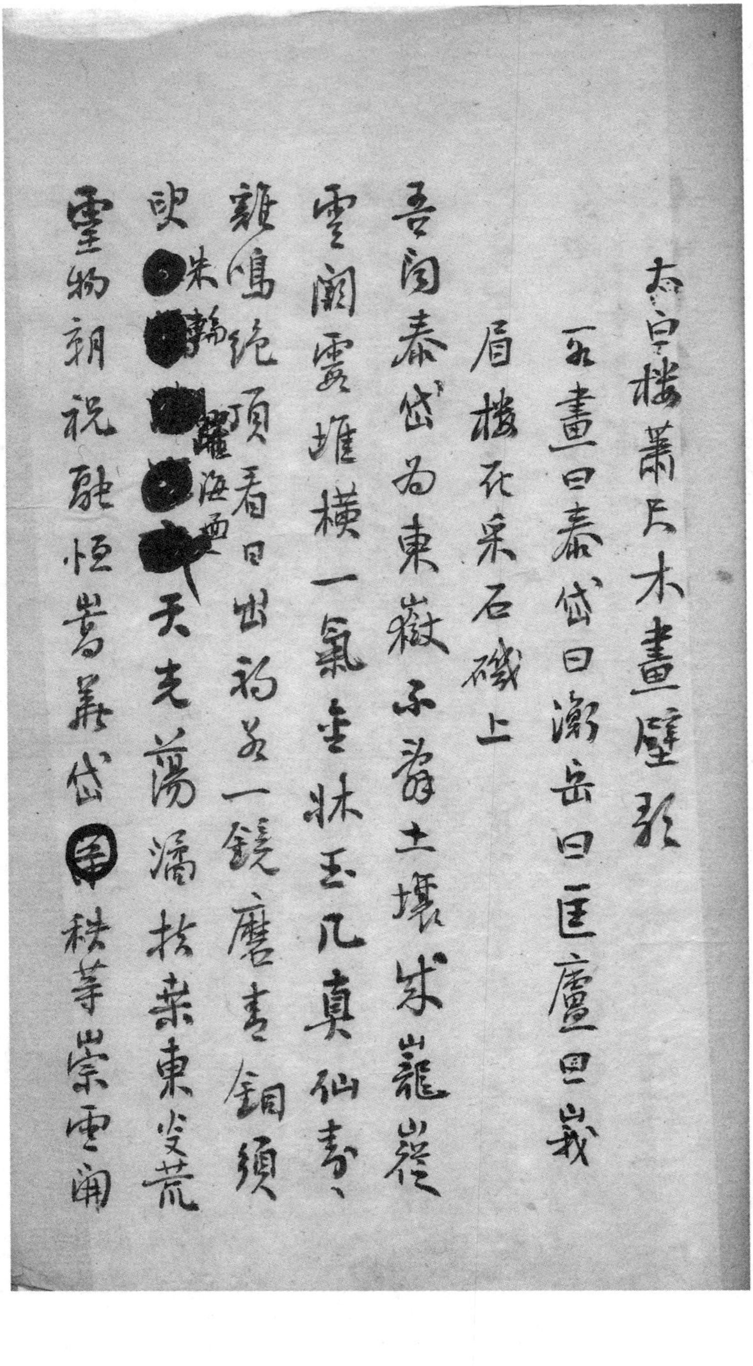

太白樓蕭尺木畫壁歌

五畫曰泰岱曰衡岳曰匡廬曰峨

眉樓在采石磯上

吾聞泰岱爲東嶽不辭土壤成巃嵸

雲闕霞堆横一氣金牀玉几真仙壽、

雞鳴絶頂看日出祠若一鏡磨青銅須

臾[redacted]朱輪[redacted]耀海西[redacted]天光蕩漾扶桑東發荒

靈物朝祝融恒嵩華岱[illegible]秩等崇雲涌

泖精望九面江風如駛催船篷匡廬之奇

在瀑布峽東泉迅奔白龍出谷一匹三

百丈水光濺沫搖晴空雪飲太古我詹峰青黄

蒼闕三疊容陰崖削鐵鳥路絕黛色斑斑秋松縱

既望儀鏡棹寒析毛髮姮娥宮

太白樓成留於壁詩歎畫書蕭

從先生之筆大如帚先生之氣長如虹元精

亦向山靈出是生而沴奪其雄

山月出無所向安稱殊觀羅浮

太乙黄山杞惜哉先生巨作未經絹素留筆蹤

平生結契在山水留經掛壁閒游從節樓在江

天之勝處身不能往心飛鴻呼唱感同多爭、

戰東南劫火金陵紅如壁不知誰護惜江神

翊藻騷書臺書青蓮黛騰鯨來樓頭四顧

生長風

任上米芾臺懷諸弟

何上高臺豁醉無端萬物入鄉愁淒雲待

度關山晚歸雁南飛湘楚秋浪蹤跡憐全
遍破峭風吹著木棉裘何須萬里功名路
方今平生馬少游

重陽近矣風物淒然憶前年送三弟謨之
歷下時良用堪嗟書寄昭詩欲云歸
也

晚風搖樹出溪青山館蕭然户未扃雲外
數聲雨遠雁秋涼歲度望京鴻慰添物婦

機中錦容易比雪鬢角星記否前年重九日

弟兄相送短長亭

得湘志平皋書感而賦此即以奉寄

[redacted]陰細雨怨蟲吟向邊庭旅（山徑涼飈發濃）

話託長箋家遠書偏滯熱多夢不員何時

話塵了小築共誰偏

重陽風雨客鄉淒然率成短什即寄

王鄴仲葉小穎金琹書沈天山秋濤兄

何守藏

巢亭言談（林康甫）舊游

幾行疏柳垂煙一抹青山雨霽時秋色

蕭蕭追入池亭心花之秋來思社聯消夏人

稱（去年以五月五日）對重陽酒與遲日暮蘿根

數來往處處愁負蜀花期

小談社友和前談詩中多薦年之盛而

來書語尤殷屑蓋深尋舊夢

心與秋濤重談寔慰

無端種種鏡中悲一臥梁園訪病時湘管
隋糜倚舊怨孤花新月助淒思才名未
似閒情減清瘦只餘出世遲詞草一編流
愛惜江湖載酒是相期是詞名戴音雅近竹垞
小頌三用前韻贈詩以來歲重九與鄂仲
巽青聚於東門爲約予亦追念舊游
不能無詩疊韻答之并示鄂仲巽青兩
同社

輕風吹颺趁塵然共向金泉買醉時狂
客遊來鶯燕笑春人盡出沅湘思（謂寶風校書）
撤場細數桃鏜坐秋色闌珊著屐遲編
是詩家愛重九長髮客許隔年期
小謝居士風塵游倦有懷尊鑪[illegible]（詩來并）
斜川幽築四疊爲韻亦四疊振之
滿目風塵性染然凄涼詞賦况同時欲[illegible]
橋梠憐[illegible][illegible]湯（根病）話尊鑪動客思汴流

南來流寓久斜川幽勝屬園廬比鄰唱
答憐王籍謂鄭仲招隱詩成十載期
小顏居士北謀南歸[redacted](令扶)香南雪
蕉守歲[redacted]謹菴醫(鄭仲昆季甚是昆季)俞邗子安[redacted]請
指羅青黨中無一通意者五兩篇類以束
許子
欲擲朱藍是素絲為繡與錦同看時艱
機[redacted](有作)同王粲造賦[redacted](無憖)繼左思寫苦節

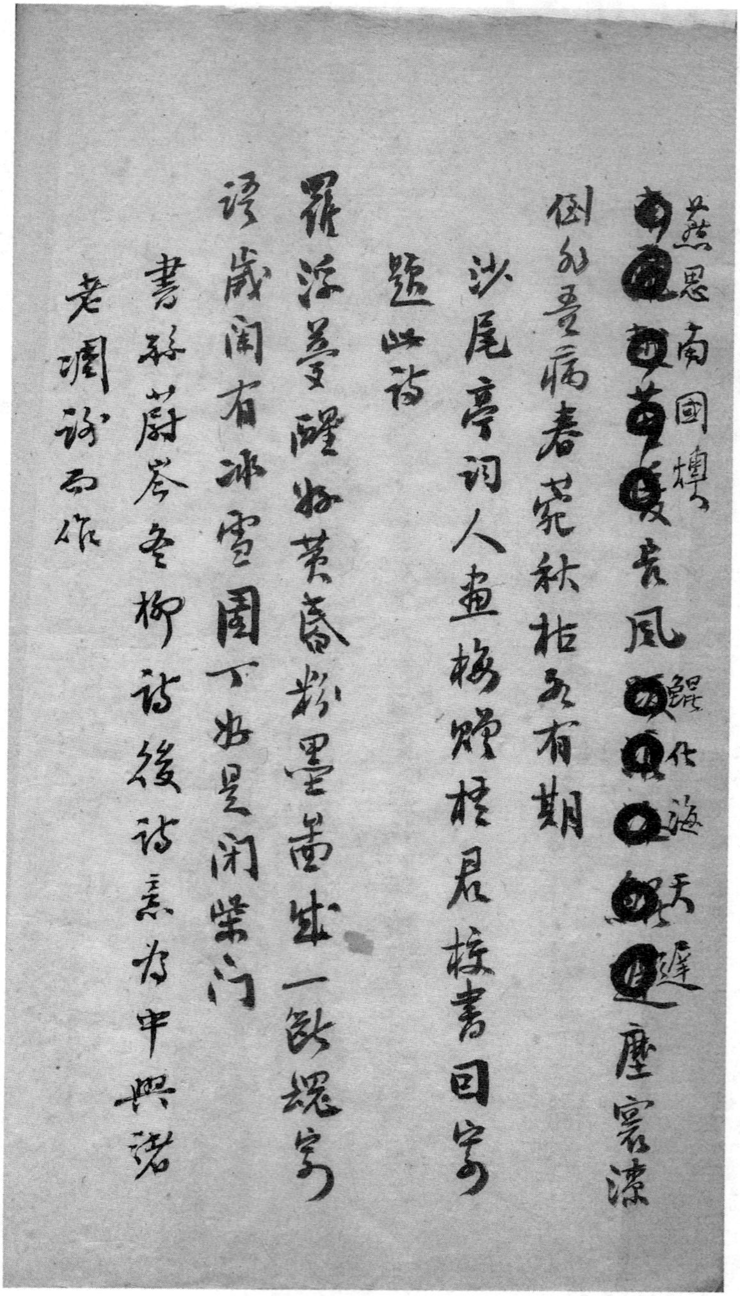

燕思南國樽貴風鋸作海天遲塵寰滦
倒飛畫扇春窗秋柘亦有期
沙尾亭詞人畫梅贈桂君校書回家
題此詩
羅浮夢醒好黃昏粉墨當年一段魂家
語歲闌有冰雪圍下水是閑柴門
書孫蔚若冬柳詩後詩意為中興諸
老潤詩而作

雪雲風饕歲暮天排鐙兀坐夜擁箋紙
成刻有閒零星不數漁洋秋柳篇
疲薾長條更短條以空雲冷共譔清甘
寂寞因非樹懶向東風鬥舞腰
為金巽甫題石集吉泉刀拓本冊子
多年心力悴椎鐙不比翁宣泉朱近游箸錄
全他日成書嚴體例不妨參用紀元編
文字由來託賞音漢興吐布未銷沉西京

厭勝誇精絶龍馬龜分三品金

淮興壯布二種見張叔未解元金石文字前人未著錄也

宮官戴筆當時妙壯氏湮沈恨史疏兩種

大觀輪廓細相傳天水瘦金書

育量蒐討須因志奇字常存三代思急就

舊藏七字布人間難覓席頭凝

舊得三代七字布為頤東文撈去頤殁已四年矣

安中雜詩十八首 壬辰

閑閣焚香妙日長臨池題壁自商量今年輕
与杏花別窗外東風似虎狂
誰解識意筆有圖風神古淡實深嚴閑門
消遣池中墨學得楂枒是骨氣
唐宋諸書學李北海黃清甫似之餘有清
蒼掃除柱囂標真諦心臨空時墨数行
春陰幾日嫩晴回膩粉嫣紅俯檻開歲歲
花前添懊惱看花人抱臉窺來

懷家中海棠

荒城麻歷過清明酒落愁深醉不成見說
明湖風色好便思襆被濟南行

書爲卯三弟山右書後

杏花開落榆錢肥早遂春歸又未歸孔雀
無傳書信至經旬臥病減腰圍
萬里滇南訪病時窮途騷屑竟難支九
原哭笑吾能料猶女辛勤奉祖慈

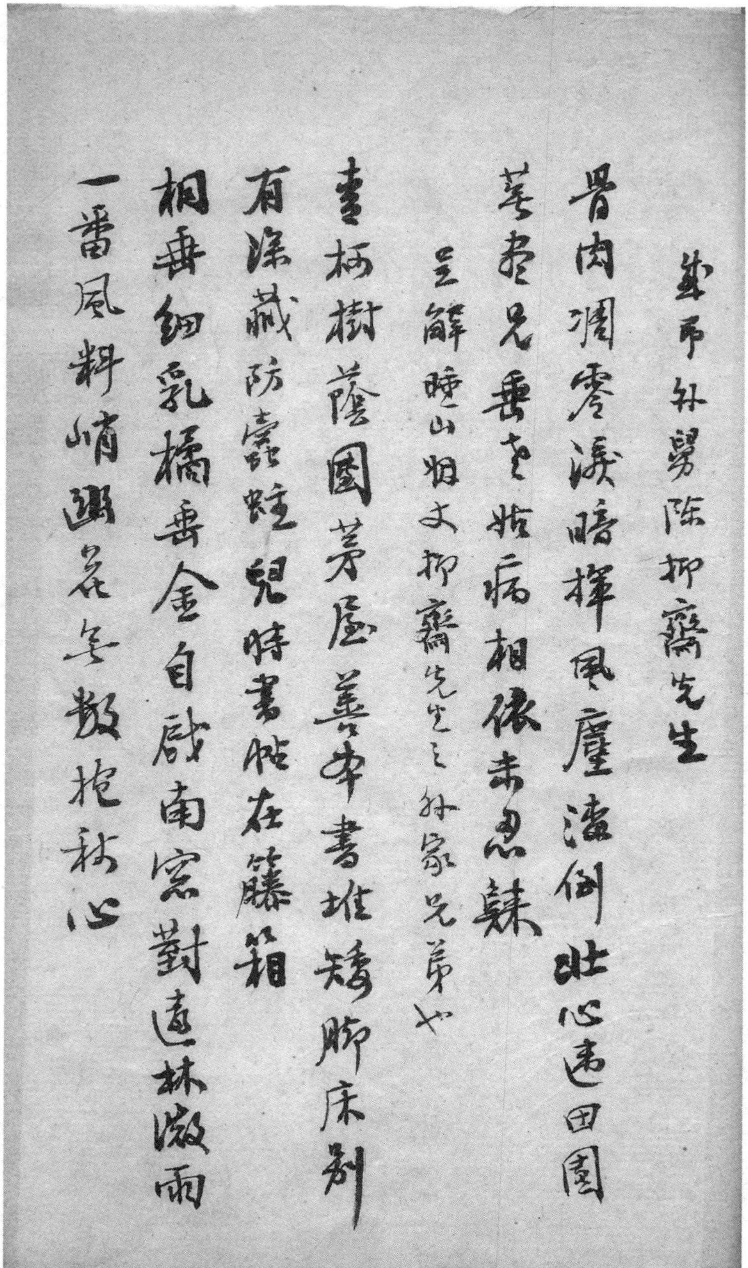
寄呈外舅陳柳齋先生

骨肉凋零淚暗揮風塵潦倒壯心違田園

荒盡兄無妻姑病相依未忍疏

呈解睡山姻丈柳齋先生之外家兄弟也

書栖樹蔭園茅屋萬卷書堆矮腳床別

有深藏防蠹蛀兒時書帖在籐箱

桐無細乳橘無金自啟南窗對遠林激雨

一番風料峭亂花無數掩秋心

二首寄題許家書柯吟

莫君扁底認杭州山色湖光得似不畫舫

價低鱸菜美出城好辦四時游

蘇馬君仲真議西湖並出觀上洋石印西子湖

圖係西

寒齋寶此過珠璣椎拓登登是一癡漫說

六朝書尚在高于蔥操宋元碑

書所得三十塼拓本卷子後

買得鄰家薄笨車出門幾日足春餘山窗

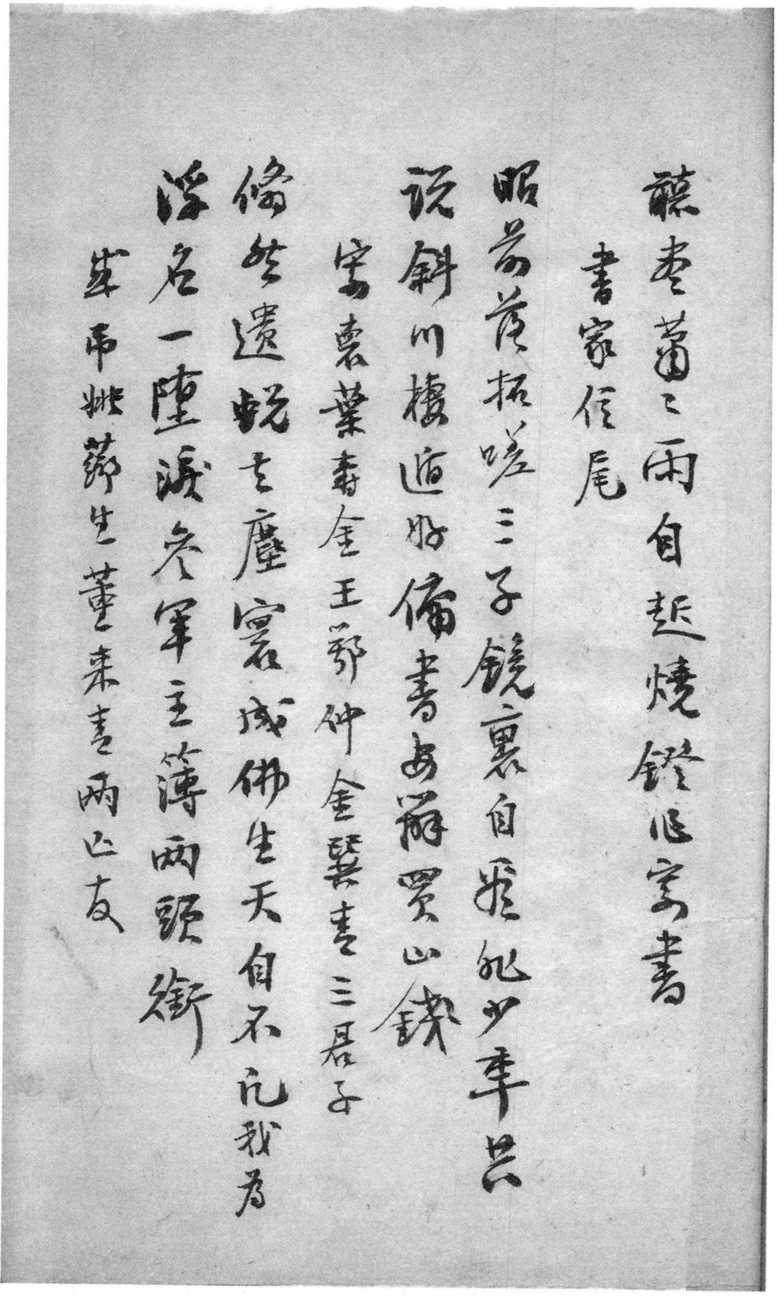
蘇老藹〻兩自題燒鐙作寫書
書家作尾
眼前黃掐嗟三子鏡裏自看非少年只
說斜川樓通外備書安爾買山錢
寶裏葉壽金王鄧仲金毀書三君子
倫然遺蛻去塵寰成佛生天自不凡我為
浮名一墮落參軍主簿兩頭銜
華弟姚鵷生董來書兩正友

舊家門第指平津照竹中宵問酒顛今日
外家兄弟半廿年前事猶傷神
嘉周吳濱叔兄弟談之商城人
門外綠苔剝啄聲垂垂春樹弄新晴是皆
柏磔蘆龍鏤一夜山城春水生
竹鑪活火沸新茶收了紅衣梳兩丫百
本芭蕉齋屋葉綠天氣象即烟霞
自題斜川卜築之圖老子

与克家成章兄

绝顶何妨载酒来垂杨高幂古城根山桃
翠嶂连嵩麓浪卷山崩沙下玉门三月紫
花犹寐歷夕阳行旅苦消魂淳皇故邑
如烟沙旧事荒凉且笑论

渭臣新筑精舍在碧浅山颠数为文谈
不能无诗

岩花风细度微声萍定一方此最宜睡

閑鈔向春夢沸孤亭一笠遠山青肩曼

排日為文談共計風詩賦隱茶（時主人將近刻新稿）

僮僕莫疑隸髮緩上方鐘聲夜深聽

得壽金見懷之作因懷過從查篤春之

步韻奉酬益竹簡農書

旁館來時沙樹澤大聲如豹出邊郵恰

逢春淺猶霏雪為恐寒隸早鍵門容

友忽驅柴轂玉渴醪同向竹鑪溫經句

小罷經年別書札送詩夢痕
壽全先後寄觀壺蕢讀詩二十六首中
與太翁黎先唱和者居其半閱太翁
亦有壺蕢詞見懷之作計乙酉下第歸
不相見者八年於茲矣壺蕢奉寄太
翁并柬壽全
靈襟沖逸妙無滓雜白詩人往一郵時復
提壺遇學含詞因點額下龍門八年南北

嗟魚雁無世人才抵李溫遲日尋君朱表里
板橋重問舊題痕（余居傚齋朱里板橋之西）

和壽全靜坐之作

鶯啼花落鎮渾渾，爲賦幽居未出郭蘿
蔓杉皮足補屋蘭叢竹簡任當門人如秋
士風情減無出壽山草樹溫（昨寫畫扇）秋有十年
飄泊無乞君更爲寫菓痕

弦齋三十三歲小影詩爲壽全作

懸琉璃鏡一顆云款曰絃齋三十三歲小影

係置妙香主人照像妙香者梁園曲中畫

蘭女子也

日月跳雙丸百年一俯仰歡娛夢覺魂憔

悴餘滄宕君如鸞鶴姿鐵網暗清吭西上

謁金天御風躡仙掌海聲下崑崙玉門歸

蒼莽柘惠安西去將歸貽吾黨前年

入帝京懷（作）樹鬱悵慷拂衣忽歸來上書道

自枉男兒〻意氣振動雄文襟造物野乎
奇置境每石廣三十有三年踏步觸世網
竭來[illegible]於樂碧琉璃春漫此大空明境位
君自來往相背形影絕相對須眉朗自此
五蓬萊可每歲易移疏歷人境廬誰占
媚幽幌雲上有春人伶俜現端相系出自
武威妙香賈姓翁也李奇仿肌膚讓冰雪眉宇
傳惺忪寫蘭託遠怨空谷春秋長天女散香

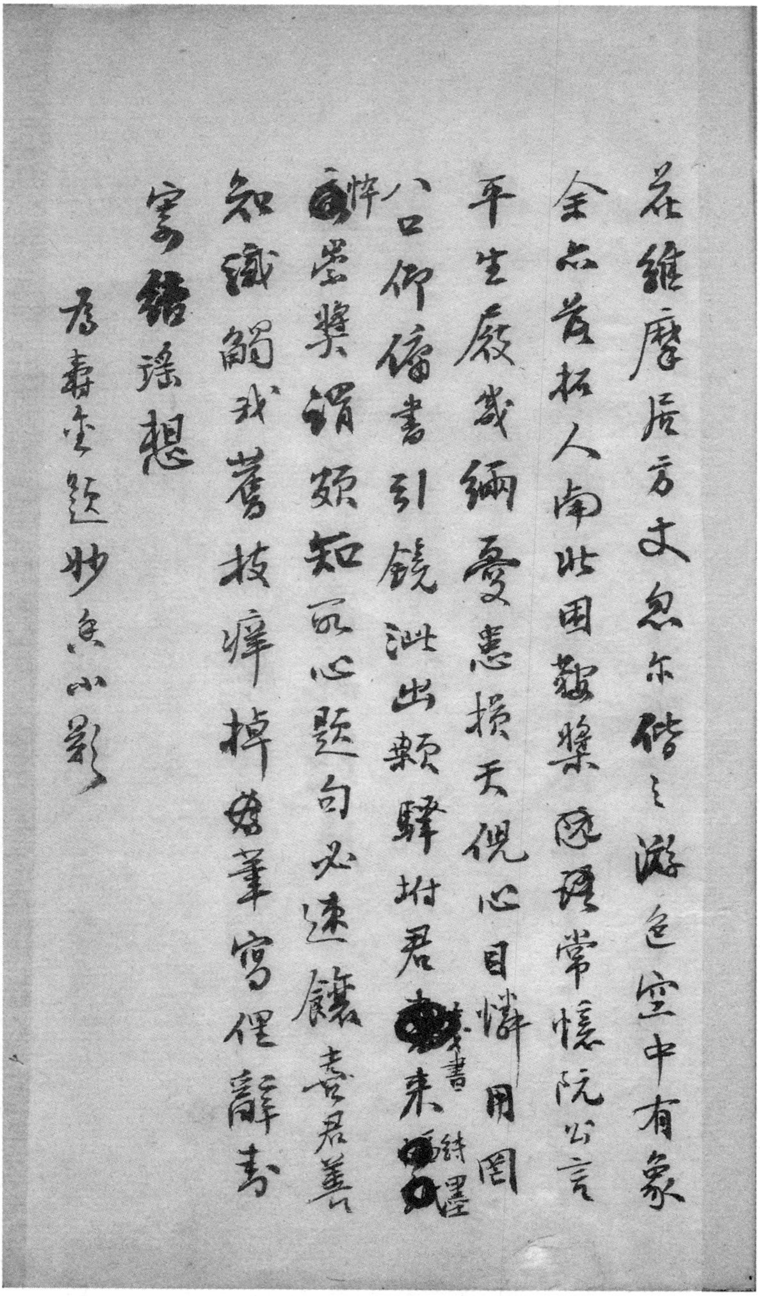
花維摩居方丈息尔皆〻游色空中有象
金石並松人南北田疇槳隱現常懷阮公言
平生嚴哉緬憂患損天倪心目憐用罔
八口仰僮書引鏡泚出類肆樹君書來詩墨
辭墨槧錯類知非心題句必速饑壹君善
知識歸我舊枝癢掉弄筆寫俚辭者
家錯遥想
孝壽金題妙悉心影

娟〻眉痕兩含顰，複道韶顏又在春。笑放
扁舟試烟比鴒弟子樵浣紗人
重〻紅豆摘來臨小閣停燈豔夢孤一角
春山淡似染記前明鏡展眉圖
香車驕似人騎去錢怕淹珠淚未乾貌同
娉婷向綵鏡一回惆悵一回愁
珍重瑤箋賦曉寒來風前事已闌珊深
卑韓佩環鬢邊被枕未掩深情贈寫蘭

主人自森煙詩並有畫蘭之貽

妙香畫蘭

孤芳何地託靈根一種幽衷冷不温知是寫

花還寫照所南翁見也消魂

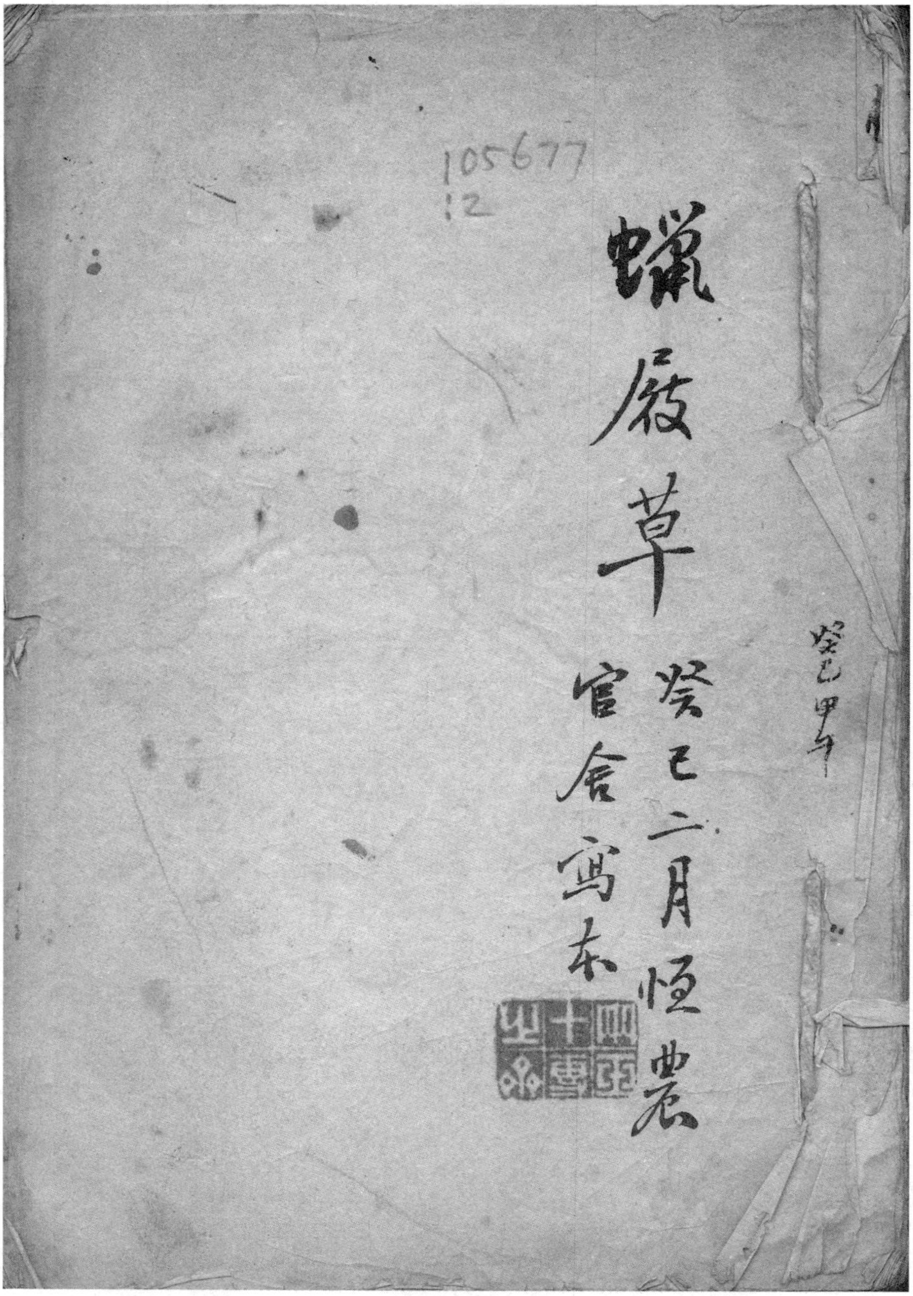
105677
12
蠟屐草
癸巳二月恒農
官舍寫本
癸巳甲午

[illegible]疏草

適庵稿本

孫[illegible]

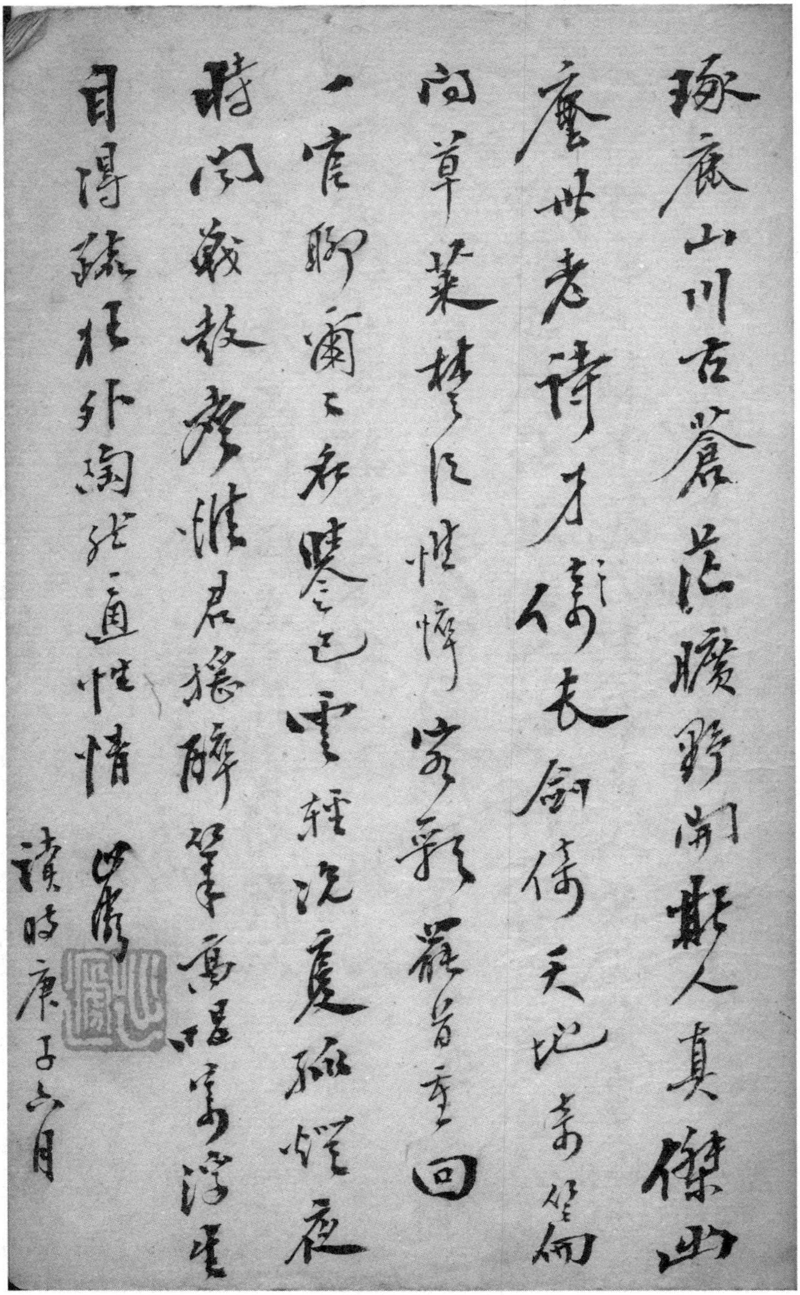
涿鹿山川古蒼茫曠野開斯人真傑出
應世老詩才人衣劍倚天地奇偏
問草萊樵漁性情家寂羅首垂回
一官聊爾爾存暖冬已雲種流度孤燈夜
時聞戲鼓聲誰君搖醉筆高堂寫浮生
目得蹤狂外陶然適性情
世儒
讀時庚子六月

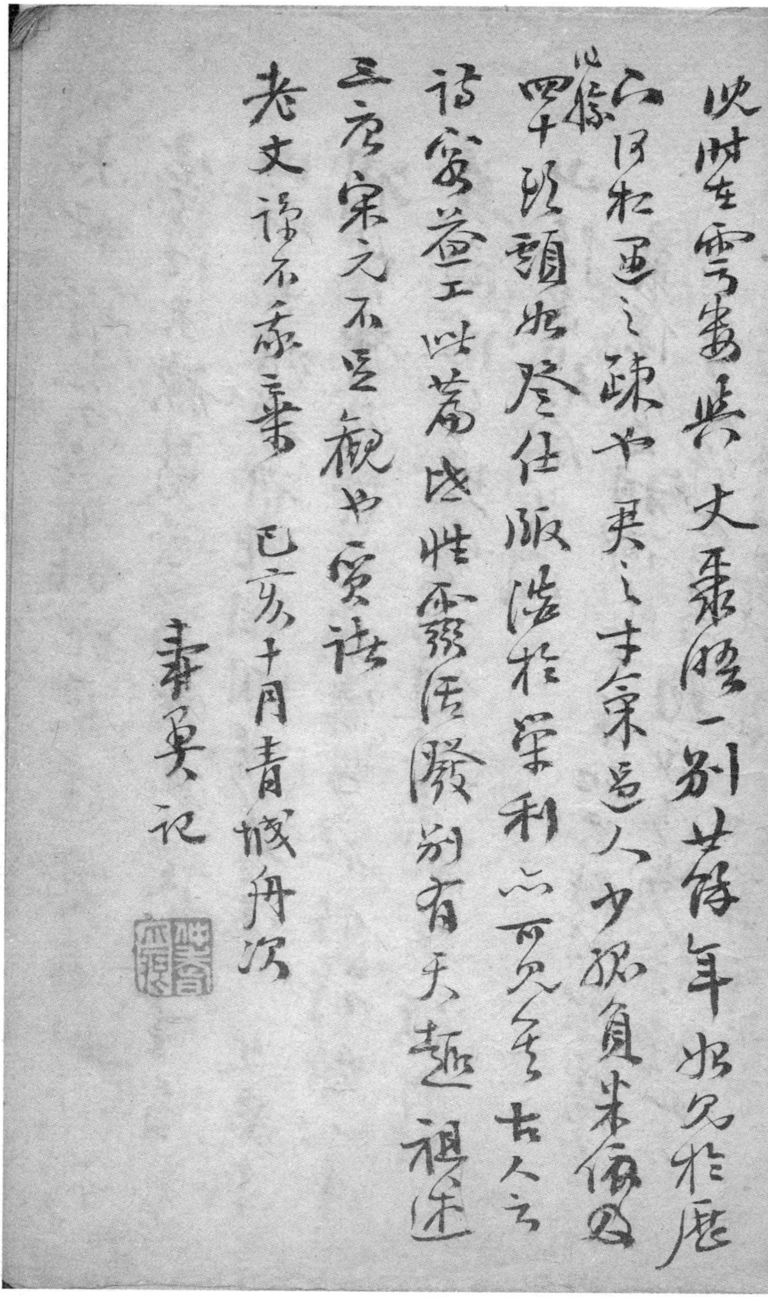
吹萬生雲史與丈乘睽一別廿餘年忽見於鹿
山河紅西之疏也哭之才氣過人少飄負米傭以
餘四十頭顱忽登仕版溺於學利亦可見矣古人云
詩窮益工此篇感性靈發別有天趣祖述
三唐宋元不足觀也質諸
老丈諒不棄之否
己亥十月青城丹濱
彝受記

太行青靄且此地更逢君身世此時
寒江天旗鼓今高吟寒雨夜生看劍
山雪大雅今誰作相如張吾軍文采來
潤夜情元情古園餘子在何許欺人生
其間寄生悲寒況健筆酣歌新雅好買
山陰與得同身間

褒儀仁兄相續御史十年初共錢討聚雲無多
年來得兮夏勤採河陽得滌此寧因
題二律以志隨意　伸萬弟竹詳其也草

蠟屐草　二

涿州馮瓚

癸巳

送許仲琹先生之高雄防軍幕

先生滄海志杖策從東航風禮義傳姬
子與國同樂浪天青諸島出風利片帆張
此際舵樓上應須醉一觴
清時重防海吾黨可談兵不貴殊鄉物
潛消異域萌此行籌壯志運策揔

神京到日春花發元戎小隊迎
元戎陳國望奉使鎮三韓麾下儒生拜
從容上將壇軍書星火急談笑海天寬
簪筆餘清興新詩且寄看
斜川風景地小築記公言傍宅宜高樹看
山喜短垣飛鴻遞遠者來帛責郎園再
約十年後歸來伴鶴猿
正月廿三日同人約集城西蹇家舊園

在坐者為諸仲琴、陶心守、凌若生、大令宜
豫生、秦子豐兩少尉，姚仲言、靜齋兩
孝廉，楊湘生參軍，舍弟達卿。時仲琴
將赴高郵，予亦將之恆農，其為懷衷，
爰賦長句即呈諸子。

浮生入世如搏沙，隨手飄散怨無涯。惟有
酒徒與詩伯，相逢一笑綻天葩。飲須須家宜
遐矚，眼前冥九城郭遮，數間寇氏園

水木湛清華楊柳幾株風裊裊發時成
畝青蓮花惜哉家世微久矣孫秉耟躬
桑麻當餘三間黄草屋圍下極託同寒鴉
今猶彷彿舊架有白頭營造矜豪奢舞
殿持壺布壇坐妙色歸政嚴相加臨風一
吸歸墨瀊[illegible][illegible]斜醒後物堆梨檀藏
鍋戟相相繼作那知城幕傳清笳吾
徒襟袖集秋氣對此草木方萌芽灑

酣興極忽不樂笳宵頻曲聽箏琶鐃鼓塤
皁那內釋有如慕望綿涎蝎二三來市賈
直稱意低昂趨職參晨衙凌曾秦三君授正東山
老為蒼生出海天方舉張鶱梃余三十
年猶落拓書城坐擁思童牙不寫魯公
干祿字競閑冰柱追雪車飢來驅人百
不可長途衫袖煩馬櫃恒豐々別又西
上春風吏子常淹家後會端知在何許

諸君陪醉興蒼茫

畲髻青衣歲雪中見棗々作並懷令

兄楷書呈下

神交千里合異地與相親冰雪趁寒序

瑤華寄遠人為慮嘉遁計頻念藩周貧

何日來居此期君啓口真

楷得深秋訊因之憶長公鄉心連海月詩夢

冷吳楓文藻江山助風流聲價同故人雅

歲別便跳過江東

題柳如是冠巾小像

飫卷青霄説絳雲
石坊放誕似文君
束裝乍向圖中見
疑是南朝好殿櫜

滄桑劫後換衣冠
東澗栖遲一死難
莫讀虞山家變記
多他家國一心酸

風波少定跳何之
北寺槖鐘託一時
縱使夫人輕趁義
為書親和鄭尊瞽諸

吾谷糕餘紅豆春居人指說舊平津黃絕
入道諸緣淨便是魚山出世心
二月重玉東門留十餘日數行同人豈
酒爲刻印席成句録呈林康甫葉季
英戴少侍桃什之王次林之景亭之何
守藏金述書落書巽書昆季
駘宕東風拂玉津延秋一着契熱新難
照銘語同千里柳色桃花赤標春容許

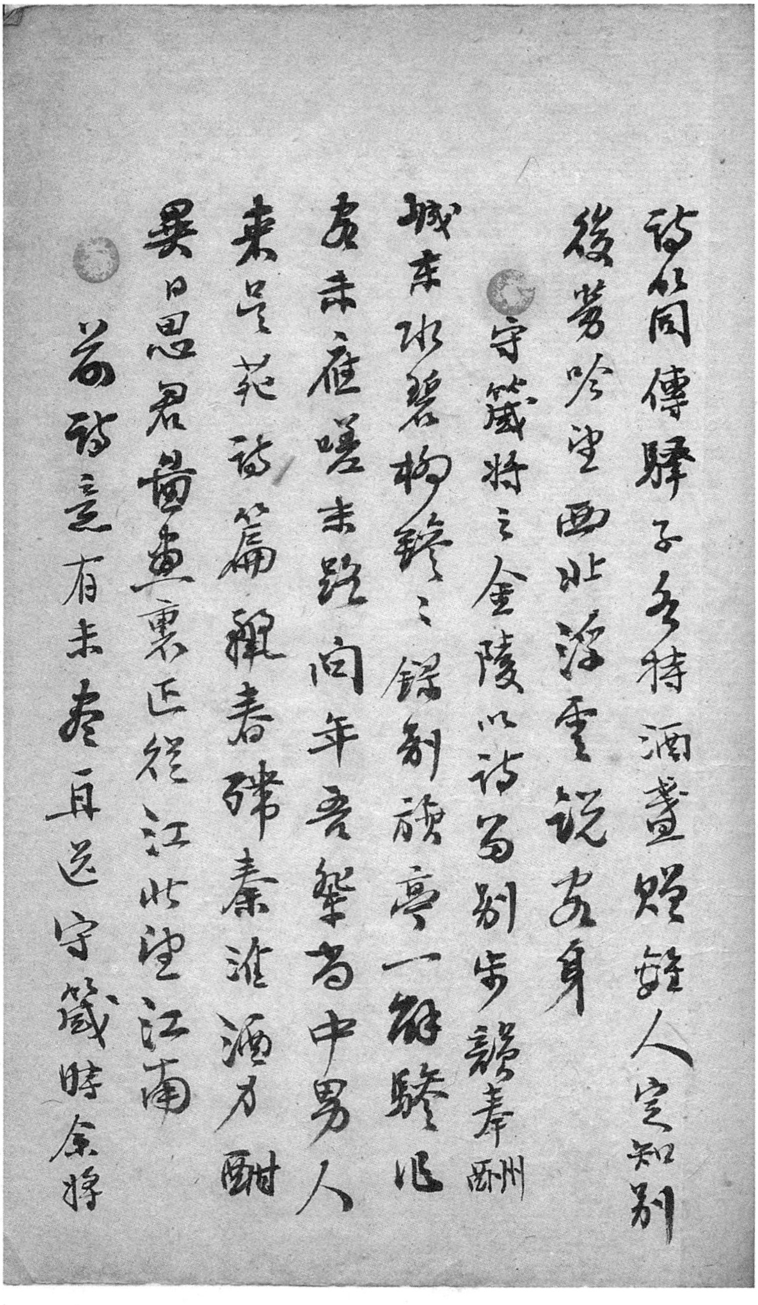
詩伯同傳驛子多持酒盡燈離人定知別
後勞吟望西北浮雲說客身
守箴將之金陵以詩留別步韻奉酬
城東瑯碧楊柳綫綫餞別旗亭一解驂泥
客去、雁嗟來路向年春犁為中男人
來吳花詩篇羅春稀秦淮酒力酣
異日思君畫裏匹從江北望江南
前詩意有未盡再送守箴時余將

又恆曲農

鐙影似尔更瞢騰春水方生到秣陵一寸
傷心行篋研十年沒對青窗燈鷄鳴[illegible]哀子弟
餘清隽天塹風濤[illegible]咽廢興歌哭[illegible]江山
詞來多溼塵秋兆製作滕
江天閣下拜曾公勳業中山異代同姐
亘華裂禁裂土湘鄉士氣慣從戎擒迷
京口春山秀江下石城戰壘出存語角時

諸勤旅感多衰病湯藥稍尚

華陰道中

山深土厚見人情會葬升碑老到名到此

摩挲讀思作手晚年文字似東京

洛陽懷古

車馬西行賦載馳茫茫興廢幾人知東周

運際會冠裳入典午蒼皇鐘簴移四戰山河

餘草木千年王氣想威儀我來却值侵晨

路楊柳青青拂酒旗

郡樓獨上古懷開，默數名賢入洛來。知有機雲真愛士，羞儕絳灌固奇才。龍門巉削佛龕出，銅狄荒沈仙客哀。更向北邙弔楚塚，絕無麥飯禮蒿萊。

新安道中渡函谷關寄弟

馬蹄偏仄上函關，意與還家那得遇。和淚寄書付諸弟，行人滿目禮雲山

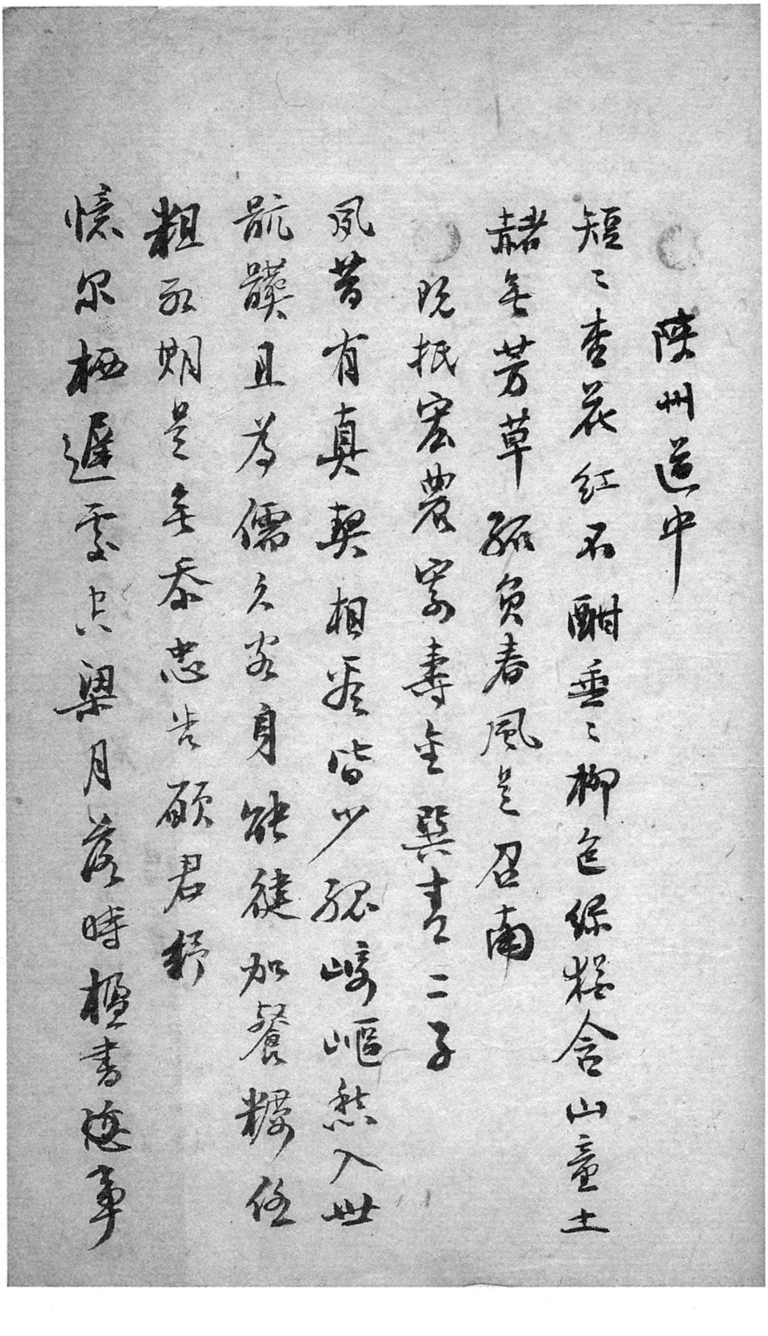
陝州道中
短短杏花紅不酣垂垂柳色綠猶含山童土
赭無芳草孤負春風是召南
晤抵宦農家壽生冀青二子
夙昔有真契相逢皆少孤崎嶇然入世
骯髒且為儒久客身難健加餐糧須
粗兩姻是年來忠告賴君扶
懷爾極遲雲只梁月落時擬書應事

排簊世夢詠參池破屋豪情出繩床度
冒支相依茅頭駐唱答卜隣詩
似我慣行役心厭冷石與書程書談壟塵
鬢與書鐙生意忻時節蹉跎畏友朋近
未疏滴甚吟卷未能增
根兵蒂廬集卬呈主人
竹屋談圍向庭便熒熒燈火點清拆因緣
作三生話世路同參五味禪　八口淵零

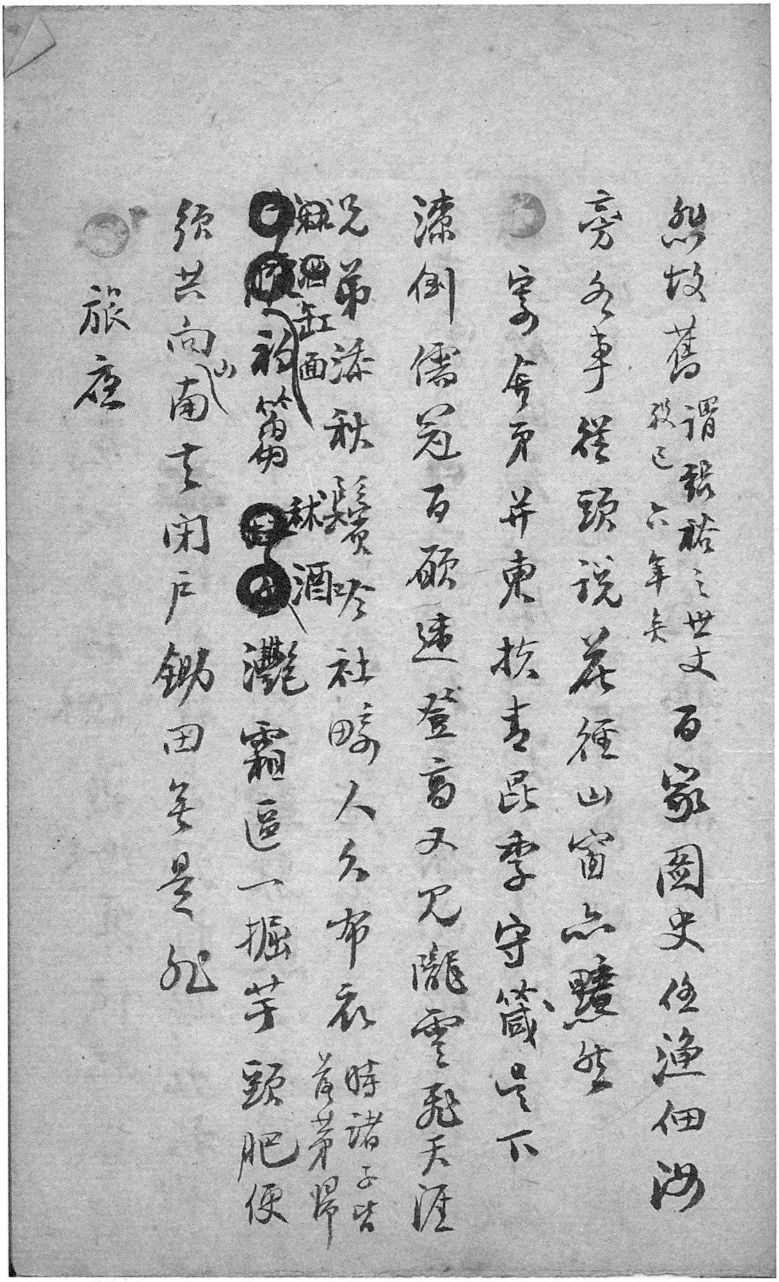
然故舊謂張裕之世丈歿已六年矣百家圖史任漁佃游
旁多事樣頭説花種山窗亦點妝
寄食每并東林韋昆季守箴是下
漂倒儒冠百硯違登高又見隴雲飛天涯
兄弟添秋鬢吟社時人久布衣時諸子皆肩菊歸
瀟灑霜區一掘芋頭肥便
須共向山南尋閉戶鋤田冬是処

旅店

槐邊瓦缶酎孤棲（妹）護（天）寒侵帽低生計
已隨斑管拋清愁許與酒樽携九秋風
物凌蒼隼萬里胡沙騁駃騠一種雄心
摧折盡擁衾不睡夜雞啼
天末霜風日以凄狂來搔首旅牆頭夜
深入枕河聲壯天淨窺人星宿低鐙背（定）
知（浮）野馬塵中似廿年醒難百年醉
吹中年述四首兒輩記佩觿

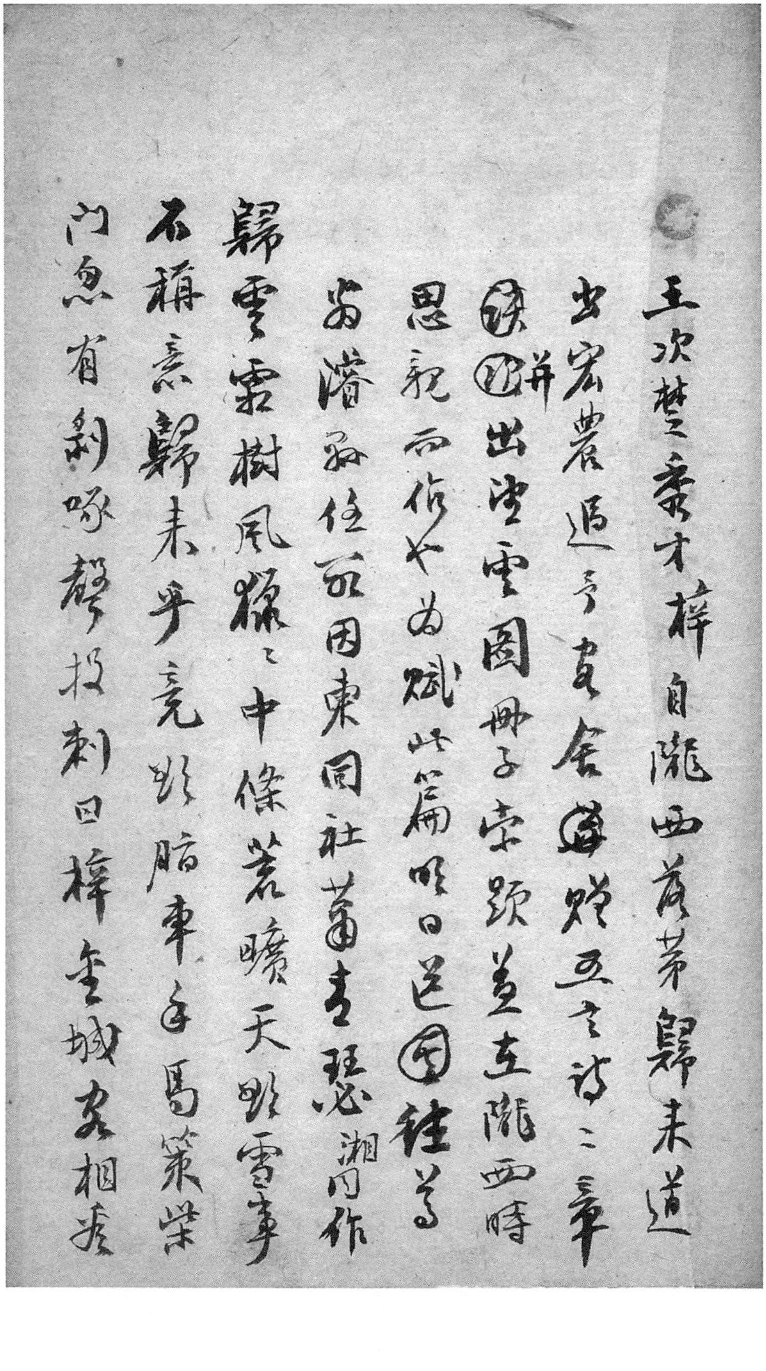

王次楚秀才梓自隴西落第歸來道
出宏農過予貧舍[illegible]贈五言詩二章
[illegible][illegible]并出潑雲圖冊子索題並志隴西時
思親而作也為賦此篇明日送[illegible]往蒲
為潛彌任所因柬同社蕭青瑟湘門作
歸雲零樹風蕭蕭中條蒼曠天北雪寒
不稍焉歸來乎竟北陌車千馬策崇
門忽有剝啄聲投刺曰梓金城來相逢

大笑須眉黄别時朱夏今十月君之才
名血墨花一日千里誇汗血衆中早許
亢天駟詎料霜蹄有一蹶雇峯程式
杠且平豈以譚陰遭棄擲不
第之文世家之妣茂惜何益丈夫
得意會有時今宵為我呼歡伯賦詩
淵之金石聲囊中復出墨雲冊塵海
茫之幾素心君知我者為君説一第微

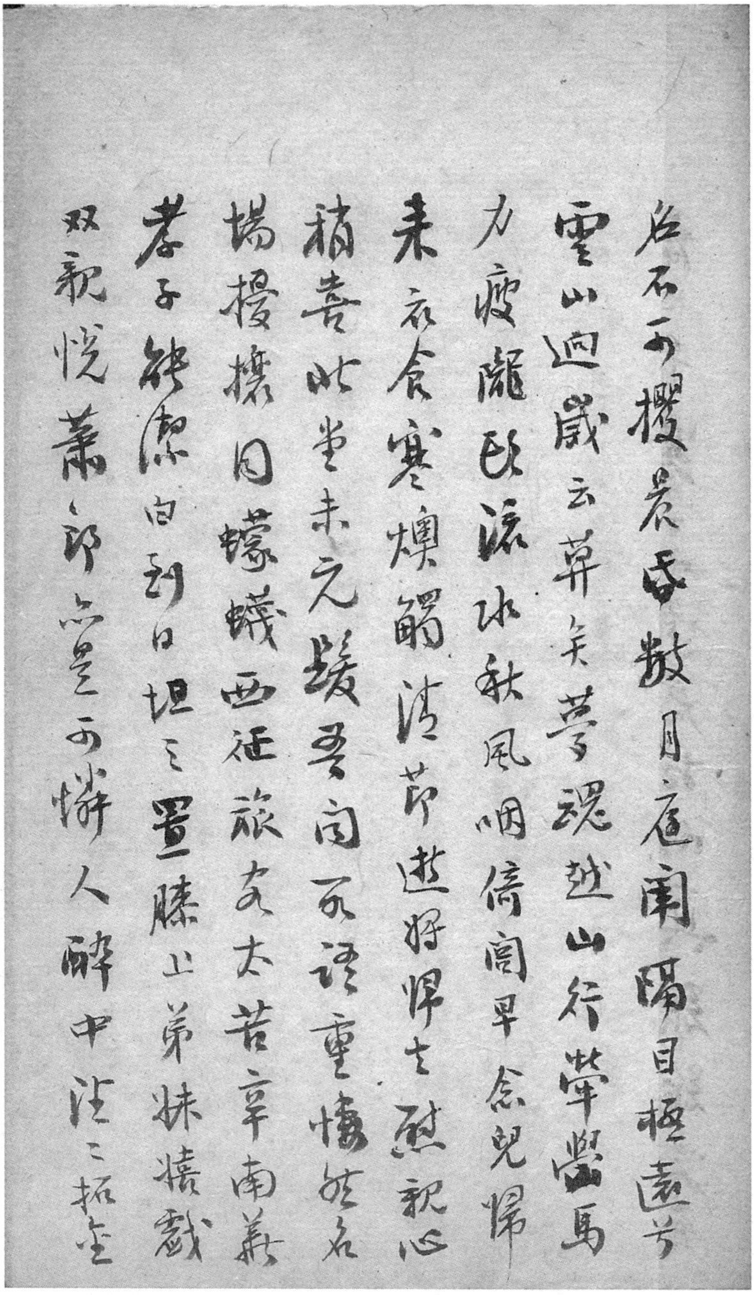
名不可攖晨夕數月庭開陽日極遠兮
雲山迴歲云暮矣夢魂越山行蒼崖馬
力疲隴頭流水秋風咽倚闌早念兒歸
來衣食寒燠饑渇節遊狎士慰親心
積嗜此常未之髮吾向可謂重懷然名
場擾擾同蠻蝸西征旅次太苦章南蕭
孝子能原白刻日坦々置膝上弟妹嬉戲
双親悦蕭々即亦是可憐人醉中注々拓之

戰試它日艱寫圖中善心宛轉向誰發
春中原首闕易闌危難一唱晨星減色
君所發渡黃河我亦將返斜川宅

次次楚韻二首

此城遲爾玉相府國同熟落添謀議醉
長途滯旅情深雪國皆先意風色秀
莫雍來日鄭亭說難邀玉笛生
茫茫是寒意逢君相向真躍難然負

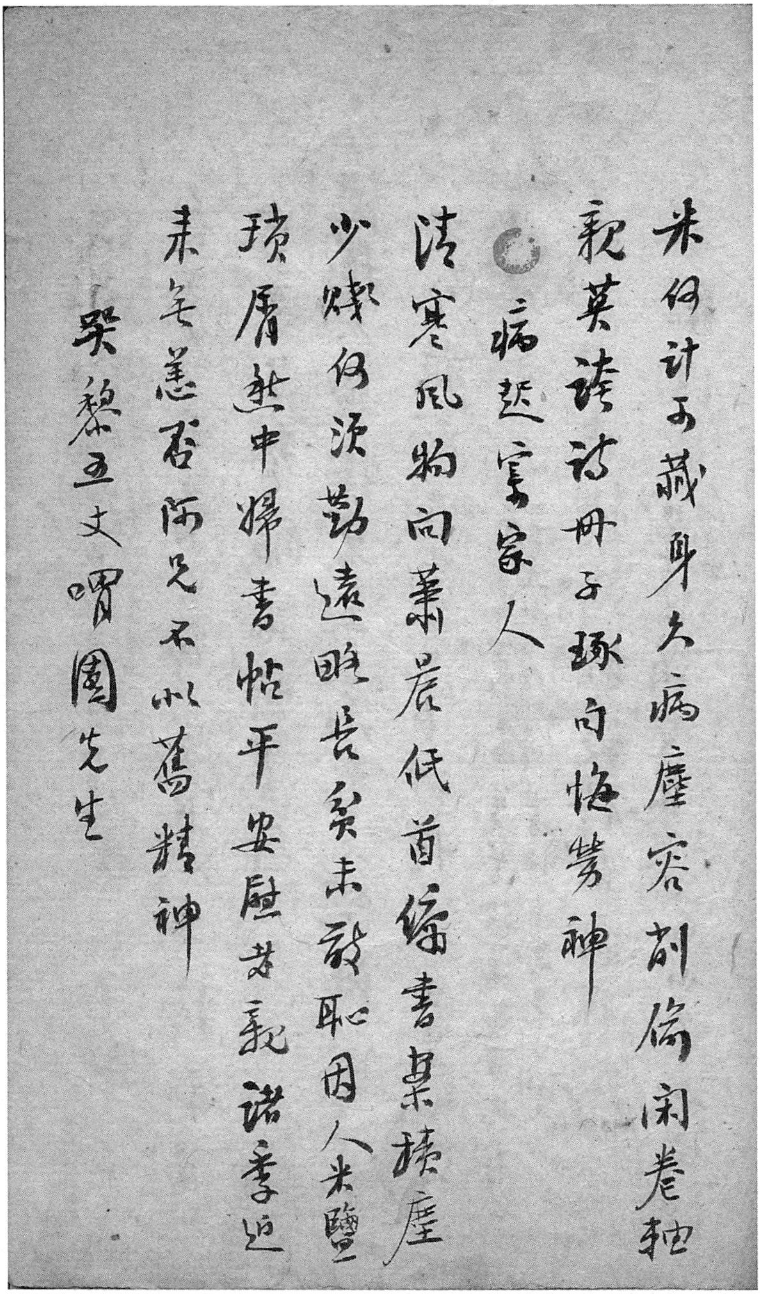

米何計可藏身久病塵容對倫閑卷軸
秋莫請詩丹子琢句悔勞神
病起寫家人
清寒風物向蕭晨低首緣書案積塵
少壯何須勤遠眺長貧未敢恥因人米鹽
瑣屑無中掃書帖平安壓其氣諸季近
來無恙否阿兄不似舊精神
哭黎五丈嘐園先生

郵亭來噩耗 向閣黎丈函 驚定淚沾裳未高秋文振共
傳著作長青山歸白骨人事慘斜陽欲
寫平生契酸風越墨行
一抱人琴慟衰年老不支嗽深常咯血食
減定梳頭尚有言書到惟言自足想增八
兄弟重恩誦鶺鴒詩 先生歿前數日尚有家書惟言思兄之 若耶秋柳
年來慣懷慘 門神 背內 說伶仃病歸 鳳中嫂女
孫瞎後墨 先生子蘭守歿 僅生一女 家山見破宅流

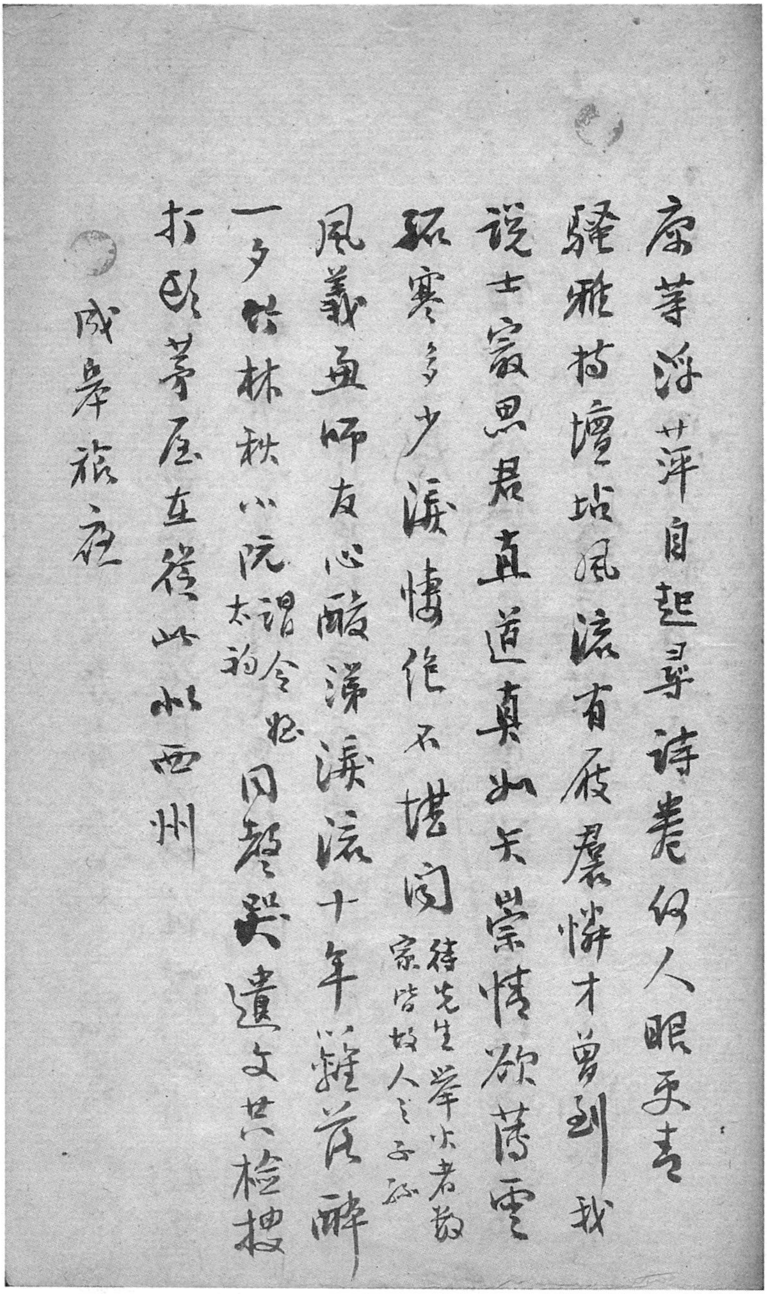

予客此三年冬春有客農之游歲莫歸
程道經此地渭臣既詠往偕瑞甫旅濟
仲真亦甚病足蹩躃館中寥寂
之感良集於衷因書此詩於壁他日客
示三君
旅館衰人積三年此處沙頭思昔遠道稍
喜是還家霜氣凝寒草風塵逐鬢華
開門坐明月袖手一長嗟

東武芸邨姜珠儀秀才

歷外相逢意洒於春君乞予早歸家（田）雜膝

治具山庄約客來度繩床供醉眠

春風四面憶娃羣 二月曾過此間 曾與鄰居暢話 旅倉蕭於

靜夜分歲並歸心以星火未能過嶺更尋（依舊晴）

君

歸來自題齋壁

飄蕭身世似南鴻無到天寒歸意濃木

楊淨甫是禪味，夜涵風送塔鐘
少日叔名在後，尉中年付首國備書詩煤
退筆文書炷 供文事 宮氣編叔溢體除 同到鼻觀燒半生
窗外修梗一尺圍，豆秋嘉蔭擬相遠跡
書 不遺是郎聲課，種篔簹趁曲磅
又到黃羊祀竈時，兒童拍手喜戲癡春
盤饗治出多鄉味，蘿筍屠蘇更祭詩
餽歲

廿里久在安歲晏餘樂事旨見未忻無聲
於光校判青說春風未嘉歲曆去錫朝
廷已治平賢哲在官位者弟與力田兒循而
甫致瓜壺邀滿於筐絣須進陶器聊以助辛
盤君丟母屏棄對此激酸雲勞人懷車騎
株畫藤英華贈答睦隣言

别歲

三十又二年惟君周旋我欲笑雜窮愁相

伴年何影三百六十日煎迫急景火如輪輪運輻如舟舟柁柁去者不復回中年頭亦頗童牙耶不追炒日擲細塵矢言菊駐君攬環珮左右掉臂不肯停乃軒嚳要奚隸負負何勝言一年餘懷懼

守歲

歲月極飄忽今年除宵頗知須臾耳漏終為明朝邪思便歸臥秉燭金鐙燒殘

歌与爆竹陋巷何喧豗怯者託不祭除夕
常蒲條麵首望天宇珠斗光（宾）壽杓備風掩
以霄識事或豈饒孤殘生計拙取憂惟腹
於一楫者鐘（一杵）動萬象迴春霄

甲午

閲有詞會種菜弟弟試寫四首

（畦）角葱青吐大官　秋菘春薤次登盤　腐儒
且與加餐飯　笑寫山箸食單

溪父園丁是友生土膏多脈頌閑情貓頭
笋内山籬根長一夜春雷脱錦綳
剩此腴園熟亦經糟床榨可眼為青鑪魚
頓菜菜花猪肉知否江鄉待客星
故人強半園偏書我亦蕭然卜築園居
被飢驅文社散西疇未可且江湖

論字絕句十二首仿元遺山論詩體

絕代風流詣吾齋晚年境與石菴偕渡

韵惜蕉梅溪手一種鋒鋩清氣乖 成親王
淨洗鉛華標格姑射不勝羅綺困將腊縕
長肥瘦各皮相意趣同參筆墨禪 劉石菴 王夢樓
淩秋山氣鬱蒼藍攝入鉛毫鬥墨酣隸古
丞追循古鏡環懷不許淺人參 伊墨卿
草情逸宕遐急之墨入毫毫意趣長久
首千秋同撰述美樊陰羨重陽剛 姚惜抱
論古感然小篆湮頡皇刻石老能真陽冰篠

鋒皆黄土上蔡宗傳喜兩人 洪北江 錢獻之
奇古清寒倍氣多一碑皇象足追摩 黄
書黄畫揚州李承錄祿傳弟子羅 金壽門
吾愛黄公小八分意態姿古總無倫平生書
謹多天縱細楷猶追晉法神 黄小松
書脉推求不厭詳都爲漢學示津梁 廣堂
任度雲歐楷姸諧平生無辯無爲掌淺
絶代畸人鄭板橋八分蘭竹兩兼喜他縱筆

如竹枝似對春雷寫怒楷 鄭板橋

隸書神似太開通橫絕當時意自雄不使淺

人輕院體懷仁集帖愛清忠 陳曼生

登善平原細向津上探慕篆隸精神春

正書嶽兩書意輕義無向晉人 何蝯叟

刻意追摹柳李黃寒冰躍綠是清蒼從容

工拙戒糢糊早識前軍下建康 曾滌生

過汝州欲探風穴雪大不果簡金聲侯

馬頭喜見海州山十載前來昔不向料峭風
催春雪大州防塵腳踏禪關
故人曾約蠟双屐風穴山中襆被眠月出四
山松籟作於根石罅飛鳴泉

五雜組

五雜組白紈扇往復還風物換不得已重把見
五雜組搏沙土往復還相屬汝不得已翻手雨
五雜組太常齋往復還揚州鶴不得已弄弦虎

五雜組長生訣往復還[illegible]復道杜鵑血不得已
為君說
五雜組一匹綃往復還文三絮不得已灘音硯
五雜組舞長袖往復還斕文繩不得已猶銅臭
五雜組鹿盧劍往復還影象廣不得已去鄉傀
五雜組風中柳往復還牛馬走不得已話泥藕
五雜組桐花鳳往復還鳩燕啼不得已託酬夢
七年 題吳文英堂四

風塵澒洞駴心目幾輩幽人思巖谷澥山
未許歸去來塵事年綿和靄東先生本
是人中龍少日詞場驚名宿讀書讀律方
稱儒中年倒屣引郡牧賓与先生行神交
家構未肯成碌碌備書卅拙老大想不馳
身挾飽肯簪領濱居姜白石星瑞來同
往城南居劉郎為寫真風容繪成更補松
与竹此其動節年城府森然師不可脇石

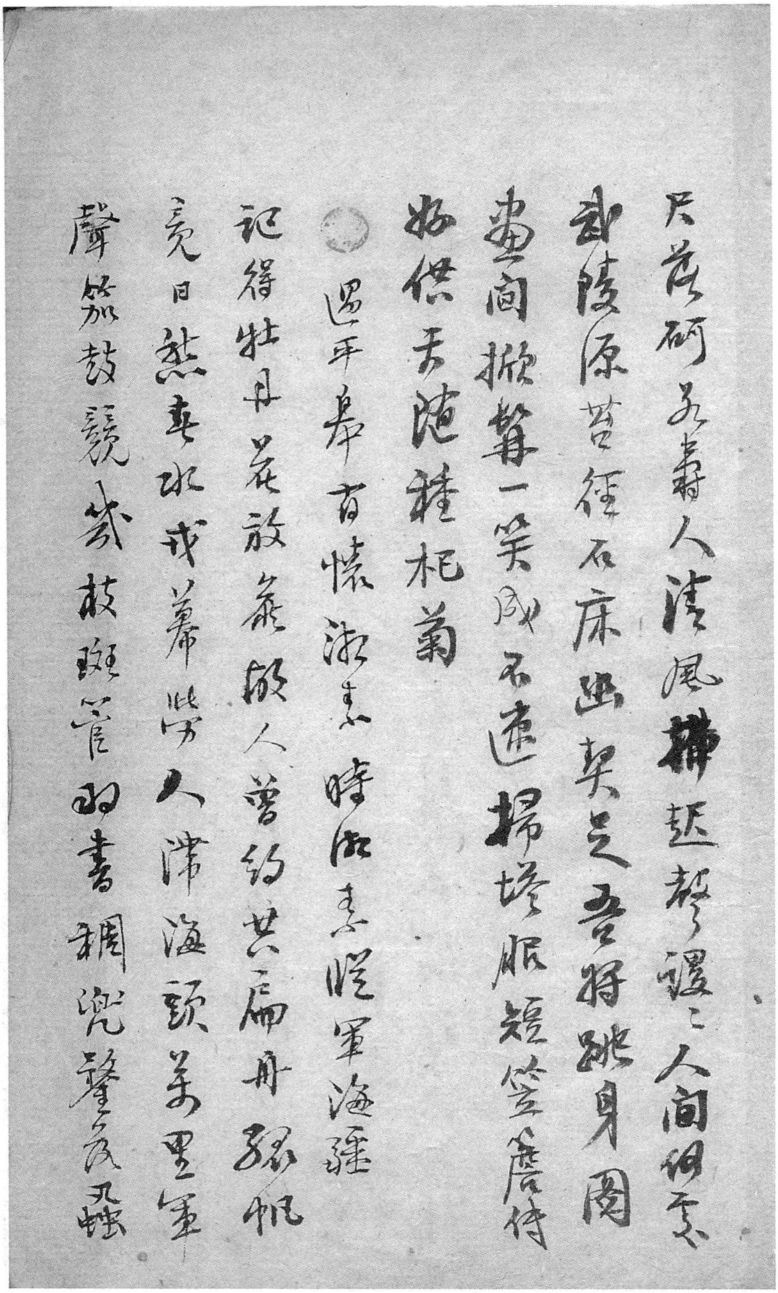

征衫賭不有閒情數後游

黄丈小宋出壯游圖索題

歸歲能爲萬里游短衣匹馬佩吳鈎卷中

詩板追雙井脚底行蹤遍十洲心事應從

圖畫見憂勤容易鬢成秋杖逢却值

登樓日爲索題詩更少留

題小宋(文)側張南史畫册後

文自書册(溯)曰南史此册從子藏文節清

潤筆藏朱竟寂曼伯老甲午夏日結盦
社於墨園借摹一過
朕勵裙屐來今雨潑墨雲山溯戴公彷彿
石田唯懶瓚多傳與象未雷同
判篠恰是間中課造化融成筆底山峰
千秋論孤詣思安吉學荊關
春陰舒文緻之鏡潑漠水有餘
一編長隄漫潑錄鈔風指點誰邨墟野人

唐虞逢難大澤鯨鯢待剪除金氣自銷
積水患天心應已厭軍書營壘荒對此頻
搔首鄉國同憂瘏墊屬時聞直隸大水實甚重
題畫文聲庭為先君子畫山水直幅手
呈文薌堂
青山喬木野亭孤此處真宜隱者讀畫
不須尋款識竹林家紛感荒墟
米鹽瑣屑共然量法畫名書刻亦偽剩

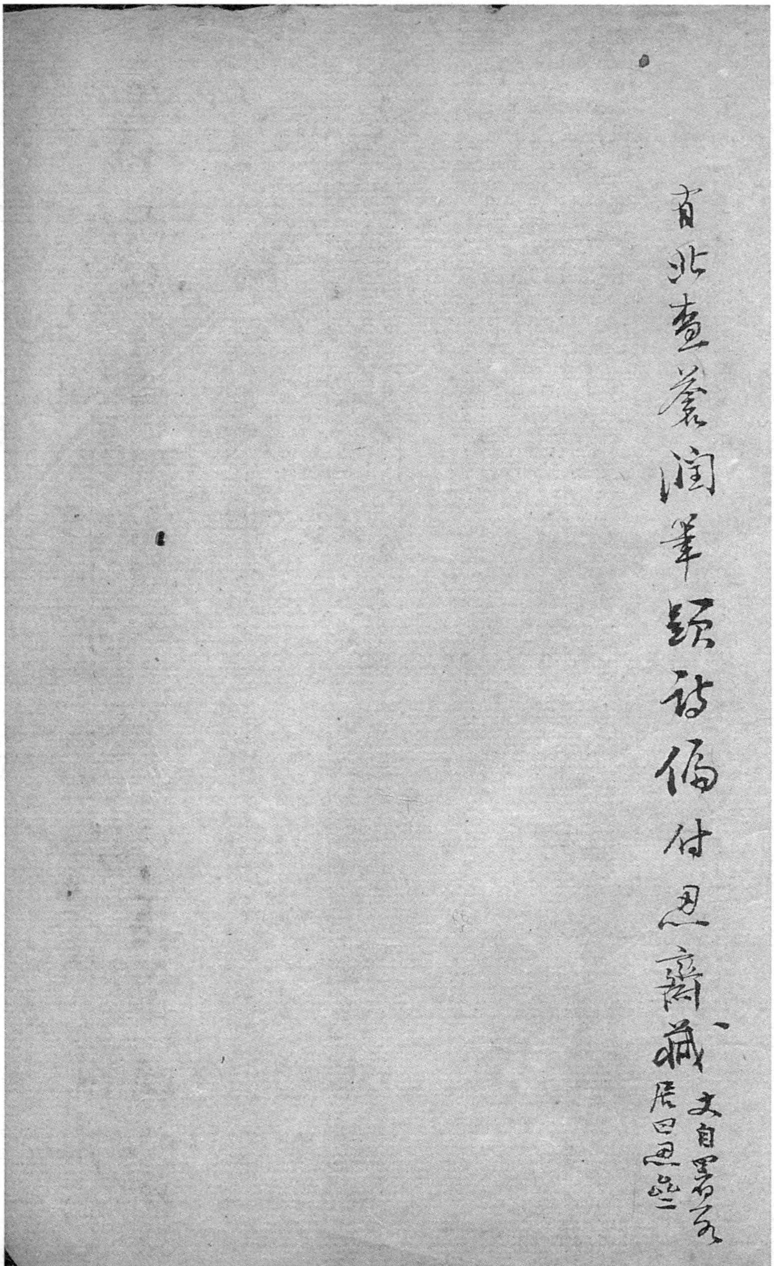
自北查蒼潤筆頌詩偏付思齋藏

癸巳十月寶因蕉男自隴西旋太原道出宏農贈我
兩詩風格遒上并出素雲圖索題提筆賦此即以
贈行

歸雲草

馮瓚撰。一册。

馮瓚生平見《朱里稿》。

《歸雲草》爲光緒乙未年（一八九五）馮瓚於河南省懷慶府孟縣河陽試院寓居時所作，故書名頁題「乙未四月河陽試院寫本」，鈐「延賞室」「屠狗之徒」印。

此詩稿僅録詩一題四首，詩名爲「仲芬出示甲午十月乙未四月前後詩八首遂有此作」。仲芬爲馮瓚好友，具體何人不詳。此詩署名涿州馮瓚，並鈐「馮生」「鄙人」，皆馮瓚之印。

起首一詩歎清軍士氣之萎靡，言「士氣只應存諫草，軍前幾見出毆刀」；第二首表露出作者盼望優秀將領之出現，故有「數郡膏腴思李玭，一時鹽鐵論桓寬」；三、四首起先皆描述戰陣之景，末句落腳於希冀重獲和平生活，可視爲清末民衆心聲之代言。

（杜萌）

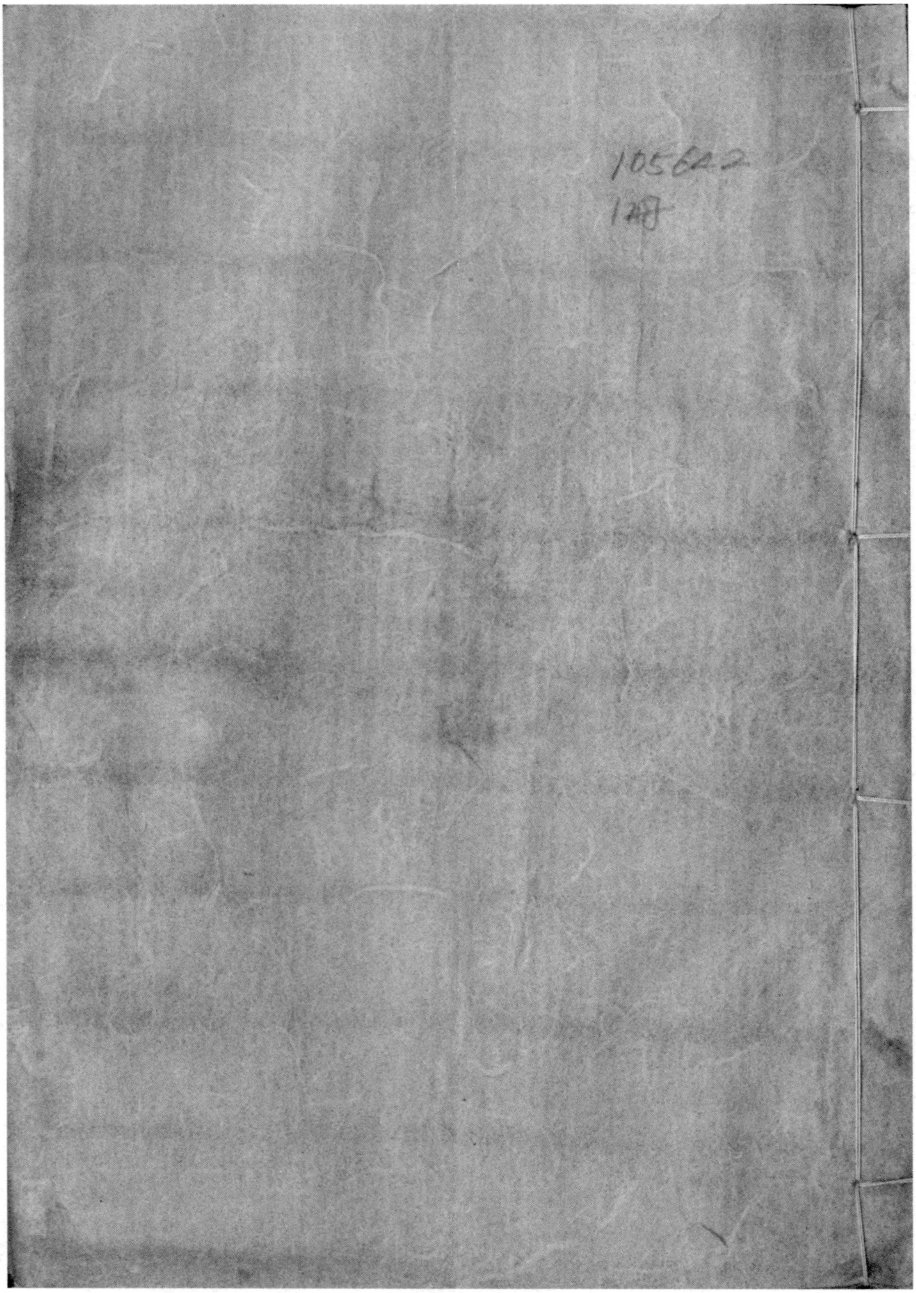
105642
1册

歸雲草
函 1 册 书号 10564

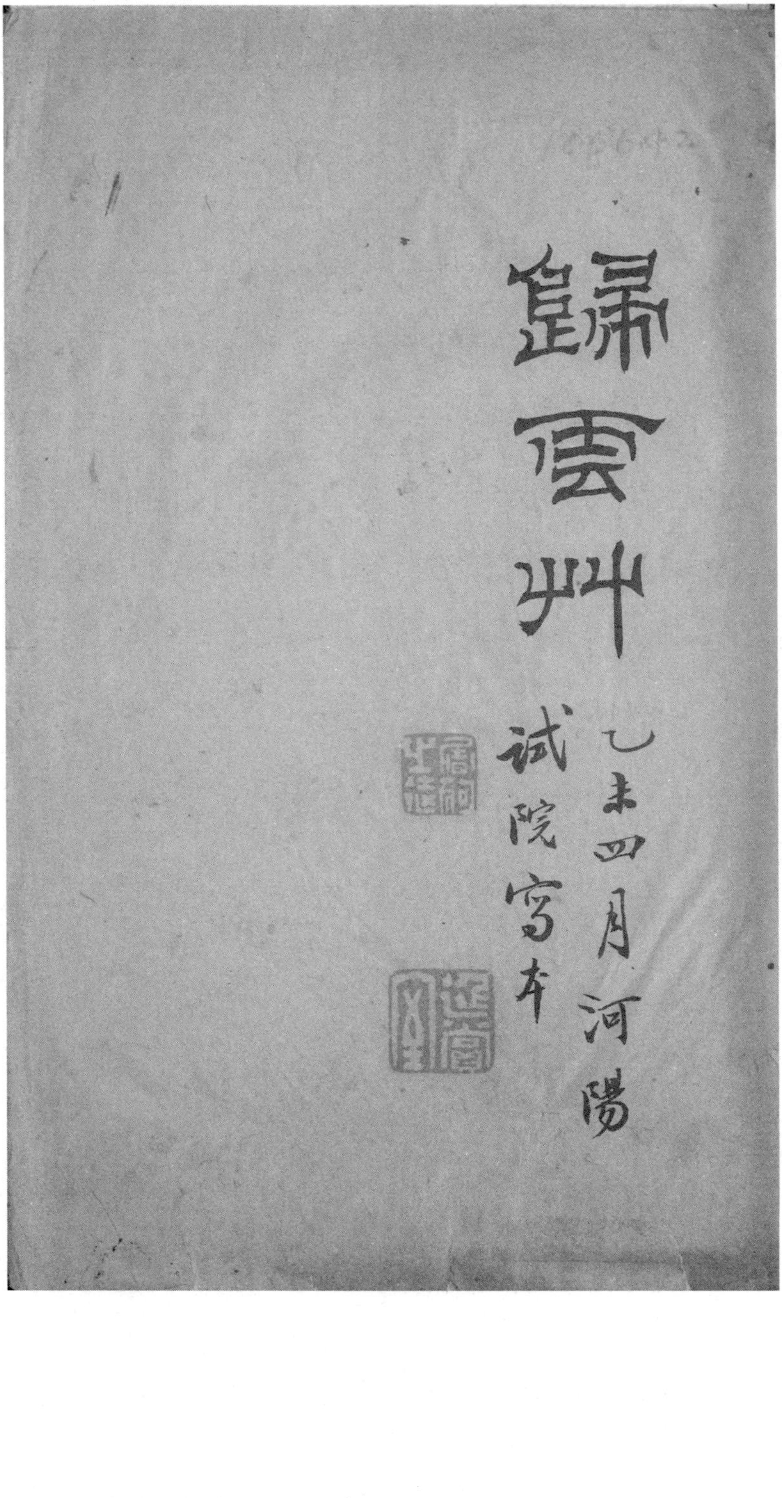
歸雲艸
乙未四月河陽
試院寫本

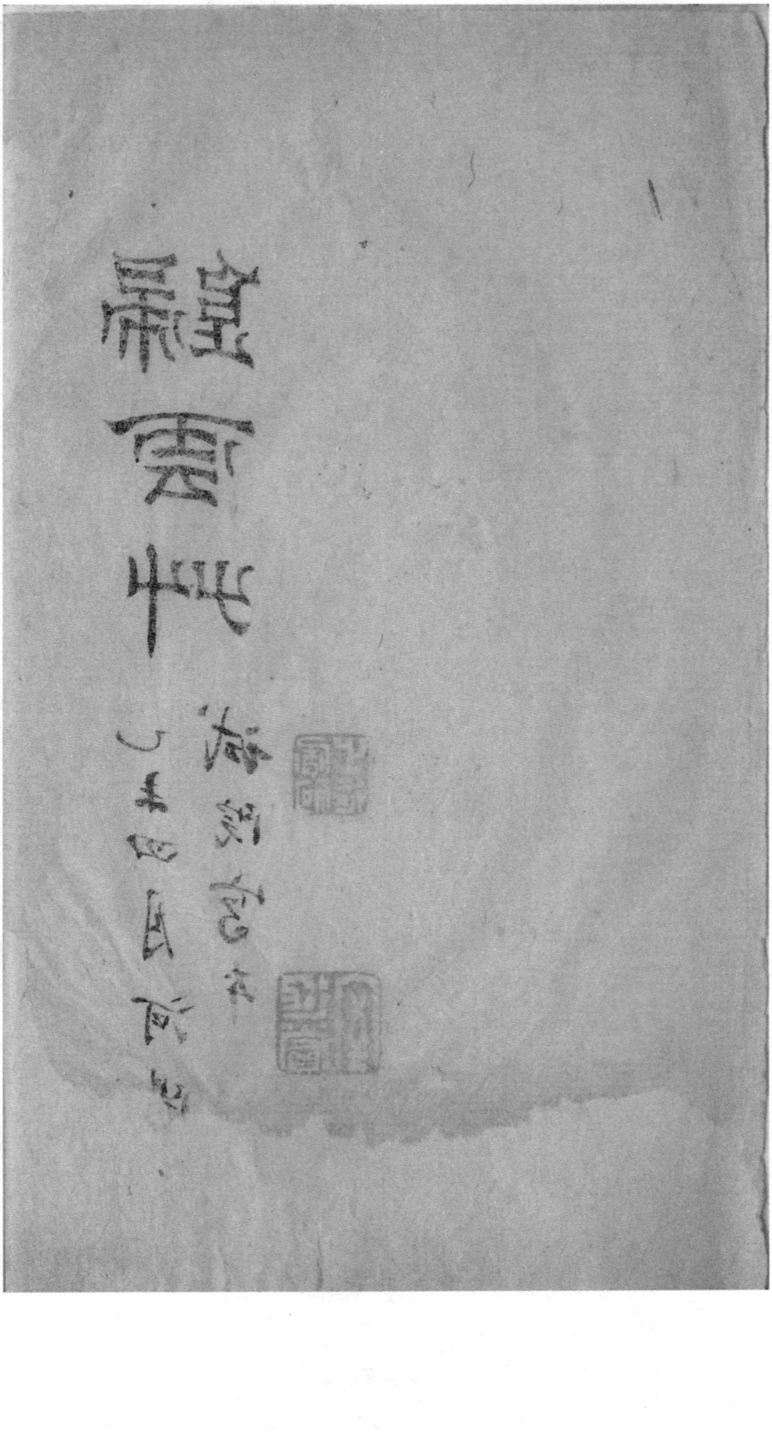

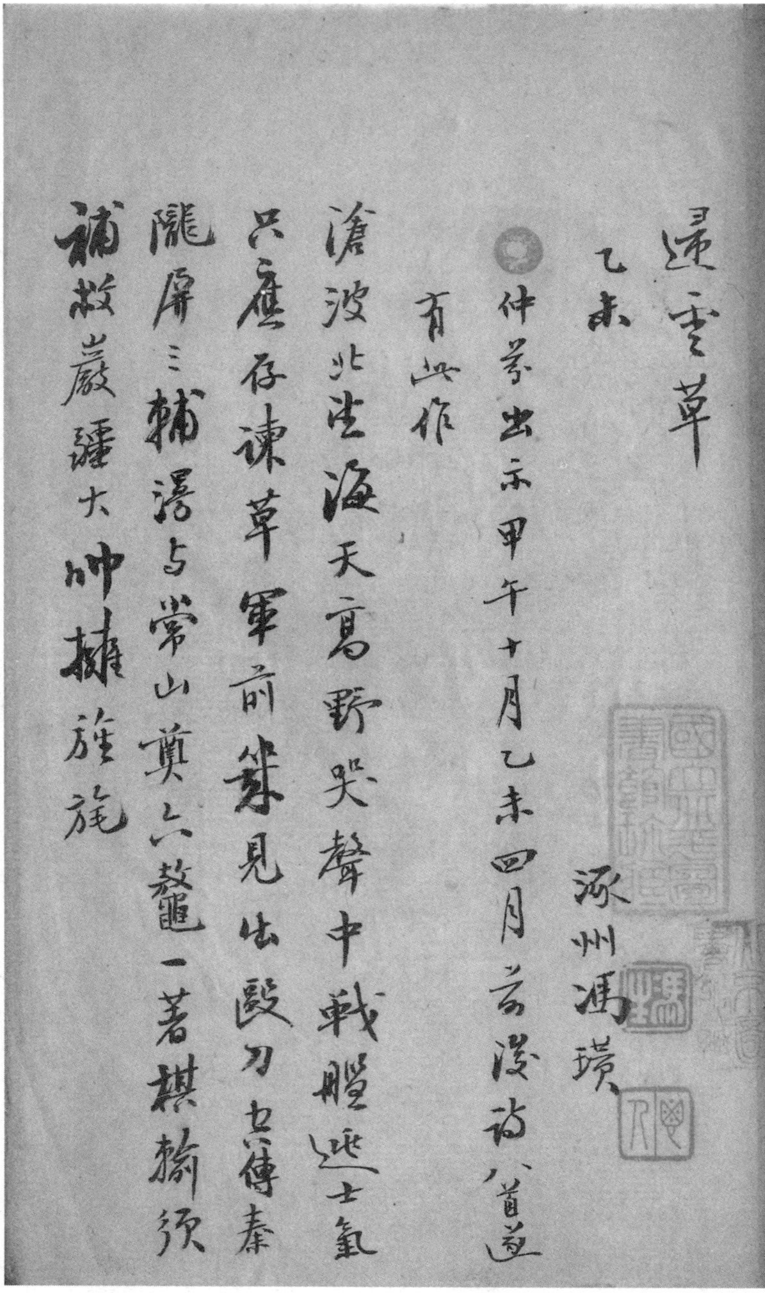

歸雲草

涿州馮璜

乙未

仲芬出示甲午十月乙未四月若澂詩八首遂有此作

滄波北望海天高野哭聲中戰艦逃士氣只應存諫草軍前誰見出鞘刀古傳秦隴屏三輔湯與常山奠六鼇一著棋輸須補救巖疆大帥擁旌旄

藩籬扶破失三韓，秋老榆關雪作寒。數郡膏腴思李玭，一時鹽鐵論桓寬。叢城戍卒經時老，滄海橫流到處難。聞說居延勞戰伐，籌陳首虜未平安。

近傳出使簡行人，八節星昭映紫宸。曾向北門持鎖鑰，更同東里揖征輪。洪濤出沒嬉出介，絕域奔波見鳳麟。自是聖朝懷遠事，歸來應亦賚勞臣。

倉黃接戰陣雲低天遣漁陽震鼓鼙已
裂幅員悲尺土誰專閫塞請丸泥賈生痛
哭終籌策杜老哀吟爛醉題經略中原
誰將去桃源有約共幽棲

圖書在版編目(CIP)數據

國家圖書館藏清人詩文集稿本叢書. 第1輯/陳紅彦主編. —北京：北京大學出版社，2015.3

ISBN 978-7-301-23935-3

Ⅰ.①國… Ⅱ.①陳… Ⅲ.①中國文學—古典文學—作品綜合集—清代
Ⅳ.①I214.91

中國版本圖書館 CIP 數據核字（2014）第 022683 號

書　　名　國家圖書館藏清人詩文集稿本叢書（第一輯）
著作責任者　陳紅彦　主編
策劃編輯　馬辛民
責任編輯　翁雯婧
標準書號　ISBN 978-7-301-23935-3
出版發行　北京大學出版社
地　　址　北京市海淀區成府路 205 號　100871
網　　址　http://www.pup.cn　新浪微博：@北京大學出版社
電子信箱　zpup@pup.cn
電　　話　郵購部 62752015　發行部 62750672　編輯部 62756694
印 刷 者　北京中科印刷有限公司
經 銷 者　新華書店
720 毫米×1020 毫米　16 開本　118.25 印張　378 千字
2015 年 3 月第 1 版　2015 年 3 月第 1 次印刷
定　　價　990.00 圓（全三册）
